天界の眼
切れ者キューゲルの冒険

ジャック・ヴァンス
中村融◉訳

Jack Vance *The Eyes of the Overworld*

国書刊行会

目次

天界の眼——切れ者キューゲルの冒険

The Eyes of the Overworld
by
Jack Vance
1966

I　天界

キザン川を見おろす高台、さる古代廃墟のひろがる場所に、〈笑う魔術師〉イウカウヌがみずからの趣味にかなう館を建てていた——急勾配の切妻、露台(バルコニー)、空中歩廊、丸屋根から成る風変わりな建造物であり、緑のガラスでできた螺旋形の塔が三つそなわっている。この塔をぬける赤い陽光は、ねじれたきらめきとなって、独特の色合いで輝くのだった。

この館の裏手、谷をはさんだ対岸には、低い丘陵が砂丘のように眼路のかぎり連なっている。太陽の投げる黒い影は、時々刻々と三日月の形を変えていく。それをのぞけば、丘陵は目印もなく、茫漠とひろがるばかり。アルメリーの東、〈古森〉に端を発するキザン川は、この高台の下を流れ過ぎてから、西へ三リーグ行ったところでスコーム河と合流する。ここに位置するのがアゼノメイ、記憶の彼方より存続する街である。いまはその定期市で知られるのみだが、これを目当てに民人(たみびと)が津々浦々から集まってくる。キューゲルが護符を売る露店をかまえたのが、このアゼノメイの定期市であった。

キューゲルは多芸多才の男であり、臨機応変にして堅忍不抜の気性の持ち主である。脚は長く、手先は器用で、弁舌はさわやか。ふさふさした髪は烏(からす)の濡れ羽色。額に垂れて、眉毛の上でくるりと巻きあがっている。機敏に動く眼、よくきく長い鼻、おどけて見える口が、すこし痩せぎすで骨張った顔に快活で人なつっこい表情をあたえている。彼は人生の浮き沈みを重ねており、それゆえ柔軟性と思慮分別を兼ねそなえ、はったりをかけるのも、人眼をはばかるのも得意だった。ひょんなことから古代の鉛の棺を手に入れ——中身を捨てたあと——鉛の菱形をたくさんこしらえた。これにそれらしい印章とルーン文字を刻印し、アゼノメイの定期市で売り出したのだった。

キューゲルにとっては不幸にも、彼の露店から二十歩と離れていないところで、フィアノスサーなる人物がもっと大規模な店をかまえ、もっと霊験あらたかな品物を各種とりそろえていた。そのためキューゲルが通行人を呼びとめ、売り口上を弁じたてようとするたびに、通行人はフィアノスサーから購(あがな)った品を見せる手間を省いて、そのまま行ってしまうのだった。

市の三日め、売れたお守りは四つだけ。しかも売値は鉛そのものの値段とさして変わらなかった。いっぽうフィアノスサーは客をさばくのにてんてこ舞いだった。実りのない呼びこみで声を嗄らしたキューゲルは、露店をたたみ、フィアノスサーが商いをしている場所に近づいた。店の造りや、戸締りの具合を調べようというのだ。

これを見てとったフィアノスサーが、彼を手招きした。

「おはいり、おはいり、わが友よ。景気はどうだね？」

「正直いって、かんばしくない」キューゲルは答えた。「理由がわからないし、がっかりだ。わたしの護符はまるっきりの役立たずではないのだから」

「その疑問を解いてさしあげよう」とフィアノスサー。「きみが露店をかまえたのは、むかし絞首台のあった場所。不運の精髄がしみこんでいるんだよ。ところで、わたしの店の木材がどう組み合わさっているかを調べているようだね。なかへはいったほうがよく見えるよ。もっとも、夜中は店内に放してある飼いアーブの鎖を先に短くしておいてやらんとな」

「それにはおよばない」とキューゲル。「ちょっと興味を惹かれただけだ」

「がっかりしたそうだが」とフィアノスサーが言葉をつづけた。「いつまでもがっかりしなくてすむよ。この棚をご覧。在庫が底をつきかけているのにお気づきだろう」

キューゲルはそのとおりだと認めた。

「それとわたしがどう関係するんだ？」

フィアノスサーは道をはさんだ向こう側、黒衣をまとったひとりの男を指さした。この男は小柄で、肌は黄色、石のような禿げ頭だった。眼は節穴と見まがうばかり。口は幅広く、絶えずにんまりと笑っているような形に曲がっている。

「あそこにいるのは〈笑う魔術師〉イウカウヌ」とフィアノスサーがいった。「まもなくこの店へやってきて、ある赤い書巻（リブラム）を購おうとするだろう。偉大なるファンダールのもとで学んだディバルカス・マイオーの事例集だ。こちらの付け値はあの男の予算を上まわる。だが、あの男は辛抱強いから、すくなくとも三時間はねばるだろう。そのあいだ、あの男の館は留守になる。館には厖大な量の蒐集品がおさまっている。まじないに使う品々や賦活剤はいうまでもなく、骨董品、護符、書巻。わたしとしては、そういう品を買い入れるのにやぶさかでない。先をつづけなくてはいけないかね？」

「話はわかった」とキューゲル。「だが、警備の者や留守番を置かずにイウカウヌが館を離れるだろうか？」

フィアノスサーが両手を大きくひろげた。

「離れるとも。〈笑う魔術師〉イウカウヌから盗みを働こうとするなんて者はいない」

「だからこそ、その気になれないのだ」とキューゲルは答えた。「わたしは機転のきくほうだが、向こう見ずというわけじゃない」

「お宝が手にはいるんだよ」とフィアノスサー。「眼もくらむような宝飾品、値打ちの計り知れない驚異の品々。かてて加えて魔よけに、力の素に、不老不死の霊薬だ。とはいえ、忘れてもらっては困るが、わたしはなにも強要しないし、なにも勧めない。いっていることがわかるなら、きみは〈笑う魔術師〉イウカウヌの富を並べたてるわたしのひとりごとを耳にしただけなのだよ！　おっと、噂をすればなんとやらだ。早く。あの男に顔を見られないように背中を向けるんだ。あの男、三時間はここにいる。それだけは保証しよう！」

イウカウヌが店にはいってきた。キューゲルは身をかがめ、酢漬けのホムクルスのはいっている瓶をためつすがめつした。

「いらっしゃい、イウカウヌ！」フィアノスサーが声をはりあげた。「ずいぶん遅かったじゃないですか。例の赤い書巻に大金を積もうというお客を何人も断ってきたんですよ、ひとえにあなたのためにね！　それにほら――この小箱をご覧あれ！　いにしえのカルコッド遺跡の近くにある地下墓地で見つかったものです。まだ封印は解かれていませんから、なにがはいっているかはお天道さまだけがご存じだ。お値段は一万二千三時貨（タース）に負けときましょう」

「面白い」とイウカウヌがつぶやいた。「その銘は――見せてくれ……ふむ。なるほど、正真正銘の本物だ。小箱の中身は、魚の骨を焼いて灰にしたもの。グランド・モソラム一帯で下剤として使われていたものだ。骨董品としての値打ちは、十から十二タースといったところか。わしは何却紀も古い小箱を所有しておる。〈光輝の時代〉にまでさかのぼるものをな」

　キューゲルは扉までぶらぶらと歩き、街路に出ると、行ったりきたりしながら、フィアノスサーの申し出の内容を仔細に検討した。どうやら筋の通った話のようだ。イウカウヌはここにいて、ためこんだ宝でふくれあがった館はあちらにある。下見をするだけなら、危ない目にあうわけがない。キューゲルはキザン川の岸にそって東へと歩きだした。

　緑のガラスでできた螺旋形の小塔が、濃紺の空を背にそびえており、真紅の陽光が渦を巻いていた。キューゲルは立ちどまり、あたり一帯を慎重にうかがった。キザン川は音もなく流れている。近くには、黒いポプラ、淡い緑の唐松、しだれ柳の林になかば隠れる形で村があった――石造りの粗末な小屋が十軒あまり。住人は艀乗り（はしけのり）や川岸の段丘を耕す農夫たち。他人ごとには首を突っこまない連中だ。

キューゲルは館への道をじっくりと調べた。暗褐色のタイルが敷きつめられた道がうねうねと伸びている。彼が最終的にくだした決断は、正々堂々と近づけば近づくほど、口実は――かりにそういうものが必要だとしても――簡単ですむ、というものだった。彼は丘の斜面を登りはじめ、イウカウヌの館が頭上にそそり立つ形となった。中庭に達すると、足をとめて風景を探った。対岸では丘陵が眼路のかぎり伸びており、薄闇に溶けこんでいた。

キューゲルは扉まできびきびと足を運び、ノックしたが、応(いら)えはなかった。彼は考えをめぐらせた。もしイウカウヌが、フィアノスサーのように、警備の野獣を飼っているとしたら、誘いをかければ音を発するかもしれない。キューゲルはさまざまな声色で呼びかけた。ウーッ、ミャーミャー、ウォーン。

内部は静まりかえっていた。

彼はおそるおそる窓まで歩き、青みがかった灰色のカーテンのかかった玄関広間をのぞきこんだ。腰かけがひとつあるだけで、その上には鼠の死骸がのっており、鐘形のガラス瓶がかぶせてあった。キューゲルは館をまわりこみ、窓に行きあたるたびに調べていった。そしてついに古城の大広間にたどりついた。ざらざらした石を身軽によじ登り、意匠を凝らした胸壁のひとつへ飛び移る。つぎの瞬間にはイウカウヌの館へはいりこんでいた。

そこは寝室だった。台座の上で寝椅子を支えている六体のガーゴイルが、頭(こうべ)をめぐらせて闖入者をねめつけた。忍び足で一歩二歩、キューゲルは外側の部屋へ通じているアーチに達した。ここの壁は緑であり、調度は黒とピンクである。その部屋を出ると、そこは中央の部屋をとり巻くバルコニーだった。壁の高いところに設けられた出窓から光が射しこんでいる。眼下には、ありとあらゆる品物をおさめた櫃（ひつ）、収納箱、棚、吊り棚があった。イウカウヌの驚異的な蒐集品だ。

　キューゲルは鳥のように体をこわばらせて身がまえた。しかし、静けさの性質に気づいて緊張を解いた。人けのない場所につきものの静寂なのだ。それでも、〈笑う魔術師〉イウカウヌの私有地に踏みこんだのだから、用心するに越したことはない。

　キューゲルは螺旋階段を大股におりていき、大広間にはいった。うっとりして立ちつくし、イウカウヌに賛辞を呈す——興趣がつきないとはこのことだ。しかし、時間はかぎられている。さっさと盗んで、退散しなければ。彼は袋をとりだした。かさばらず、それでいて値打ちのあるものを念入りに選びながら、大広間を歩きまわる。突起をひねると、珍しい気体をもうもうと発する枝角つきの小さな壺。過去からの声をひびかせる象牙の角笛。着飾った小鬼たちが、いまにも滑稽な演技をはじめそうな小さな舞台。それぞれが魔界のひとつをぼんやりとのぞかせてくれる、水晶の葡萄の房に似た物体。千差万別の味わいの砂糖菓子を生やす杖。ルーン文字の刻まれた古代の指輪。いわくいいがたい色をした九本の帯に囲まれた黒い石。とはいえ、数百にのぼる粉末や液体の壺は素通りした。保存された生首をおさめた容器にも近づかなかった。やがて巻物、二つ折り判の大型本、書巻の詰めこまれた棚に行きあたった。そこで彼は、ファンダールに特有の色である紫のビロードで装丁された書物だけを慎重に選んでぬきとった。図面や古代地図をのせた大型本も選びだすと、配置を乱された革表紙がかび臭いにおいを漂わせた。

　一巡して広間の正面へもどる途中、ある櫃の前を通りかかった。陳列されているのは、悠久の歳月を経て腐食した帯で封印された金属の小箱二十個である。キューゲルは適当に三つを選んだ。意外なほどの重さがあった。つぎにどっしりした機械のわきを通り過ぎた。その用途を探りたいところだったが、時間切れが迫っている。そろそろ帰途についたほうがいい、アゼノメイとフィアノスサーの店に向かって……。

キューゲルは眉間に皺を寄せた。いろいろと考え合わせれば、くたびれ儲けで終わりそうだ。フィアノスサーはこのおれ、いや、より正確には、イウカウヌの品物を買いたたくだろう。戦利品の一部を人里離れた場所に埋めたほうがいいかもしれない……。おや、前に気づかなかった壁龕があるぞ。壁龕と広間をへだてる水晶の板を背に、淡い光が水のように湧きだしている。その奥のくぼみに魅力たっぷりの複雑な物体が飾られていた。キューゲルにわかるかぎりでは、命あるように見える美しい人形十二体のまたがった回転木馬の小型模型らしい。たいへんな値打ちものであるのは一目瞭然。そしてキューゲルには喜ばしいことに、水晶の板に開口部が見つかった。

彼は開口部をくぐりぬけた。が、二フィート先で第二の板が行く手をふさいでいた。魔法の回転木馬へ通じる歩廊ができているのだ。キューゲルは自信たっぷりに進んだが、ぶつかるまでは見えなかった、つぎの板に足どめされただけだった。キューゲルは引きかえした。すると、ありがたいことに、数フィートもどったところでまちがいなく正しい入口が見つかった。しかし、この新しい歩廊は何度か直角に折れ曲がり、またべつの透明な板に通じていた。キューゲルは回転木馬の入手をあきらめ、城を立ち去ることに決めた。まわれ右する。だが、いささか混乱しているのに気がついた。左からきたはずだが——それとも、右からだっただろうか？

……キューゲルがあいかわらず入口を探していると、じきにイウカウヌが館へもどってきた。壁龕のわきで足をとめ、イウカウヌは驚きまじりの面白がっているような眼つきでキューゲルをまじまじと見た。

「おや、見なれぬものが。お客さまだろうか？ お待たせしたとはご無礼つかまつった！ とはいえ、おぬしは楽しんでおいでのようだから、恐縮するまでもなかったか」イウカウヌの口もとからクスクス笑いが洩れた。それから、彼はキューゲルの袋に気がついたふりをして、「それはなんだ？ わしが吟味できるように品物を持ってきてくれたのか？ すばらしい！ わしは蒐集品をふやしたいとつねづね思っておる。歳月とともに目減りする分を補うためだ。わしのものを盗もうとするごろつきどものことを知ったら、おぬしはさぞ驚くだろうて！ たとえば、あのけばけばしい店にいるおべっか使いの商人——あの手この手でわしを引きとめようとしおって！ まあ、あの男は大目に見てやろう。いまのところは自分でわしの館にはいりこむほど大胆ではないからな。さあ、広間へ出ておいで。そうしたら、おぬしの袋の中身をあらためるとしよう」

キューゲルは優雅に一礼した。

「喜んで。仰せのとおり、あなたさまのお帰りをお待ちしておりました。記憶が定かなら、出口はこの通路の先に……」彼は前進したが、ふたたび足どめされた。残念無念といった身ぶりをして、

「曲がるところをまちがえたようです」

「そうらしい」とイウカウヌ。「上をご覧。天井に模様があるだろう。新月のしるしをたどって曲がれば、広間へ出てこられる」

「そうでしたか！」そういうとキューゲルは、指示にしたがってきびきびと前進した。

「ちょっとお待ち！」とイウカウヌが声をはりあげた。「袋をお忘れだ！」

キューゲルはしぶしぶ袋をとりにもどり、いまいちど歩きはじめて、じきに広間へ出た。

イウカウヌが慇懃な身ぶりをして、

「こちらへおいで願えれば、おぬしの商品を喜んであらためさせてもらおう」

キューゲルは、正面玄関へ向かう回廊へとっさに視線を走らせた。

「お手間をとらせるまでもありません。わたしの小間物など、とるに足らぬものばかり。お許しがあれば、出なおしてまいります」

「遠慮はご無用！」とイウカウヌが熱をこめていった。「客人は珍しいし、その大半はごろつきや盗人だ。まあ、そいつらはこっぴどい目にあわせてやるがな！　せめて冷たいものでも飲んでいくといい。袋は床に置きなさい」

キューゲルは慎重に袋を床へおろした。

「このあいだ、ホワイト・アルスターのさる海の魔女にちょっとした芸当を教わりました。興味を持たれるものと存じます。じょうぶな紐が何エルか入用ですが」

「なんとも好奇心をそそられるな！」

イウカウヌが腕を伸ばした。腰壁の羽目板がするっとひっこみ、ひと巻きのロープが彼の手に飛びこんできた。まるでほくそ笑みを隠そうとするかのように顔をこすりながら、イウカウヌがそのロープをキューゲルに渡し、キューゲルは細心の注意を払ってロープをふりほどいた。

「ご協力をお願いしたい」とキューゲル。「片腕と片脚を伸ばしてもらうだけでけっこうです」

「お安いご用だ」イウカウヌは片手をかかげ、指さした。ロープがキューゲルの腕と脚に巻きつき、身動きできないように縛りあげた。イウカウヌのにやにや笑いで、その大きくやわらかな頭が裂けそうになった。「これは意外な成り行き！　誤って〈泥棒捕り〉を働かせてしまった！　楽になりたければ、体の力をぬくことだ。〈泥棒捕り〉は雀蜂の脚を織ったもので作られておるからな。では、おぬしの袋の中身を調べよう」彼はキューゲルの袋をのぞきこみ、小さく失望の叫びを発した。

「わしの蒐集品を盗みおったのか！　いちばん大切な値打ちものがまじっておるぞ！」

　キューゲルは顔をしかめた。

「仰せのとおりです！　しかし、わたしは盗賊ではありません。フィアノスサーにいわれて、ここへある種の品物を集めにきたのです。それゆえ――」

　イウカウヌが片手をかかげた。

「この悪だくみは、笑って見過ごすには重大すぎる。わしは盗賊や空き巣ねらいを憎むと公言してきた。したがって、これからおぬしにこの上なく厳格な裁きをくださねばならん――もちろん、正当な返礼ができるのなら話はべつだが」

「そのような返礼が存在するのはたしかです」とキューゲルは断言した。「とはいえ、このロープが皮膚に食いこむので、まともに頭が働きません」

「かまわんよ。わしは〈孤絶の包囊術〉を用いることにした。この術は、被験者を地表から四十五マイルほど地下にある孔に閉じこめるというものだ」

　キューゲルは失意のあまり眼をしばたたいた。

「この状況下では、返礼など無理というもの」

「一理ある」イウカウヌが考えこんだ。「よくよく考えれば、おぬしにしてもらう野暮用がありそうだ」

「その悪党は死んだも同然！」とキューゲルは断言した。「さあ、このろくでもない縛めを解いてください！」

「いや、人を殺めてもらおうというのではない」とイウカウヌ。「ついてこい」

　ロープがゆるみ、キューゲルはイウカウヌのあとについてよたよたと歩いて、精緻な刺繍がほどこされた綴れ織りのかかっている、ある側面の部屋にはいった。イウカウヌは飾り戸棚から小さな箱をとりだし、宙に浮かんでいるガラスの円盤の上に置いた。箱をあけ、キューゲルを手招きする。キューゲルがのぞきこむと、箱のなかには真紅の毛皮でふちどられたくぼみがふたつあり、ぼやけた菫色のガラスでできた小さな半球がひとつだけおさまっていた。

「各地を旅してきた博識な男として」とイウカウヌがいった。「おぬしはこのしろものに見憶えがあるにちがいない。ないだって？　もちろん、第十八却紀のカッツ戦争には通じておろうな？　通じてないだって？」イウカウヌは驚きのあまり肩をすくめた。「この争乱のさなかに、妖魔ウンダ＝フラダ――ズラムプの名鑑には一六―〇四緑として記載されておる――が主人たちに加勢しようと考え、亜世界ラ＝エルからある種の付属肢をたくさん突きだして目的をかなえようとした。周囲を探るため、これらの先端には、おぬしの眼の前にあるのとそっくりの尖頭がはまっておった。形勢が不利になると、その妖魔はラ＝エルにひっこんだ。半球ははずれ、カッツ全土に散らばった。見てのとおり、わしはそのひとつを所有しておる。おぬしはこれと対になる尖頭を手に入れ、わしのもとまで運んでこなければならん。そうすれば、押しこみの罪は帳消しにしてやろう」

キューゲルは思案をめぐらせた。

「魔界ラ＝エルへの遠征か、〈孤絶の包嚢術〉のどちらかを選べとおっしゃるなら、殺生というもの。正直いって、判断がつきかねます」

イウカウヌの笑いで、その大きくふくらんだ黄色い頭が裂けそうになった。

「ラ＝エルを訪ねるまでもないかもしれんぞ。かつてカッツとして知られた土地で品物は手にはいるかもしれん」

「やらねばならないのなら、やるまでです」と唸るようにキューゲル。今日の仕事の結末は、まったく不愉快なものとなりそうだ。「その菫色の半球をだれが守っているのです？　その働きはどういうものです？　どうやって往復すればいいんです？　どんな必要な武器やら、護符をはじめとする魔法の品を授けてくれるんです？」

「そうあわてるな」とイウカウヌ。「まずやらねばならぬことがある。ひとたび自由の身となったおぬしが、ゆるぎない忠誠心をもって、その目的に向かって邁進するようにしておかんとな」

「心配はご無用です」とキューゲルが断言した。「わたしの口約束は証文もおなじ」

「それは重畳！」とイウカウヌは叫んだ。「わしは安全というものをいささかも軽く考えぬたちだが、そうと聞いたからには、なんの心配もない。これからわしがすることは、まちがいなく蛇足だろう」

彼は部屋を出ていき、ほどなくして、覆いのついたガラス鉢を手にしてもどってきた。中身は小さな白い生きものだ。鉤爪、角、棘、逆鉤のかたまりである。いまは腹立たしげに身をくねらせていた。

「これは」とイウカウヌがいった。「わが友フィルクス。アケルナル星からの客人で、見かけよりはるかに賢明だ。フィルクスは、わしの仕事部屋で槽(おけ)を共有しておった仲間から切り離されて立腹しておる。おぬしが迅速に務めを果たすよう、彼が助けてくれるだろう」

イウカウヌが近寄り、器用な手つきで生きものをキューゲルの下腹部に押しつけた。それはキューゲルの腹中にもぐりこみ、肝臓にからみついて不寝番の任についた。

イウカウヌがあとじさり、その異名の由来となった傍若無人の哄笑をとどろかせた。キューゲルの眼が顔からこぼれそうになった。彼は抗議しようと口をあけたが、かわりに顎を食いしばり、ぎょろりと眼をむいた。

ロープがひとりでにほどけた。キューゲルの体が小刻みに震えた。体じゅうの筋肉が凝り固まっていたのだ。

イウカウヌの大笑が、腹に一物ありげなにやにや笑いにまでおさまった。

「魔法の品がどうのこうのといっておったな。アゼノメイの露店で、おぬしが霊験あらたかと称して売っておったあの護符はどうした？　敵を金縛りにかけ、鉄を溶かし、おぼこ娘を感きわまらせ、不老不死を授けてくれるのではなかったか？」

「あの護符はつねに信頼できるわけではありません」とキューゲルは答えた。「さらなる力が必要です」

「あるではないか」とイウカウヌ。「おぬしの剣、舌先三寸、逃げ足の速さのなかに。とはいえ、せっかくだから、これくらいは助けてやろう」彼はキューゲルの首に小さな正方形の牌（タブレット）をかけた。「さあ、これで飢える心配はなくなったぞ。この魔力を秘めた牌で触れれば、木でも、木の皮でも、草でも、なんなら捨てられた衣服でも食べられるようになる。毒があれば鐘を鳴らしてもくれるぞ。さあ、これで——ぐずぐずしている理由はなくなった！　では、行くぞ。ロープは？　ロープはどこだ？」

ロープが従順にキューゲルの首に巻きつき、キューゲルはしかたなくイウカウヌのあとをついていった。

ふたりは古城の屋上に出た。とうのむかしに闇のとばりが地上におりていた。キザン渓谷の上流でも下流でもほのかな光がきらめき、いっぽうキザン川そのものは、闇よりも暗い不規則な形の帯だった。

イウカウヌが鳥籠を指さした。

「あれがおぬしの乗りものになる。乗るがいい」

キューゲルはためらった。

「たっぷりと食べ、眠って英気を養い、生まれ変わった気分で明日出発するほうがよいのではありませんか」

「なんだと？」イウカウヌが角笛のような声を出した。「わしを前にして選り好みをいう気か？　わしの館に忍びこみ、わしの宝物を盗んで、散らかし放題にしたおぬしが？　自分の幸運がわかっておるのか？　ひょっとしたら〈孤絶の包嚢〉のほうがお好みか？」

「滅相もない！」キューゲルは不安げに抗議した。「冒険の成功を願っているだけです！」

「ならば、鳥籠のなかへ」

キューゲルは絶望の眼差しで城の屋上を見まわしてから、のろのろと鳥籠まで行き、乗りこんだ。

「よもや忘れることはあるまいが」とイウカウヌ。「たとえ忘れたとしても、そしておぬしの最大の務め、すなわち、菫色の尖頭の入手をおろそかにしたならば、お目付け役のフィルクスが思いださせてくれるだろう」

「いまやこの冒険に乗りだすこととなり、帰ってこられる見こみは薄いのですから」とキューゲル。「あなたご自身と、あなたの人となりに関するわたしの賛辞を知っていただきたい。第一に――」

だが、イウカウヌは片手をかかげた。

「聞く気は毛頭ない。悪口なら自尊心が傷つくし、誉め言葉は疑ってかかるたちだからな。さあ――とっとと行くがいい！」

彼はあとじさり、暗闇をじっと見あげてから、ザスドルバスの〈目印つき転送の術〉として知られる呪文を叫んだ。高みからバサッ、ドスッという音、くぐもった憤怒の唸りが降ってきた。

イウカウヌはさらに数歩さがり、太古の言葉で呪文を叫んだ。すると、うずくまったキューゲルを乗せた鳥籠が宙にさらわれ、空へ舞いあがった。

寒風がキューゲルの顔に吹きつけた。頭上からは巨大な翼の羽ばたく音と、気のめいる嘆きの声が降ってくる。鳥籠は前後に大きく揺れた。眼下は一面の闇、地獄の窖（あなぐら）のような暗黒だ。しかし、星々の位置から北へ向かっていることはわかった。まもなく下界にモウレロン山脈の峰々が現われ、やがて彼らは〈崩（く）えの長城〉の地として知られる荒野の上を飛んでいた。一度か二度、キューゲルは孤立した城の明かりを見かけ、一度は大きなかがり火に気がついた。しばらくのあいだ、有翼の小鬼が鳥籠と並んで飛び、なかをのぞきこんできた。キューゲルの苦境を面白がっているらしく、下界の土地についてキューゲルが情報を求めても、ゲラゲラ笑うだけだった。そいつは疲れてきて、鳥籠につかまりたがったが、キューゲルに蹴りとばされ、ねたましさに絶叫しながら、風のなかへ落ちていった。

東の空が古い血の赤に染まり、老人のように寒さでブルブル震えている太陽がまもなく姿を現わした。地上はすっぽりと霧に覆われた。キューゲルにわかるのは、黒い山々と暗い峡谷の土地を渡っていることくらい。そのうち霧が晴れ、鉛色の海が現われた。彼は一、二度上に眼をやったが、鳥籠の屋根が妖魔を隠しており、革でできた翼の先端しか見えなかった。

とうとう妖魔は大洋の北岸にたどりついた。浜辺へ急降下したそいつは、恨みがましいしわがれ声をあげ、十五フィートの高みから鳥籠を放りだした。

キューゲルは壊れた鳥籠から這いだした。打ち身をさすりながら、去っていく妖魔のうしろ姿に罵声を浴びせ、それから砂地を踏みしめ、湿った黄色い棘草をかき分けてとぼとぼと歩き、前浜の斜面を登った。北には不毛な沼沢地がひろがり、遠くには低い丘陵が連なっている。東と西には大海原と寒々とした浜辺。キューゲルは南に向かってこぶしをふりたてた。いつか、どうにかして、なんらかの形で〈笑う魔術師〉に復讐してやる！　それだけは誓うぞ。

西へ数百ヤード行ったところに、古代の堤防のなごりがあった。キューゲルは調べようと思ったが、三歩と進まないうちに、フィルクスが突起を彼の肝臓に食いこませた。苦悶のあまり白眼をむいたキューゲルは、まわれ右して、東へ向かって海岸を歩きだした。

まもなく腹の虫が鳴きだし、イウカウヌにもらった呪物のことが思いだされた。彼は流木のかけらを拾い、牌でこすった。てっきり眼の前で山盛りの砂糖菓子か、あぶった鶏の肉に変わるものだと思っていた。ところが、流木はチーズの歯応えにまでやわらかくなっただけで、味は流木のままだった。キューゲルはムシャムシャと流木を平らげた。イウカウヌにまた貸しができたぞ！〈笑う魔術師〉にどうやって借りを返してもらおう！

真紅の球となった太陽が、南の空をよぎっていった。夜が迫り、キューゲルはとうとう人の住んでいるところに行きあたった。小川のほとりの寒村である。掘っ立て小屋は泥と木の枝でできた鳥の巣に似ており、屎尿（しにょう）とごみの悪臭がたちこめていた。そのあいだを、小屋に負けず劣らず見苦しい人々がうろついていた。体つきはずんぐりとしており、愚鈍そうで、ぶくぶくに太っている。ごわごわした黄色い髪はもつれ放題、眼鼻立ちはちんまりしている。ひとつだけ注意を惹く特徴は──キューゲルは即座に見てとり、強い興味をおぼえた──その眼だった。視力のなさそうな菫色の半球。どこから見ても、イウカウヌが所望する例の物体にそっくりだ。

キューゲルは用心深く村に近づいたが、住人は彼にさして関心を払わなかった。かりにイウカウヌのほしがっている半球が、この連中の菫色の眼とおなじものだとしたら、雲をつかむようだった話も変わってきた。菫色の尖頭を入手することは、戦術の問題にすぎない。

キューゲルは立ちどまって村人を観察し、大いに困惑するはめとなった。第一に、彼らは悪臭を放つ下賤の身分にふさわしい物腰ではなく、威風堂々とふるまっており、その尊大さはときに傲岸不遜の域にまで達するのだ。キューゲルはとまどい顔で見まもった。耄碌した者ばかりなのだろうか？　ともあれ、あの連中が脅威になるとは思えない。彼は村の本通りへとはいりこみ、いっそう不快なごみの山を避けようとして慎重に歩いていった。尊大な村人のひとりが、ようやく彼に気づいてくださり、唸るようなしわがれ声で話しかけてきた。

「おい、こらっ。何用だ？　なぜわれらが都スモロッドの街はずれをうろついておる？」

「わたしは旅の者です」とキューゲルは答えた。「食べものと寝泊まりする場所の見つかる宿への道をおたずねしたいだけ」

「宿はない。旅人や無宿者は、われらとは無縁だ。そうはいっても、われらが富をそなたに喜んで分かちあたえよう。あちらに、そなたの便宜を図ってくれる施設をそなえた館がある」男は崩れかけた掘っ立て小屋を指さした。「好きなだけ食べてかまわん。あちらの大食堂にはいり、好きなものを選ぶだけでよい。スモロッドに出し惜しみというものはないのだ」

「感謝の言葉もありません」とキューゲル。話をつづけたいところだったが、相手はすたすたと歩み去っていた。

キューゲルはおそるおそる小屋をのぞきこんだ。そして多少の骨折りの末、とりわけ不都合なごみを掃除し、台をととのえて、その上で眠れるようにした。太陽はいまや地平線にかかっており、キューゲルは大食堂と教えられた倉庫へと足を運んだ。あんのじょう、よりどり見どりという村人の言葉は誇張もいいところだった。倉庫の片側に山と積まれた魚の燻製、反対側にさまざまな種子や穀類をまぜたレンズ豆のはいった蓋つきの大箱。キューゲルはその一部を小屋に持ち帰り、ひとり淋しく夕食をとった。

陽は沈んでいた。キューゲルは村にどのような娯楽があるのか調べに出たが、通りには人っ子ひとりいなかった。ランプが灯っている掘っ立て小屋もあり、壁板の隙間ごしになかをのぞくと、住人が魚の燻製を食べるか、ひとりごとをいうかしていた。彼は自分の小屋にもどり、寒さしのぎに小さな火を起こして、なんとか眠りについた。

翌日、キューゲルはスモロッドの村と菫色の眼をした住民をあらためて観察した。仕事に出る者はいない、と彼は気づいた。近くに畑がある気配もない。この発見にキューゲルは落胆した。菫色の眼をひとつ手に入れるためには、所有者を殺すしかないだろう。そしてこの目的を果たすには、官憲の手を免れることが肝心なのだ。

彼はためしに村人たちと言葉を交わそうとしたが、そのうち相手の眼つきが癪にさわりはじめた。まるで向こうが優雅な王侯貴族であり、こちらは悪臭を放つ無骨者であるかのようではないか！

午後を通して南へ歩き、海岸を一マイルほど行ったところで、べつの村に行きあたった。住人はスモロッドの住民にそっくりだったが、ふつうの眼をしていた。勤勉でもあり、畑を耕し、海で魚をとっていた。

キューゲルは、漁獲を肩にかけて村へもどる途中の漁師ふたり連れに近づいた。ふたりは足をとめ、うさん臭そうにキューゲルを見つめた。キューゲルは旅の者だと名乗り、東の土地に関してたずねたが、土地は不毛で寒々としていて、危険だということしか知らない、というのが漁師たちの返事だった。

「わたしはいまスモロッド村で厄介になっている」とキューゲルはいった。「人々は感じがいいが、どことなく奇妙だ。たとえば、なぜ彼らの眼はああなのだろう？　彼らの苦悩はどういう性質のものだろう？　なぜ彼らはあれほど自信にあふれ、慇懃にふるまうのだろう？」

「あの眼は魔法の尖頭だ」年かさの漁師が恨みのこもった声でいった。「あれは天界の景色を見せてくれる。持ち主が王侯貴族のようにふるまうのも当然さ。ラドクス・ヴォミンがくたばれば、おれもそうなる。おれがやつの眼を受け継ぐんだからな」

「そうだったのか！」驚きのあまりキューゲルは大声をあげた。「あの魔法の尖頭は、持ち主がその気になれば、意のままにとりはずして、移し変えられるんだね？」

「できるさ。でも、だれが天界とこれをとり換えたがる？」漁師は腕をぐるっとまわして、わびしい風景を示した。「おれは長いこと骨身を削ってきた。ようやく天界の愉悦を味わう番がめぐってくるんだ。そのあとはなにもない。ただひとつの危険は、至福に溺れて死ぬことだ」

「じつに興味深い！」キューゲルが叫んだ。「あの魔法の尖頭をひと組ゆずってもらうには、どうすればいい？」

「グロッズのほかのみんなとおなじように、汗水垂らすのさ。名前を名簿にのせたら、スモロッドの貴族が食いっぱぐれないよう、額に汗して働くんだ。三十一年のあいだ、おれはレンズ豆と小麦の種をまいて収穫し、網で魚をとって、とろ火であぶってきた。そしていま、このブバック・アングの名前が名簿の先頭にある。あんたもおなじことをしなけりゃいかん」

「三十一年か」キューゲルは考えこんだ。「わずかな期間ではないな」

するとフィルクスがそわそわと身をくねらせ、キューゲルの肝臓にすくなからぬ不快を生じさせた。

漁師たちは自分たちの村グロッズへ向かった。キューゲルはスモロッドに引きかえした。ここで彼は、村に着いたとき話しかけた男を捜しあてた。

「わが君」とキューゲルはいった。「ご存じのように、わたしは遠い土地からの旅人でございます。スモロッドの都の威光に惹かれて参りました」

「さもあろう」と相手は唸り声でいった。「われらが都の壮麗さは、嫉妬心をかきたてずにはおかぬのだ」

「ならば、その魔法の尖頭のいわれは、いかなるものでありましょう？」

年長者は、まるではじめて見るかのように、菫色の半球をキューゲルに向けた。彼は不機嫌そうな声でいった。

「わざわざ論ずるほどの問題ではないが、その話題が持ちだされたからには、話しても害にはなるまい。遠いむかし、アンダーハードという妖魔が地球を見渡そうと触手を送りこんできた。それぞれの先端に尖頭がはまっていた。シムビリス十六世が怪物に苦痛をあたえると、そやつはみずからの亜世界にひっこみ、尖頭がはずれた。四百十二個の尖頭が集められ、スモロッドに運ばれた。当時の都も、いま余に見えている華麗な姿を誇っていたという。なるほど、余の眼に映るのは仮象(かしょう)にすぎん。だが、それをいうならそなたもおなじ。どちらが現実か、だれにいえよう？」

「わたしは魔法の尖頭を通して見ておりません」とキューゲル。

「たしかに」年長者は肩をすくめた。「できれば見過ごしたい問題だ。自分が豚小屋に住み、粗末きわまりない食べものをむさぼっておるのはぼんやりとわかっておる――だが、主観的な現実では、余は光り輝く宮殿に住まい、同胞(はらから)である公子公女に囲まれて、山海の珍味に舌鼓を打っておるのだ。つまり、こういうことだ――妖魔アンダーハードは亜世界からこの世界を見た。われらはこの世界から天界を見る。それは人間の希望、見果てぬ幻、至福に満ちた夢の精髄にほかならぬ。この世界に住むわれらが――どうしてみずからを壮麗な貴族以外のものとして考えられよう？　これがわれらのありようなのだ」

「得心しました！」キューゲルが声をはりあげた。「その魔法の尖頭をひと組手に入れるには、どうしたらよいのでしょう？」

「ふたとおりの方法がある。アンダーハードは四百十四個の尖頭を失った。われらは四百十二個を管理しておる。二個は見つかっておらず、大洋の底に転がっておるに相違ない。それらを確保するのはそなたの自由だ。第二の手段はグロッズの市民となり、われらのひとりが世を去るまで、スモロッドの貴族に食べものを用意することだ。われらの寿命がつきることはめったにないがな」

「わたしの理解するところ、ラドクス・ヴォミン卿なるお方のご健康が優れないとか」

「しかり。あれがその御仁だ」年長者が指さしたのは、掘っ立て小屋の前の汚物のなかにすわり、締まりのない口からよだれをこぼしている太鼓腹の老人だった。「見てのとおり、みずからの宮殿の遊園でくつろいでおられる。ラドクス卿は情欲に溺れて体を壊された。なにしろわれらが公女たちは、余がもっとも高貴な公子であるのとまったくおなじように、人間の霊感が生んだもっとも蠱惑的な生きものなのだからな。とはいえ、ラドクス卿の場合は度が過ぎた。それゆえ壊疽にかかられたのだ。われら全員にとって教訓となろう」

「ひょっとして、ラドクス卿の尖頭を入手するための格別の配慮をたまわれないでしょうか？」とキューゲルはいってみた。

「あいにくだが。そなたもほかの者とおなじように、グロッズへ赴き、骨身を惜しまず働かねばならん。いまや漠然として思える前世で、余がそうしたように……。どれほど長いあいだ苦労したことか、考えてみよ！　だが、そなたは若い。三十年なり、四十年なり、五十年なり、待つには長すぎる時間ではない」

キューゲルは下腹部に手をあて、いらだたしげに身じろぎするフィルクスをなだめようとした。

「それほどの時間のうちには、太陽が衰えるかもしれません。ご覧あれ！」彼が指さしたそのとき、黒いちらつきが太陽の面をよぎり、つかのま、かさぶたができたように思われた。「いまでさえ太陽は弱っています！」

「それは杞憂というものだ」と年長者はいった。「スモロッドの貴族であるわれらにとって、太陽は精妙な色の輝きを盛んに放っておるぞ」

「いまのところは仰せのとおりかもしれません」とキューゲル。「しかし、太陽が暗くなれば、どうなります？　薄闇と寒気のなかでおなじ喜びを得られるでしょうか？」

だが、年長者はもはや聞いていなかった。ラドクス・ヴォミンがぬかるみのなかで横倒しになっていたのだ。命がつきたようだ。

どうしたものかという顔でナイフをいじりながら、キューゲルは亡骸を見にいった。手際よくナイフでひと切りかふた切り――せいぜい一瞬の仕事だ――そうすれば、目的は達成できる。彼は前かがみになった。しかし、好機はすでに去っていた。村のほかの貴族たちが寄ってきて、キューゲルを押しのけたのだ。ラドクス・ヴォミンの遺体は持ちあげられ、厳粛きわまりない雰囲気のなか、悪臭を放つ彼の掘っ立て小屋の内部へ運ばれた。

キューゲルは戸口ごしにものほしげな眼をこらした。機を逃さないように、あれこれと策略を練りながら。

「ランプを持ちきたれ！」と年長者が抑揚をつけていった。「宝石をちりばめた棺台に横たわるラドクス卿を最後の光輝で囲んでさしあげるのだ！　塔から黄金の喇叭（らっぱ）を吹き鳴らさせよ。公女たちには金襴のローブをまとわせよ。ラドクス卿がこのなく愛した喜びのかんばせを、長い髪で隠すようにさせよ！　これからわれらは不寝番に立たねばならぬ！　棺台を守るのはたれぞ？」

キューゲルが進み出た。

「それはこの上ない名誉と存じます」

年長者はかぶりをふった。

「これは彼の同胞だけに許された特権だ。モウルファグ卿、グルース卿。この役目についてもらえぬだろうか」

村人のふたりが、ラドクス・ヴォミン卿をのせた長椅子に近づいた。

「つぎに」と年長者がきっぱりといった。「葬儀を布告し、グロッズでもっともふさわしい郷士ブバック・アングに魔法の尖頭を移さねばならぬ。いまいちど、その郷士に告知へ赴くのはたれぞ?」

「いまいちど」とキューゲル。「その務めを果たしたいと存じます。スモロッドで受けた手厚いもてなしに報いるため、せめてそれくらいのことをするのが筋というもの」

「よくぞ申した!」と年長者が抑揚をつけていった。「ならば、グロッズへ急げ。その忠義と勤勉な働きぶりによって昇格にふさわしい、あの郷士を連れてもどって参れ」

キューゲルは一礼し、グロッズに向かって荒れ地を走りだした。いちばん手前の畑に近づくにつれ、彼は草むらから低林へと身を隠しながら慎重に進んだ。まもなく目あてのものが見つかった。湿った土を根掘り鍬で鋤かえしている農夫である。

キューゲルは音もなく無骨者に忍び寄ると、節くれだった木の根でなぐり倒した。男の衣服、革帽子、脚絆と履きものをはぎとり、麦藁色のごわごわした顎鬚をナイフで切りおとす。全部をかかえ、丸裸で気絶している農夫をぬかるみに置き去りにして、スモロッドのほうへ大股で駆けていく。彼は村から離れた場所で盗んだ服に着替えた。切りおとした顎鬚をとまどい顔でしげしげと眺めたあと、ごわごわした黄色い毛を縛っていくつかの房にし、房と房を結びあわせて、一見すると不ぞろいな顎鬚が生えているような形にした。残りの毛は、垂れさがった革帽子のつばの下にたくしこむ。

いまや陽が沈んでおり、李色（すもも）の薄闇が地上を包んでいた。キューゲルはスモロッドへ引きかえした。ラドクス・ヴォミンの掘っ立て小屋の前で灯油ランプがちらちらと光っており、そこではぶくぶくに太った村の女たちが、むせび泣いたり、うめき声をあげたりしていた。

キューゲルは用心深く進み出た。自分はどうすると思われているのだろう。変装についていえば、通用するかしないかだ。菫色の尖頭がどこまで知覚を混乱させるかはよくわからない。しかたない、いちかばちかだ。

キューゲルは掘っ立て小屋の扉まで大胆に進んだ。できるだけ声を低くして呼びかける。

「参上いたしました、スモロッドの尊い方々よ。グロッズの郷士ブバック・アング、三十一年にわたり、スモロッドの食料庫に選りぬきの品をおさめてきた者です。こうして参上いたしましたのは、貴族の身分への昇格を請い願うため」

「そなたの権利のままに」と村の長老がいった。「しかし、そなたは長年スモロッドの公子たちに仕えてきたブバック・アングとは別人に思える」

「面変（おも）わりしたのです――公子ラドクス・ヴォミンの逝去を悼むあまり、そして昇格の見こみに恍惚となるあまり」

「さもありなん。では――儀式にそなえるがよい」

「そなえはもうできております」とキューゲル。「じつをいえば、魔法の尖頭をたまわりさえすれば、静かに持ち帰って、喜びにひたりたいと存じます」

長老は鷹揚にかぶりをふった。

「それは儀式にのっとっておらぬ。そなたはまずこの壮大な城のあずまやに一糸もまとわずに立たねばならん。つぎに麗人中の麗人が、そなたに香油を塗るであろう。つぎにエディス・ブラン・モウルに捧げる祈禱。つぎに――」

「尊いお方」キューゲルが口をはさんだ。「ひとつお願いがございます。儀式がはじまる前に、魔法の尖頭をわたくしにはめてもらえませぬか。さすれば、儀式のすばらしさをあますことなく理解できるはず」

長老は思案した。

「その要求は異例のものだが、一理ある。尖頭を持て！」

待ち時間があり、そのあいだキューゲルは、体重をかける足を右から左へ変えた。のろのろと時間が過ぎた。衣服と偽物の顎鬚は耐えられないほどむずがゆかった。とそのとき、村はずれに近づいてくる新しい人影がふたつ見えた。グロッズの方角からやって来る。ひとりはまずまちがいなくブバック・アング。もうひとりは顎鬚を切りとられた男らしい。

長老が姿を現わした。両手にひとつずつ、菫色の尖頭を握っている。

「進み出よ！」

キューゲルは大声を出した。

「ここに控えております」

「これより、魔法の尖頭と右眼の結合部を清める薬を射す」

群集のうしろのほうで、ブバック・アングが声をはりあげた。

「待ってくれ！　なにが起きてるんだ？」

キューゲルはふりかえり、指さした。

「厳粛な儀式を邪魔するとは、どこの馬の骨だ？　つまみだせ――いますぐ！」

「そのとおりだ！」長老が有無をいわせぬ口調で叫んだ。「そなたは儀式の権威をおとしめ、みずからを卑しめておるのだぞ」

ブバック・アングは一瞬ひるんで、うずくまるようにあとずさった。

「こうして邪魔がはいったからには」とキューゲルがいった。「この狼藉者たちが正しく罰せられるまで、魔法の尖頭をあずかるだけで満足です」

「ならん」と長老。「そのような手順を許すわけにはいかぬ」

彼はキューゲルの右眼に臭い油脂を何滴かふりかけた。しかし、このとき顎鬚を切りおとされた農夫が大声をはりあげた。

「おれの帽子！　おれの上着！　おれの顎鬚！　正義はないのか？」

「黙れ！」と群集が声を洩らした。「ここは厳粛な儀式の場だぞ！」

「でも、ブバック・アングはこのおれで――」

キューゲルが声をはりあげだ。

「魔法の尖頭をはめてください。この狼藉者どもは無視いたしましょう」

「狼藉者だと、このおれが?」ブバック・アングが吼え猛った。「きさまには見憶えがあるぞ、この悪党め。式を中止しろ!」

長老が容赦なくいった。

「これより右の尖頭を授ける。頭脳に負担をかけ、人事不省におちいらせる不調和を避けるため、そなたは一時的にこの眼を閉じておかねばならぬ。つぎは左眼だ」

彼は軟膏を手にして進み出た。ところが、ブバック・アングと顎鬚をなくした農夫は、もはや制止の声を聞こうとしなかった。

「式を中止しろ! ペテン師を貴族に叙すつもりか! おれがブバック・アング、その地位にふさわしい郷士だ! あんたたちの前に立っているそいつは宿なしだぞ!」

長老はとまどい顔でブバック・アングをまじまじと見た。

「なるほど、そなたは三十一年にわたりスモロッドに食料を届けてきた、あの農夫によく似ておる。だが、そなたがブバック・アングなら、この男は何者だ?」

顎鬚をなくした農夫がドスドスと進み出て、

「おれの背中から服を、おれの顔から顎鬚を盗んだ人でなしだ」

「そいつは罪人で、山賊で、宿なしで——」

「口をつつしめ!」長老が声をはりあげた。「その言葉はふさわしくない。この男がスモロッドの貴族の末席に連なったのを忘れたか」

「とんでもない!」ブバック・アングが叫んだ。「そいつはおれの眼の片方をはめてるんだ。もう片方はおれのもんだぞ！」

「厄介なことになった」と長老がつぶやいた。キューゲルに話しかける。「以前は宿なしで追いはぎであったにせよ、そなたはいまや公子であり、責任をになう身だ。そなたの意見は？」

「この騒々しい無骨者どもから身を隠しましょう。そのあと──」

ブバック・アングと顎鬚をなくした農夫が、憤怒の叫びをあげながら飛びだした。とっさに飛びのいたキューゲルは、右眼を閉じておくことができなかった。まぶたがパッと開き──めくるめく驚異が頭脳になだれこんできて、驚愕のあまり息が喉に詰まり、あやうく心臓がとまりそうになった。しかし、同時に左眼にはスモロッドの現実が映っていた。その不調和は耐えがたいほど甚だしかった。彼はよろめき、掘っ立て小屋にもたれかかった。ブバック・アングが根掘り鍬をふりかぶって彼の前に立ったが、このとき長老が割ってはいった。

「正気を失ったか？　この男はスモロッドの公子だぞ！」

「おれに殺される男だ。おれの眼をはめてるんだからな！　おれは宿なしのために三十一年も骨身をけずってきたのか？」

「落ちつけ。ブバック・アング、それがそなたの名前であれば。そして事態がまだ完全には明らかになっていないことを忘れるな。手ちがいがあったのかもしれぬ──まちがいなく過失が。なぜなら、この男はいまやスモロッドの公子であり、いい換えれば、正義と叡智の化身であるのだから」

「尖頭を授かる前はそうじゃなかった」とブバック・アングがいいかえした。「罪を犯したのはそのときだ」

「こじつけによる区別にとらわれるわけにはいかぬ」と長老は応じた。「いずれにせよ、そなたの名前は先頭にあり、つぎの不幸の折りには――」

「十年も十二年も先じゃないか」とブバック・アングが叫んだ。「まだまだ骨身をけずって、ようやく報われるときがきたら、太陽が暗くなるっていうのか？　いや、いや、そんなのはご免だ！」

顎鬚をなくした農夫が提案した。

「残りの尖頭をもらえよ。そうやって、とにかくおまえの権利の半分を行使すれば、横紙破りになにもかも巻きあげられずにすむ」

ブバック・アングは同意した。

「手はじめに魔法の尖頭ひとつだ。そうしたらその悪党を殺して、残りを手に入れる。それで一件落着だ」

「ところで」と長老が横柄にいった。「それはスモロッドの公子について語る口調とはいえぬぞ」

「ばあっ！」ブバック・アングは鼻を鳴らした。「あんたらの食いものがどこから来るかを忘れなさんな！　おれたちグロッズの者は、ただ働きはしないぞ」

「しかたあるまい」と長老がいった。「そなたの乱暴な口調には感心せぬが、そなたの言に一理あることは否定できぬ。ここにラドクス・ヴォミンの左の尖頭がある。祈禱も、塗油も、祝いの賛歌も省略しよう。一歩前へ出て、左眼をあけてもらえれば――そうだ」

キューゲルとおなじく、ブバック・アングは両眼でいっしょに見て、めまいに襲われてよろよろとあとずさった。しかし、片手を左眼にかぶせて立ちなおり、キューゲルに詰めよった。

「これで策を弄しても無駄だとわかっただろう。その尖頭を寄こして立ち去れ。おまえがふたつを使うことは絶対にないんだから」

「べつにかまわないよ」とキューゲル。「わが友フィルクスのおかげで、わたしはひとつでじゅうぶんに満足だ」

ブバック・アングは歯ぎしりした。

「もういちどおれをペテンにかけられると思うのか？　きさまの命は風前の灯だ。おれだけじゃなく、グロッズのみんなが保証してやる！」

「スモロッドの領内では、ならぬぞ！」と長老が警告した。「公子のあいだに諍い（いさか）があってはならぬ。和解するのだ！　ラドクス・ヴォミンの尖頭を分かちあったそなたらは、彼の宮殿、礼服、調度、宝石、従者も分かちあわねばならぬ。望むらくは遠い将来、どちらかが世を去り、残ったほうがすべてを手に入れるまでは。以上が余の裁定だ。これ以上いうべきことはない」

「横紙破りのくたばるときは間近だろうな」とブバック・アングが低い声でいった。「スモロッドから踏みだした瞬間がやつの最期だ！　必要なら、グロッズの市民は百年だって不寝番に立つぞ！」

この知らせにフィルクスが身もだえし、キューゲルは苦痛にたじろいだ。彼は猫なで声でブバック・アングに話しかけた。

「妥協が図れるかもしれない。あなたにはラドクス・ヴォミンの地所をそっくりそのままさしあげる。宮殿も、調度も、従者も。わたしには魔法の尖頭をゆずってくれるだけでいい」

だが、ブバック・アングは聞く耳持たなかった。

「命が惜しければ、いますぐその尖頭を寄こせ」

「それは無理な相談だ」とキューゲル。

ブバック・アングはきびすを返し、顎鬚をなくした農夫に話しかけた。農夫はうなずき、立ち去った。ブバック・アングはキューゲルをにらみつけてから、ラドクス・ヴォミンの掘っ立て小屋まで行き、扉の前にある粗石の山にすわった。ここで彼はもらったばかりの尖頭を試した。慎重に右眼を閉じ、左眼をあけて、天界の驚異を見つめたのだ。キューゲルは、彼が夢中になっている隙を逃してはいけないと思い、街はずれに向かって歩きだした。ブバック・アングに気づいたそぶりはない。はっ！　キューゲルは思った。案ずるより産むが易しだ！　あと二歩で暗闇にまぎれこめるぞ！

彼は意気揚々と長い脚を伸ばし、その二歩を踏みだそうとした。と、かすかな音――唸り声、なにかがこすれる音、衣ずれの音――がして、彼はわきに飛びのいた。根掘り鍬の刃がさっとふりおろされ、彼の頭のあった空中を切り裂いた。スモロッドのランプが投げるほのかな輝きのなかで、顎鬚をなくした農夫の復讐に燃える顔がちらりと見えた。背後ではブバック・アングが跳ねるようにやってきた。牡牛のように頭から突っこんでくる。キューゲルはひらりとよけ、大急ぎでスモロッドの中心部へ駆けもどった。

意気消沈したブバック・アングが、のろのろともどってきて、いまいちど腰をおろした。

「逃げられはせんぞ」彼はキューゲルに告げた。「尖頭を渡せば、命は助けてやる！」

「せっかくだが」とキューゲルは上機嫌で答えた。「むしろあんた自身の元気のなさが気になるな。悪くなるいっぽうじゃないか！」

長老の掘っ立て小屋からいさめる声があがった。

「口論をやめよ！　余は麗しき公女の風変わりな気まぐれにつきあっており、気を散らされるわけにはいかぬのだ」

キューゲルは、スモロッドの女たちの特徴である脂ぎった肉塊、流し眼をくれる馬面、虱のたかった蓬髪、いぼ、瘤、悪臭を思いだして、尖頭の力にあらためて驚嘆した。ブバック・アングがまたしても左眼の視界を試していた。キューゲルは長椅子に腰をおろし、右眼を使ってみることにした。まず左眼に手をかぶせて……。

キューゲルのいでたちは、しなやかな銀鱗のシャツ、ぴっちりした真紅のズボン、濃紺の外套というものだった。すわっているのは大理石の長椅子で、うしろには黒っぽい葉と白い花で覆われた、螺旋形の大理石の柱が並んでいる。左右にはスモロッドの宮殿が縦並びで夜空にそそり立ち、やわらかな光がアーチや窓を浮きあがらせている。空は藍色。大きな星々が燦然と輝いている。宮殿と宮殿のあいだには糸杉、銀梅花、ジャスミン、甘松、車葉常山の庭があり、あたりには花と流水の香りがたちこめていた。どこからともなく楽の音が流れてくる――やわらかな和音のつぶやき、旋律のため息。キューゲルは深呼吸して立ちあがった。踏みだして、テラスを渡っていく。宮殿と庭園の眺望が変わった。ほの暗い芝生の上に、白い薄物のガウンをまとった娘が三人すわり、肩ごしに彼を見つめていた。

キューゲルは思わず一歩を踏みだしてから、敵意に燃えるブバック・アングの存在を思いだし、その居場所をたしかめようと足をとめた。広場をはさんだ向こう側に七層の宮殿がそびえており、各層にテラス式の庭園がそなわっていて、つる植物や花が壁にこぼれだしていた。窓ごしに豪奢な調度がかいま見えた。光り輝くシャンデリア、お仕着せをまとった家令たちのひそやかな動き。宮殿前のあずまやには、金色の顎鬚を短く刈りこんだ、鷹を思わせる顔つきの男が、黄土色と黒の礼服をまとい、黄金の肩章を光らせ、黒の編みあげ靴を履いて立っていた。片足をグリフォンの石像にかけ、曲げた膝に両腕をのせて、苦虫を噛みつぶしたような表情でキューゲルに眼をこらしている。キューゲルは驚嘆した。まさか、あれが豚面(づら)のブバック・アングなのか？　あの七層の壮麗な宮殿が、ラドクス・ヴォミンのあばら屋なのか？

キューゲルはゆっくりと広場を渡り、枝つき燭台に照らされたあずまやに行きついた。テーブルには、ありとあらゆる肉、ゼリー、練り菓子がのっていた。流木と魚の燻製しかおさめていない胃袋が、キューゲルを急きたてた。彼はテーブルからテーブルへと渡り歩き、皿という皿の味見をした。すべてが極上の味わいだった。

「おれがむさぼっているのは、あいかわらず魚の燻製とレンズ豆かもしれん」とキューゲルはひとりごちた。「だが、魔力でこれほどのご馳走に変わるのなら、なにもいうことはない。それどころか、ここスモロッドで人生をまっとうするのも、それほど悪くはないかもしれん」

まるでその考えを予想していたかのように、フィルクスが間髪をいれずキューゲルの肝臓に鋭い痛みをつぎつぎと送りこんだ。キューゲルは〈笑う魔術師〉イウカウヌを口汚くののしり、復讐の誓いをくりかえした。

　気が鎮まったところで、彼は宮殿をとり囲む整然とした庭園が公園に席をゆずるあたりへ歩いていった。肩ごしに目をやると、黄土色と黒の礼服に身を包んだ、鷹を彷彿とさせる顔つきの公子が近づいてくるところだった。敵意をいだいているのは一目瞭然。キューゲルは公園の薄闇のなかにほかの動きがあるのにも気がつき、鎧をまとった戦士が大勢見えるような気がした。

　キューゲルは広場に引きかえした。こんどもブバック・アングがついてきて、ラドクス・ヴォミンの宮殿の前でキューゲルをにらみつけた。

「はっきりさせておくが」とフィルクスのためにキューゲルは声に出していった。「今夜はスモロッドを発つつもりはない。当然ながら、一刻も早く尖頭をイウカウヌのもとへ届けたいが、わたしが殺されてしまえば、尖頭も、尊いフィルクスもアルメリーには帰りつけないだろう」

　フィルクスはそれ以上の実力行使をしなかった。さて、今夜はどこで過ごそう、とキューゲルは思案した。ラドクス・ヴォミンの七層の宮殿が、自分とブバック・アングの両方に広々とした豪華な寝室を提供してくれるのはまちがいない。とはいえじっさいは、寝椅子がわりに湿った葦の山がひとつあるきりの、ひと間しかない掘っ立て小屋にふたりが詰めこまれるわけだ。じっくりと考え、残念ながらキューゲルは右眼を閉じ、左眼をあけた。

　スモロッドは元のままだった。不機嫌そうなブバック・アングが、ラドクス・ヴォミンの掘っ立て小屋の扉の前にうずくまっていた。キューゲルは進み出て、ブバック・アングをしたたかに蹴りつけた。驚きと憤慨でブバック・アングの両眼が開く。その脳のなかで競合する衝動がぶつかり合い、麻痺を引き起こした。後方の暗がりで、顎鬚をなくした農夫が咆哮し、根掘り鍬をふりかざして突進してきた。キューゲルは、ブバック・アングの喉をかっさばくという計画を断念した。掘っ立て小屋のなかへ飛びこみ、扉を閉めて、かんぬきをかう。

こんどは左眼を閉じて、右眼をあけた。するとそこはラドクス・ヴォミンの宮殿の広壮な玄関広間であり、鍛鉄の落とし格子で守られた柱廊玄関だった。外では、黄土色と黒の衣をまとった金髪の公子が、片眼に手をあてて、冷ややかな威厳たっぷりに広場の石畳から身を起こすところだった。反抗の気概を示す仕草で片腕をかかげ、ブバック・アングは肩ごしに外套をはねあげると、配下の戦士たちのもとへ歩みよった。

キューゲルは宮殿を歩きまわり、愉快な気分にひたりながら調度をあらためた。フィルクスがしつこくなかったら、キザン峡谷へ帰る危険に満ちた旅に焦って出なくてもいいのだが。

南に面した贅沢な寝室を選び、豪華な衣服をサテンの夜着に着替えて、水色の絹のシーツのかかった寝椅子に横たわり、たちまち眠りに落ちた。

あくる朝、どちらの眼をあければいいのかとっさに思いだせず困ったキューゲルは、眼帯をこしらえて、当面は使わないほうの眼にかぶせるといいかもしれないと思った。

白日のもと、スモロッドの宮殿は前にもまして豪奢であり、いまや広場には公子公女がひしめいていた。だれもが眼のさめるような美しさだ。

キューゲルは端正な黒衣に身を包み、小粋な緑の帽子をかぶって、緑のサンダルを履いた。玄関広間へおりていき、身ぶりで命令して落とし格子をあげさせると、広場へ出ていく。

ブバック・アングは影も形もなかった。スモロッドのほかの住人たちが丁重な挨拶をしてくれ、公女たちは眼に見えて愛想をふりまいてくれた。まるで彼の物腰が気に入ったかのように。キューゲルは礼儀正しく応対したが、熱意はこめなかった。魔法の尖頭をはめていても、スモロッドの女たちの正体である脂肪と肉と垢と毛から成る汗臭いかたまりには、いっこうに気をそそられなかったのだ。

彼はあずまやで美味きわまりない朝食をとってから、身のふり方を決めるために広場へもどった。公園にざっと眼を配ると、グロッズの戦士が警備についていることが判明した。さしあたり、脱出の見こみはない。

スモロッドの貴人たちは、それぞれの気晴らしに興じていた。草原を散策している者もいれば、北へ伸びる魅力的な水路に小舟を浮かべる者もいる。聡明そうで高貴な顔立ちをした公子である長老が、縞瑪瑙(しまめのう)の長椅子にひとりきりですわり、白昼夢にふけっていた。

キューゲルは近づいていった。長老が白昼夢からさめ、おざなりな挨拶をキューゲルにくれた。

「余の心中は安らかではない」と彼は断言した。「熟慮を重ね、われらの習慣を知らずともしかたのないそなたを許したにもかかわらず、ある種の不正がなされた気がしてならぬ。そして、いかにして正せばよいのか、見当もつかぬのだ」

「わたしには」とキューゲルはいった。「郷士ブバック・アングは、立派な男であることに疑問の余地はないものの、スモロッドの威厳にはふさわしくない自制心の欠如を露呈しているように思えます。わたしにいわせれば、彼はもう二、三年グロッズで修業を積んだほうがいいでしょう」

「そなたの意見には一理ある」と長老が答えた。「集団の安寧にとっては、個人のささやかな犠牲が欠かせないときもある。問題が生ずれば、そなたが喜んで尖頭をさしだし、グロッズであらためて名簿に登録するのはたしかだという気がする。数年がなんだというのだ？　蝶のようにひらひらと過ぎていくであろう」

　キューゲルは慇懃に一礼した。

「あるいは、くじ引きに審判をゆだねてもよいでしょう。ふたつの尖頭で見ている全員が参加します。くじにはずれた者が、ブバック・アングに尖頭のひとつをゆずるのです。わたくしは尖頭ひとつ分のくじを引きます」

　長老は眉間に皺を寄せた。

「ふむ――はずれる確率は微々たるものだな。ところで、そなたはわれらの歓楽に参加せねばならぬぞ。こういってよければ、そなたは容姿端麗であり、一部の公女たちがそなたに秋波を送っておる。たとえば、あちらの麗しきウデラ・ナルシャグ――そして、あちらの〈薔薇の花びら〉のゾコクサ、そしてその向こうの陽気なイルヴィウ・ラスマル。尻ごみしてはならぬ。ここスモロッドで、われらは不羈奔放な人生を送っておるのだ」

「ご婦人方の魅力にとらわれなかったわけではありません」とキューゲル。「が、あいにく、わたくしは貞節の誓いに縛られております」

「不運な男だ！」長老が声をはりあげた。「スモロッドの公女たちに並ぶ者はない！　ほれ――またべつの女性がそなたの気を惹こうとしておるぞ」

「あなたを呼んでいるに相違ありません」

キューゲルがそういうと、長老はくだんの若い女と話をしにいった。彼女は、六本の白鳥の脚で歩く船型の壮麗な車に乗って広場へやってきていた。その公女は、ピンクの羽毛に覆われた寝椅子にしどけなく横たわっており、その美しさは、キューゲルが自分の記憶の細かさを残念に思うほどだった。どうしてもスモロッドの女たちの蓬髪、しみ、垂れさがった下唇、汗まみれの皺が目に浮かぶからだ。しかし、この公女はたしかに白昼夢の精髄だった。ほっそりしていて、しなやかな体。クリームのような肌。繊細な造りの鼻。もの思わしげな澄んだ瞳。楽しげによく動く口。彼女の表情にキューゲルは好奇心をそそられた。というのも、ほかの公女たちの表情よりも複雑だったからだ。憂いに沈んでいるようでいて強情そう、熱意に燃えているようでいて不満げなのだ。

広場にブバック・アングがやってきた。胴鎧、モリオン（スペイン風の軽い兜）、剣という軍装である。長老が彼と話しにいった。とそのとき、キューゲルにとってはいらだたしいことに、歩く船に乗った公女が、彼に向かって手をふった。

キューゲルは進み出た。

「いかがしましたか、公女さま。手をふってくださったように思いますが」

公女はうなずいた。

「この北方の地に、おまえのような者がいる理由を考えていました」その声は音楽のようにやわらかく、澄んでいた。

「わたしはある使命を帯びて参りました」とキューゲル。「スモロッドに滞在するのはほんのいっとき。そのあと東南へ旅をつづけねばなりません」

「なんと！」公女はいった。「その使命とやらは、どんなものです？」

「率直に申しますと、わたしはある魔術師の悪意によりここへ運ばれてきました。みずからが望んだわけではありません」

公女はやわらかな笑い声をあげた。

「他国の人間にはめったに会えません。わたくしは新しい顔と新しい話に飢えていました。わたくしの宮殿へいらっしゃい。滅びゆく地球にあふれる魔法や、不可思議な状況について語ろうではありませんか」

キューゲルは堅苦しくお辞儀した。

「お申し出に感謝します。しかしながら、よそをあたってもらわねばなりません。わたしは貞節の誓いに縛られております。気を悪くされないでいただきたい。というのも、あなたさまだけでなく、あちらのウデラ・ナルシャグにも、ゾコクサにも、イルヴィウ・ラスマルにもお断り申しあげたのですから」

公女は眉を吊りあげ、羽毛で覆われた寝椅子に倒れこんだ。口もとをわずかにゆがめて、

「なるほど、なるほど。つれないお人、たいへんな堅物ですのね。これほど多くの女性(にょしょう)に乞われても断るのですから」

「変わり者ということですか。そうにちがいありません」キューゲルは、ブバック・アングと連れ立ってうしろへ近づいてきた長老に顔を向けた。

「残念な状況だ」と長老が弱りきった声で叫んだ。「ブバック・アングがグロッズ村を代表して申しておる。正義がなされるまで、これ以上は食料を届けないそうだ。その正義とは、そなたが尖頭をブバック・アングにゆずり渡し、そなたの身柄をあちらの公園で待機している懲罰委員会に引き渡すことだという」

キューゲルは心もとなげに笑い声をあげた。

「なんとゆがんだものの見方だ！ もちろん、いってやったのでしょうね、スモロッドのわれらは、そのような忌まわしい食料を受けとる前に、草を食べ、尖頭を破壊するだろう、と」

「残念だが、大勢には逆らえぬ」と長老がいった。「スモロッドのほかの者たちは、もっと柔軟な行動方針を好むような気がする」

言外の意味は明らかであり、フィルクスが激昂して身じろぎをはじめた。状況をできるだけはっきりと見きわめるため、キューゲルは左眼の眼帯をずらして見た。

鎌、根掘り鍬、棍棒で武装したグロッズの市民たちが、五十ヤード離れたところで待っていた。ブバック・アングのいう懲罰委員会にちがいない。片側にはスモロッドの掘っ立て小屋。反対側には歩く船と例の公女――キューゲルは驚愕のあまり眼をみはった。船は前と変わらず鳥を思わせる六本の脚で歩いており、ピンクの羽毛の上にすわっていたのは公女だったのだ――そんなことがあるとすれば、前にもまして麗しく。だが、いまその表情は、あえかな笑みではなく、冷ややかで、とり澄ましたものだった。

キューゲルはひとつ深呼吸し、一目散に逃げだした。ブバック・アングがとまれと叫んだが、キューゲルは耳を貸さなかった。彼は荒れ地を突っ走り、懲罰委員会がそのあとを追った。

キューゲルは高笑いをはじかせた。こちらは手足が長く、風のように健やかだ。農夫たちはずんぐりしていて、筋肉隆々だが、胆力に欠ける。向こうが一マイル走るうちに、こちらは楽に二マイル走れる。彼は立ちどまり、別れの挨拶に手をふろうとふり向いた。驚いたことに、歩く船から二本の脚がはずれ、跳びはねながら追いかけてきた。キューゲルは命がけで走った。無駄骨だった。脚が一本ずつ左右をピョンピョンと通り過ぎた。そしてぐるっと向きを変え、彼を蹴ってとまらせた。

キューゲルはむっつりと歩いてもどった。脚が跳びはねながらついてきた。スモロッドの村はずれにたどりつく直前、彼は眼帯の下に手を入れ、魔法の尖頭をとりはずした。懲罰委員会が殺到してくると、それを高々とかかげ、

「さがれ——さもないと、尖頭を粉々に砕くぞ！」

「待て！　早まるな！」ブバック・アングが声をはりあげた。「そんな真似をしたらいかん！　さあ、尖頭を渡して、当然の報いを受けろ」

「まだなにも決まっていないぞ」キューゲルは彼に思いださせた。「長老はどちらにも裁定をくだしていない」

船のなかで公女が席から立ちあがった。

「わたくしが裁定をくだしましょう。わたくしはドムバー家のダーウェ・コレム。その菫色のガラスを渡しなさい。それがなんであるにせよ」

「お断りします」とキューゲル。「尖頭はブバック・アングからもらいなさい」

「だめだ!」とグロッズの郷士が叫んだ。

「どういうことです? おまえたちふたりとも尖頭をひとつ持っていて、ふたりともふたつほしいのですか? その貴重な品はどういうものです? 眼のかわりにはめているのですか? わたくしに寄こしなさい」

キューゲルは剣をぬいた。

「逃げるほうがいいが、闘うしかなければ闘うぞ」

「おれは逃げるわけにいかん」とブバック・アング。「闘うほうがいい」自分の眼から尖頭をはずし、「さあ、宿なしめ、死ぬ覚悟を決めろ」

「待ちなさい」とダーウェ・コレム。船の脚の一本から細い腕が伸びて、キューゲルとブバック・アング双方の手首をつかんだ。ふたつの尖頭が地面に落ちた。ブバック・アングの尖頭は石にぶつかり、粉々になった。彼は苦悶のおめき声をあげ、キューゲルに飛びかかった。キューゲルはその攻撃を前に後退した。

ブバック・アングには剣術の心得がなかった。魚のはらわたをぬくかのように、めったやたらに切りまくった。とはいえ、攻撃の激しさは侮れず、キューゲルは防戦一方だった。ブバック・アングの猛攻に加え、フィルクスが尖頭の損失を嘆いていた。

ダーウェ・コレムはことの成り行きに興味を失っていた。船が荒れ地を歩きはじめ、ぐんぐん速度をあげていく。キューゲルは剣で切りかかり、跳びすさって、もういちど跳びすさり、またしても荒れ地を走って逃げだした。スモロッドとグロッズの民がそのうしろ姿に罵声を浴びせた。

船型車は悠然とした足どりで進んでいた。肺をズキズキさせながら、キューゲルは船型車に追いついた。そして大きく跳躍すると、羽毛に覆われた船べりをつかみ、体をひっぱりあげてまたがった。

思ったとおりだった。ダーウェ・コレムは尖頭を通して周囲を眺め、めまいを起こして仰向けになっていたのだ。菫色の尖頭が彼女の膝にのっていた。

キューゲルは尖頭をつまみあげると、一瞬その麗しいかんばせをじっと見おろし、こちらもいただこうかと思った。フィルクスはそう思わなかった。すでにダーウェ・コレムはため息を洩らし、頭を動かしていた。

キューゲルは船から飛びおりた。間一髪。姿を見られただろうか？　彼は池のほとりに生えている葦の茂みに駆けこみ、水中に身を躍らせた。歩く船が停止するいっぽう、ダーウェ・コレムが立ちあがるのが見えた。彼女は尖頭を求めてピンクの羽毛を手探りしてから、あたり一帯をぐるりと見まわした。しかし、キューゲルのほうに視線をやったとき、低い太陽の血のように赤い光が眼にはいり、葦と水面に映える陽光しか見えないようだった。

はじめて味わう憤懣やるかたない思いで、彼女は船を動かした。船は歩きだし、ついで小走りになり、ついで跳ねながら南へ向かった。

キューゲルは水からあがり、魔法の尖頭をあらためると、小物袋に押しこみ、スモロッドをふりかえった。南へ歩きだしたが、すぐに立ちどまった。小物袋から尖頭をとりだし、左眼を閉じて、右眼に尖頭をあてる。そこには宮殿がそびえていた。層に層を重ね、塔の上に塔を築き、庭園を階段状に連ねて……。キューゲルはずっと眼をこらしていたかった。しかし、フィルクスがそわそわしはじめた。

キューゲルは尖頭を小物袋にしまった。そしていまいちど南に顔を向け、アルメリーへ帰る長い旅路についたのだった。

II　シル

北方の荒れ地に陽が沈む過程は、死んだ動物が血を流すように緩慢で、悲哀に満ちたものだった。夕闇が垂れこめるころ、キューゲルは気がつくと海水まじりの湿地をとぼとぼと歩いていた。午後の赤い光に欺かれてしまったのだ。不毛な低地を渡りはじめたところ、まず足もとが湿り気を帯び、ついでぶよぶよとぬかるんできて、いまや四方八方が泥、沼地の草、ひと握りの唐松と柳、紫がかった鉛色の空を映している水たまりと泥濘（でいねい）だった。

東には低い丘陵が連なっていた。そちらへ向かってキューゲルは進んだ。草むらから草むらへ飛び移り、表面の固まった軟泥の上を慎重に走りながら。ときおり足を踏み誤り、ぬかるみや腐りかけた葦の茂みにぶざまな格好で倒れこんだ。そのたびに〈笑う魔術師〉イウカウヌを呪って脅す彼の言辞は、最高潮に達するのだった。

夕暮れは長くつづき、キューゲルは疲労困憊でよろめきながら、やがて東方の丘陵の斜面にたどりついた。ここで状況は好転するどころか悪化した。彼の接近に気づいていた、半人半獣の山賊たちが好機到来と見て襲いかかってきたのだ。足音よりも先に鼻の曲がりそうな悪臭がキューゲルのもとに達した。疲労を忘れて、彼は脱兎のごとく走りだし、斜面を駆けあがった。

崩れかけた塔が空を背にしてそびえていた。キューゲルは朽ちた石を乗り越えると、剣をぬき、かつては戸口の役割を果たしていた隙間に足を踏みいれた。なかは静まりかえっており、塵と湿った石のにおいがした。キューゲルは片膝をついた。すると、地平線を背景に三つのグロテスクな形が浮かびあがり、廃墟のへりでとまるのが見えた。

妙だな、とキューゲルは思った。ありがたいことだが――なんとなく無気味であるとしても。化けものたちは、どうやら塔を恐れているらしい。

夕闇のなごりが消え去った。さまざまな兆候からキューゲルは、その塔が亡霊にとり憑かれているのだと理解した。真夜中近く、ひとりの亡霊が姿を現わした。青白いローブをまとい、銀色のへアバンドを締めており、その長い銀色の帯には二十個の月長石がぶらさがっていた。亡霊は渦を巻きながらキューゲルに迫ってきて、うつろな眼窩でじっと見おろした。なみの男なら思考力を失いかねない不気味さである。キューゲルは骨がきしむまで壁に背中を押しつけた。筋肉ひとつ動かせなかった。

亡霊が口を開いた。

「この砦を解体せよ。石と石が組み合わさっているあいだ、わたしはこの世にとどまらねばならぬ。

たとえそのあいだに地球が冷え、暗黒のなかをふらふらと進んでいくとしても」

「喜んでそうしよう」とキューゲルはしわがれ声でいった。「外にいるやつらが、わたしの命を求めなければの話だが」

「広間の奥に通路がある。夜陰にまぎれてここを出て、わたしの命令を実行に移せ」

「砦は壊れているも同然」キューゲルはいいつのった。「どうしてまた、あなたはここから離れられないのだ？」

「理由は忘却の彼方だ。わたしはこの世にとどまっている。わが命令を遂行せよ。さもなくば、わたし自身とおなじように、永遠に退屈がつづくよう呪ってやるぞ！」

キューゲルは暗闇のなかで眼をさました。寒さとこむらがえりで体じゅうが痛かった。亡霊は消え去っていた。どれくらい眠っていたのだろう？　扉ごしに眼をやると、夜明けが近づいており、東の空が色づいていた。

果てしない待ち時間のあと、太陽が姿を現わし、燃えるような光条が扉をぬけて広間の奥まで射しこんだ。ほこりまみれの通路へつづく石のくだり階段がそこで見つかった。手探りでのろのろと進むこと五分、キューゲルは地表へもどった。隠れ場所から地上をうかがうと、べつべつの場所に三人の山賊が見えた。それぞれが倒れた柱の陰に隠れている。

キューゲルは剣を鞘からぬき、慎重な上にも慎重に忍びよった。最初の前かがみになった半人半獣のもとへ達すると、筋張った首に鋼鉄の刃を突き刺す。化けものは両腕をひろげ、地面をかきむしって絶命した。

キューゲルは刀身を引きぬき、死骸の革でぬぐった。こそりとも音をたてずに二番めの山賊の背後まで迫る。そいつは死ぬまぎわに苦しげな声を洩らした。三番めの山賊が調べにきた。

キューゲルは隠れ場所から飛びだし、そいつをすれちがいざまに剣で刺した。山賊は悲鳴をあげ、自分の短剣をぬいて突進してきた。だが、キューゲルが飛びすさり、重い石を投げつけたので、そいつは地面に倒れこんだ。その場に横たわったまま憎しみで顔をゆがめる。

キューゲルが用心深く前進した。

「どうせ死ぬんだから、隠されたお宝について知っていることを教えてくれ」

「そんなものは知らん」と山賊は答えた。「そういうものがあるとしても、おまえに教えるもんか。おまえのせいでおれは死ぬんだから」

「わたしが悪いわけじゃない」とキューゲル。「追いかけてきたのはそっちだ、わたしじゃない。なぜ追いかけてきた？」

「食うため、生きのびるためだ。もっとも、生も死もおなじくらい不毛だし、おれはどちらもおなじくらい嫌いだがな」

キューゲルは考えをめぐらせた。

「その場合、わたしの手で生から死へ移行するにしても、わたしを恨む筋合いはない。隠された宝物に関する疑問が、ふたたび意味を持ってくる。ひょっとして、その件に関していい遺すことはないか？」

「いい遺すことはある。おれのたったひとつのお宝を見せてやろう」化けものは小物袋を手探りし、丸く白い小石をひっぱりだした。「これはグルーの髑髏石だ。いまこの瞬間も魔力のせいでブルブル震えている。この力を使っておまえを呪ってやる。おまえがいますぐ潰瘍にむしばまれて死にますように」

キューゲルはあわてて山賊を殺してから、陰気なため息をついた。夜は困難をもたらしただけだった。

「イウカウヌ、生きて帰れたら、かならず報いを受けさせてやるからな！」

キューゲルは砦を調べにかかった。石のなかには触れるだけで落ちるものがありそうだ。それ以外の石は、もっと努力が必要だろう。この仕事を生きてやりとげるのは無理かもしれない。山賊の呪いの文句はなんだっただろう？「——おまえがいますぐ潰瘍にむしばまれて死にますように」だ。おぞましいことこの上ない。亡霊王の呪いも、ひどさでは引けをとらなかった。どういう文句だっただろう？「——永遠に退屈がつづく」だ。

キューゲルは顎をこすり、重々しくうなずいた。声をはりあげて呼びかける。

「亡霊の王よ、わたしはこの世にとどまって、あなたの命令を果たせそうにない。わたしは山賊どもを殺した。いまから出発する。さらばだ。永劫の時がすみやかに過ぎ去らんことを」

砦の奥の奥からうめき声が流れてきた。キューゲルは、かつて知らなかった圧力を感じた。

「呪いをかけたぞ！」というささやきが、キューゲルの脳に伝わってきた。

キューゲルは足早に南東へ歩いていった。

「それは重畳。願ったりかなったりだ。『永遠に退屈がつづく』は、『おまえがいますぐ死にますように』と相殺するから、残るは『潰瘍にむしばまれて』だけだが、それはフィルクスという形で、すでにわたしを苦しめている。呪詛を相手にするときは、知恵を使わないとな」

不毛の地を進んでいくと、やがて砦は視界の彼方へ去り、まもなくいまいちど海に行きあたった。前浜に登って浜辺の左右を見渡すと、東に黒っぽい岬があり、西にべつの岬があった。彼は浜辺へおりていき、東へと歩きだした。ゆるやかにうねる灰色の海が、なめらかで足跡ひとつない砂浜に、ものうげに波を送りつけていた。

行く手に黒いしみが見受けられた。ややあって、それは膝立ちになった老人だと判明した。浜辺の砂を篩(ふるい)にかけているのだ。

キューゲルは足をとめて見物した。老人はもったいぶったうなずきを彼にくれ、仕事をつづけた。とうとう好奇心にうながされて、キューゲルが口を開いた。

「なにをそう根気強く探しているんです?」

老人は篩を置き、腕をさすった。

「この浜のどこかで、わしの曽祖父の父親が護符をなくしたんだ。彼は一生をかけて砂を篩にかけた。なくしものが見つかることを願ってな。その息子、そのあとわしの祖父、それからわしの父親、いまは血筋に連なる最後の者となったこのわしが、おなじことをしておる。はるばるシルから、わしらは砂を篩にかけてきた。だが、ベンバッジ・スタルまであと六リーグも残っておる」

「その名前をわたしは知りません」とキューゲル。「ベンバッジ・スタルとはなんです?」

老人は西の岬を指さした。

「いにしえの港だ。もっとも、いまは崩れかけた防波堤、古い突堤、一、二軒の掘っ立て小屋しか見つからんだろうが。それでもかつてはベンバッジ・スタルから、バーク型帆船がファルグントやメルまで海を行き交っておったのだ」

「またしても、わたしの知らない土地だ」とキューゲル。「ベンバッジ・スタルの向こうにはなにがあるんです？」

「土地は先細りになって北へ伸びておる。太陽は沼や湿地の上に低くかかる。そこに見つかるのは、数人のよるべない浮浪者だけだ」

　キューゲルは東に注意を向けた。

「それなら、シルとはどんな場所です？」

「この地域全体がシルだ。わしの祖先がドムバー家に没収された。威光はすべて消え去り、残るはいにしえの城館と村ひとつだけ。その向こうで、土地は暗く危険な森となる。わしらの土地はそれほど小さくなったのだ」老人はかぶりをふり、砂を篩にかける作業にもどった。

　キューゲルはしばらく見物していたが、やがてなんの気なしに砂を蹴ると、金属のきらめきが露わになった。かがみこんで拾いあげると、それは紫色の光沢で輝いている黒い金属の腕輪だった。カボション形に磨いた柘榴石の形で三十個の鋲が円周上に並んでおり、刻まれたルーン文字がそれぞれの鋲を囲んでいる。

「はっ！」キューゲルは大声をあげ、腕輪を示した。「このすばらしい腕輪をごろうじろ。たしかにお宝だ!」

　老人はスコップと篩を置き、のろのろと膝立ちになると立ちあがった。青い眼をまん丸にみはって、よたよたと前進する。片手をさしだし、

「おぬしが見つけたのは、わしの祖先スレイエ家の護符だ!　わしにくれ!」

　キューゲルは後退した。

「おやおや、その要求は甚だ理不尽ですぞ!」

「いや、そうじゃない!　その護符はわしのものだ。おぬしが持っているのはまちがいだ。わしの一生と、四世代にわたるご先祖さまの苦労を無にしたいのか?」

「護符が見つかったのに、どうして喜ばないんです?」とキューゲルがへそを曲げてたずねた。

「これ以上の捜索からいま解放されたんですよ。よかったら、この護符に秘められた力を説明してください。魔法のにおいがプンプンします。所有者にどんな利益をもたらしてくれるんですか?」

「所有者はこのわしだ」老人は唸り声をあげた。「お願いだ、気前よくゆずってくれ!」

「あなたのせいで、わたしは居心地の悪い立場に置かれた」とキューゲル。「わたしの財産はささやか過ぎて、気前よくあげるわけにはいきません。しかし、どう考えても、これは吝嗇ではありません。あなたが護符を見つけていたら、わたしにくれましたか?」

「やるもんか、わしの護符だからな!」

「そこが意見の分かれ目です。よかったら、あなたの信念が誤りだと仮定してみなさい。護符はわたしの手中にあり、わたしの管理下にある。要するに、わたしの所有物であることは一目瞭然でし

ょう。したがって、その能力と使用法に関する情報ならなんでも大歓迎です」

老人は憤懣やるかたない思いで両腕を宙にふりあげ、篩を蹴りとばしたので、網が破れ、篩は波打ち際まで浜辺を転がっていった。波が打ち寄せ、篩を浮かせた。老人は思わず篩をとりにいこうとしたが、いまいちど両腕をふりあげ、前浜をよろよろと登った。キューゲルはさも感心しないといいたげにかぶりをふり、浜辺を東へ進みつづけた。

こんどはフィルクスとの不愉快な意見の相違があった。ベンバッジ・スタルの港経由で西へ向かうことこそアルメリーへ帰る最短経路だ、とフィルクスは確信していたのだ。キューゲルは苦痛にあえぎながら下腹部を両手でつかんだ。

「進めそうな道はひとつしかない！　南東へ伸びる陸地を伝う経路だ。海を越えればまっすぐ帰れるといったところでどうなる？　乗る船がないじゃないか。それほどの長い距離を泳いで渡るなんて不可能だ！」

フィルクスが疑わしげに疼痛を二、三引き起こしたが、とうとう海岸にそって東へ進みつづけることをキューゲルに許した。背後では、前浜の稜線に老人がすわりこみ、脚のあいだにスコップを垂らして沖合いを見つめていた。

キューゲルは朝の出来事にすっかり満足して、浜辺を歩いていった。ようやく護符をあらためる。それは魔法のにおいを濃厚に放っている上に、すくなからず美しい品物だった。熟練の技と細やかな気づかいで彫られているルーン文字は、不幸にして彼には解読できなかった。キューゲルはおそるおそる腕輪を手首にはめた。その拍子にカボション形に磨いた柘榴石のひとつを押してしまった。

底知れぬほど低いうめき声がどこからともなく流れてきた。この上なく深い苦悶の音だ。キューゲルはぴたりと足をとめ、浜辺の前後を見渡した。灰色の海、青白い浜辺、棘草の群落の散らばる前浜。西にはベンバッジ・スタル、東にはシル、頭上には灰色の空。彼はひとりきりだった。あの大きなうめき声はどこから流れてきたのだろう？

キューゲルは用心深く柘榴石にふたたび触れた。すると、ふたたび打ちひしがれた抗議の声が湧き起こった。

キューゲルは夢中になって、べつの柘榴石を押してみた。こんどは絶望に沈みきったすすり泣きがちがう声で飛びだしてきた。キューゲルはとまどった。この陰鬱な海岸で、これほどめそめそするのは何者だろう？　柘榴石を順番にひとつひとつ押していくと、苦悶と苦痛の全音域にわたる叫び声の音楽会となった。キューゲルは疑いの目で護符をためつすがめつした。うめき声と泣き声を呼び起こす以外に、それはこれといった力を示さず、じきにキューゲルは飽きてしまった。

太陽が天頂に達した。キューゲルは海藻で飢えをしのいだ。この目的のためにイウカウヌにもらったお守りでこすれば、海藻は食べられるようになるのだ。食べていると、声やばか笑いが聞こえるような気がしたが、あまりにもはっきりしないので、波音かもしれなかった。近くで岩の一部が海原に細長く突きだしている。注意深く耳をすましたキューゲルは、声がその方向から聞こえてくるのに気づいた。その声は澄んでいて、子供っぽく、無邪気で明るいひびきがあった。

彼は慎重に岩へあがった。その突きあたり、波が打ち寄せ、黒っぽい水がうねっているあたりに、大きな貝が四つへばりついていた。貝はいま開いており、裸の肩と腕にくっついた頭が見えていた。

頭は丸く、なめらかで、やわらかそうな頬、青灰色の眼、ふさふさした青白い髪をそなえている。その生きものたちは水にちょっと指をひたし、水滴から糸をひっぱりだすと、それで肌理の細くやわらかな布地を器用に織りあげていた。キューゲルの影が水面に落ちた。生きものたちは間髪をいれず貝殻のなかに閉じこもった。

「どうした？」キューゲルはおどけて叫んだ。「見なれない顔を見ると、いつも貝殻を閉ざすのかい？　きみたちはそんなに臆病なのかい？　それとも無愛想なだけなのかい？」

貝殻は閉じたままだった。黒っぽい水が、縦溝のある表面を渦巻きながら洗った。

キューゲルは一歩近づき、しゃがみこんで、首を斜めにもたげた。

「それとも、ひょっとして誇り高いのかい？　だから軽蔑してひっこむのかい？　それとも優雅さが欠けているからかい？」

あいかわらず反応はない。キューゲルは姿勢を変えず、口笛を吹きはじめた。アゼノメイの定期市で耳にした調べを奏でる。

まもなく岩の遠いへりにくっついている貝が、わずかに殻を開き、一対の眼で彼をうかがった。

キューゲルはもう一小節か二小節口笛を吹いてから、いまいちど声をかけた。

「殻をあけなよ！　ここで異国の人間が待っているんだ。シルへの道や、ほかの大事なことを教えてもらいたくてうずうずしながら！」

もうひとつの貝殻がわずかに開いた。もう一対の眼が、内側の暗闇できらりと光る。

「きみたちはもの知らずなのかもしれない」とキューゲルは蔑む口調でいった。「ひょっとしたら、魚の色と水の湿り気しか知らないのかも」

いちばん遠くの貝殻がもうすこし開き、内側の憤慨した顔をのぞかせた。

「おいらたちはもの知らずじゃないぞ！」

「怠け者でもないし、優雅さに欠けるわけでもないし、尊大でもない」と二番めが叫ぶ。

「臆病でもない！」と三番めがいいそえる。

キューゲルは賢しげにうなずいた。

「そうかもしれない。でも、わたしが近づいただけで、なぜあんなにあわててひっこんだんだい？」

「それがおいらたちの性質だ」と最初の貝人間がいった。「不注意なおいらたちを喜んでつかまえる海の生きものがいるんだ。まずはひっこんで、つぎに調べるのが利口というもんだ」

四つの貝すべてが、いまやすこし開いていた。ただし、キューゲルが近寄ったときのように、完全に開いているものはない。

「それじゃあ」とキューゲルはいった。「シルについてなにを教えてもらえるかな？　異国の人間は温かく迎えられるのか、それとも追い払われるのか？　宿が見つかるのか、それとも宿なしはどぶのなかで眠らなけりゃならないのか？」

「そういうことは、おいらたちの専門知識のなかにない」と最初の貝人間。そいつは殻を開ききり、青白い腕と肩を突きだした。「海の噂が正しければ、シルの民はひっこみ思案で疑り深いそうだ、自分たちの統治者に対してさえな。ちなみに統治者は、由緒あるドムバー家の女の子だ。もう子供じゃないけど」

「あれっ、老いぼれスレイエがあそこを歩いているぞ」と、べつの貝人間。「早めに小屋へ帰るんだな」

べつの貝人間がクスクス笑い、

「スレイエは老いぼれだ。護符を見つけられるもんか。だから、太陽が燃えつきるまで、ドムバー家がシルを治めるんだよ」

「いったいなんの話だい？」キューゲルが無知をよそおってたずねた。「どの護符の話をしているんだい？」

「記憶をさかのぼれるかぎり」と貝人間のひとりが説明した。「老いぼれスレイエは砂を篩にかけてきた。その前はやつの親父だったし、そのまた先代のスレイエへと歳月をさかのぼってだ。やつらは金属の輪を探してる。それがあれば、大むかしの特権をとりもどせると思って」

「魅惑的な伝説だね！」キューゲルは熱意をこめていった。「その護符の力はどういうもので、どうすれば呼び起こせるのかな？」

「スレイエならその情報をくれるかも」と貝人間のひとりがあやふやな口調でいった。

「だめだよ、あいつは気むずかしくて、つむじ曲がりだから」と、べつの貝人間が断言した。「砂を篩にかけて無駄骨だったとき、どういうふうにすねるか、考えてごらん！」

「よそに知っている人はいないのかい？」キューゲルは勢いこんでたずねた。「海の噂はないのかい？　古代の牌(タブレット)か、絵文字のたぐいの噂は？」

貝人間たちはカラカラと笑った。

「そんなに熱心にたずねるとは、スレイエ本人みたいだな。そんな話は知らないよ」

不満を隠して、キューゲルはさらに質問を重ねたが、貝人間たちは子供っぽく、ひとつのことに注意を向けていられなかった。キューゲルが耳をかたむけるあいだ、彼らの話題は海流、真珠の味わい、前日に気がついた、ある海の生きものの理解しにくい性質へと移っていった。ややあってキューゲルは、いまいちど会話をスレイエと護符に向けたが、こんども貝人間たちの話は漠然としていて、辻褄が合わない点では子供の話とおなじだった。彼らはキューゲルのことなど忘れたらしく、指を水にひたして、水滴から青白い糸を引きだした。コンク貝とエゾバイ貝のなかに生意気なやつがいると不平を鳴らした。やがて話題は沖合いの海底に転がっている大きな骨壺に移った。

キューゲルはとうとう会話に飽きて立ちあがった。その動きで、貝人間たちがいまいちど彼に注意を向けた。

「もう行かなくちゃいけないの？　ちょうどいま、あんたがここにいる理由を訊こうとしてたんだ。大砂浜を通りかかる者はめったにいないし、あんたは遠くまで旅してきた人みたいだ」

「そのとおりだ」とキューゲル。「そしてもっと遠くまで旅をしないといけない。太陽をごらん。西へ弧を描きはじめる。今夜はシルに泊まりたいんだ」

貝人間のひとりが両腕をあげ、水の糸で織った上等の服を示した。

「この服を贈りものとして進呈するよ。あんたは敏感そうだから、風や寒さをしのぐものが必要かもしれない」

そいつは服をキューゲルに放り投げた。彼は服をためつすがめつし、布地のしなやかさと、きらめく光沢に驚嘆した。

「心から感謝する」とキューゲル。「これほどの気前よさは予想もしなかった」

彼は服をまとった。だが、それはたちまち水にもどり、キューゲルはずぶ濡れになった。貝殻のなかの四人がゲラゲラと笑いだし、キューゲルが怒りに燃えて近づくと、パッと貝殻を閉ざした。

キューゲルは服を放り投げた貝人間の殻を蹴り、足を痛めて、ますますいきり立った。彼は重い石をつかみ、貝殻にたたきつけて、つぶした。キーキー悲鳴をあげる貝人間を引きずりだし、浜辺の遠くまで投げとばす。そいつはその場に横たわって彼をにらみつけた。頭と小さな腕は、青白い内臓にくっついていた。

そいつがか細い声で訊いた。

「なんでこんな目にあわせる？　いたずらの腹いせに命をとるなんて。ほかに命はないのに」

「おまえがこれ以上いたずらをするのを防げるぞ」キューゲルはきっぱりいった。「見ろ、服の下まで濡れ鼠だ！」

「ただの悪ふざけだったんだ。些細なことじゃないか」貝人間は消え入りそうな声を出した。「岩場のおいらたちは魔法についてろくに知らない。でも、呪いをかける力はあるし、これからその呪いをかけてやる——どんな願いであるにしろ、おまえが〈心からの願い〉をなくしますように。一日が過ぎる前に、おまえはそれをなくすだろう」

「また呪いか？」キューゲルは首をふって不快を表した。「今日はもうふたつの呪いを無効にしてるんだ。それなのに、また呪いにかけられるのか？」

「この呪いは無効にできないぞ」と貝人間がささやき声でいった。「おいらの死ぬまぎわにかけたんだから」

「意地悪はよくないぞ」と腹立たしげにキューゲル。「おまえの呪いが効くかどうか怪しいもんだ。そうはいっても、おまえは汚名をそそいで、わたしの好意を勝ちとったほうが身のためだぞ」

しかし、貝人間はもうなにもいわなかった。ほどなくして、どろどろしたかたまりに変わり、砂に吸収された。

キューゲルは浜辺を歩きだした。貝人間の呪いの結果を避けるためにはどうすれば最善かを思案しながら。

「呪詛を相手にするときは、知恵を使わないとな」キューゲルがそうつぶやくのは二度めだった。「切れ者キューゲルという通り名は伊達じゃないぞ」名案はいっこうに浮かばなかった。彼はあらゆる方向からその問題を検討しながら浜辺を進んでいった。

東の岬がくっきりとしてきた。キューゲルは、岬が背の高い黒っぽい木に覆われているのを見てとった。もっとも、木々のあいだに白い建物がのぞいていたが。

スレイエがいまいちど姿を現わした。正気を失った者のように、浜辺を猛然と行ったりきたりしている。彼はキューゲルに近寄り、がっくりと膝をついた。

「護符をくれ、お願いだ！　あれはスレイエ家のものだ。シルの統治権をわしらに授けてくれたのだ！　わしにくれ。そうすれば、おぬしの〈心からの願い〉をかなえてやる！」

キューゲルはぴたりと足をとめた。これはちょっとした逆説だ！　もし護符を引き渡したら、スレイエが裏切るか、すくなくとも約束を守ろうとしないのはまちがいない——呪いの効力からしてそうなる。いっぽう、キューゲルが護符を持ちつづければ、〈心からの願い〉をある程度はなくすことになる——呪いの効力からしてそうなる——だが、護符はやはり彼のものだ。

　スレイエはキューゲルのためらいを軟化のしるしと誤解した。

「おぬしを地方の太守にしてやる！」彼は熱のこもった声で叫んだ。「艀（はしけ）一艘分の象牙をくれてやる。二百人の乙女がおぬしの望みをかなえてくれる。おぬしの敵はぐるぐるまわる大釜に押しこめられる——わしに護符をくれさえすればな！」

「護符はそれほどの力を授けてくれるのか？」とキューゲルが語気を強めて訊いた。「そのすべてをかなえられるのか？」

「かなえられる、かなえられるとも！」スレイエは叫んだ。「ルーン文字を読めればな！」

「なるほど」とキューゲル。「では、その意味はなんだ？」

　スレイエはひどく傷ついた顔つきで彼を見つめた。

「それをいうわけにはいかん。わしは、なんとしても護符を持たねばならんのだ！」

　キューゲルは片手をふりまわし蔑みを表わした。

「あんたはわたしの好奇心を満たしてくれない。こんどは、わたしがあんたの傲慢な野心を糾弾する番だ！」

　スレイエは首をめぐらせ、岬のほうに眼をやった。そこでは木の間隠れに白い建物がきらめいていた。

「なにもかもわかったぞ。おぬしは自分でシルを治めるつもりだな！」

それも悪くない、とキューゲルは思った。すると、成り行きをなんとなく察知したフィルクスが、軽く締めつけてきた。キューゲルは無念そうにその考えをあきらめた。そうはいっても、貝人間の呪いを無効にする手立てを講じられそうだった。

「もし〈心からの願い〉を奪われるとしたら」とキューゲルはひとりごちた。「すくなくとも一日のあいだは新しい目標、新しい熱中の対象を定めたほうがいい。それなら、シルを統治するという大望をいだこう。いまそれがわたしの〈心からの願い〉になった」そしてフィルクスが警戒心を起こさないよう、声に出してこういった。「わたしはこの護符を使い、非常に重要な目的を達成するつもりだ。そのなかにシルの統治があっても不思議はない。護符のおかげで、わたしにはその資格があるはずだ」

スレイエが小ばかにしたようにゲラゲラと笑った。

「まずはおぬしの権威をダーウェ・コレムに納得させせんとな。彼女はドムバー家の者、陰気で気まぐれだ。見かけは小娘とたいして変わらんが、森のグルーなみにふさぎこみがちで無頓着だ。ダーウェ・コレムには用心しろ。彼女の命令で、わしの護符とおまえは海の底へたたきこまれることになるだろう！」

「そこまで心配するなら」とキューゲルが声を荒らげた。「護符の使い方を教えてくれ。そうすれば、その災厄を防げるだろう」

しかし、スレイエは強情に首をふった。

「ダーウェ・コレムの欠点ならわかっておる。よそからきた浮浪者のほうは、なにをしでかすか、わからんからね」

歯に衣を着せなかったスレイエは、拳骨を食らってよろめいた。そのあとキューゲルは海岸を歩いていった。太陽が海面すれすれをもがくように進んでいる。彼は足どりを速めた。暗くなる前に夜露をしのげる場所を見つけたかったのだ。

ようやく浜辺の終点に行きあたった。岬が頭上にぬっとそびえており、背の高い黒っぽい木々がいっそう高く伸びていた。庭園を囲む欄干が葉むらごしに見え隠れしていた。やや下のほうでは、列柱をそなえた円形の建物が南の青海原を見晴らしていた。じつに壮麗だ！　とキューゲルは思い、注意力を新たにして護符をじっくりと調べた。とりあえず決めた〈心からの願い〉——シルの統治——はもはや適切ではなくなっていた。〈心からの願い〉をあらためて決めるべきではないのか、とキューゲルは思案した——たとえば、動物の飼育に関する知識をぜひとも習得するとか、なにがなんでも軽業に秀でるとか……。しぶしぶキューゲルはその計略をあきらめた。とにかく、貝人間の呪いの効力はまだはっきりしないのだ。

道は浜辺を離れ、藪や、芳香を発する灌木の茂みを縫ってくねくねと伸びていた。ディムフィアン、ヘリオトロープ、黒いマルメロ、オラス、茎の長いスタードロップ、日蔭ヴェルヴェリカ、花を咲かせる天狗茸。浜辺は栗色ににじむ夕陽に溶けこむ帯となり、もはやベンバッジ・スタルの岬は見えなかった。道は水平になり、月桂樹の生い茂る林をぬけ、雑草に覆われた楕円形の場所に出た。かつては閲兵場か演習場だったのだろう。

　左側の境界にそって高い石塀があり、大きな儀式用の柱廊玄関で途切れていた。玄関には悠久の歳月を経た紋章が高々とかかげられていた。大きく開いた門の先は、大理石を敷きつめた遊歩道になっており、宮殿まで一マイルにわたって伸びている。この宮殿は細かな装飾のほどこされた層を重ねた造りであり、緑がかった青銅で屋根を葺いていた。宮殿の正面にはテラスが設けられており、遊歩道とテラスの合流点は幅広い階段になっている。太陽はいまや姿を消していた。夕闇が空からおりてきた。これよりましな避難所は見つかりそうにないので、キューゲルは宮殿に向かって歩きだした。

　そのむかし遊歩道は優美をきわめていたのだろう。しかし、いまはすべてが荒廃の状態にあり、夕闇に包まれて憂鬱な美しさを見せていた。左右に精緻な造りの庭園があったが、いまや手入れがなされておらず、草木が伸び放題になっていた。紅玉髄と翡翠の花綱で飾られた大理石の壺が遊歩道のわきに並んでいた。中央には、人間の背丈よりいくぶん高い台座が一列に連なっている。それぞれが胸像をのせており、キューゲルの見るところ、例の護符に刻まれた文字とよく似たルーン文字で個別の銘文が記されていた。台座は五歩間隔で、丸一マイルにわたりテラスまで並んでいる。最初の彫像は風雨で角がとれ、顔形がはっきりしなくなっていた。先へ進むにつれ、目鼻立ちがくっきりしてきた。台座につぐ台座、胸像につぐ胸像。それぞれの顔につかのま見つめられながら、キューゲルは宮殿へ向かって歩を進めた。一連の胸像の最後のものは——薄れかけた陽射しのもとで判然としなかったが——若い女をかたどっていた。キューゲルはぴたりと足をとめた。これは歩く船に乗っていた女、北の土地で出会った女だ。ドムバー家のダーウェ・コレム、シルの統治者だ！

胸騒ぎをおぼえたキューゲルは立ちどまり、どっしりした門をしげしげと眺めた。ダーウェ・コレムとは円満に別れたわけではない。じっさい、彼女が恨みをいだいていても不思議はない。そのいっぽう、はじめて出会ったとき、彼女は聞きまちがえようのない温情あふれる言葉を用いて、キューゲルをみずからの宮殿に招いたのだ。ひょっとしたら、恨みは消えて、温情だけが残っているかもしれない。彼女の美貌を思いだしたキューゲルは、二度めの出会いは刺激的なものになりそうだと思った。

しかし、彼女がまだ恨んでいたとしたらどうなる？　彼女は護符に感銘を受けるにちがいない。ただし、キューゲルに護符を使用してみせろと迫らなければの話だ。ルーン文字の読み方さえ知っていれば、ことは簡単なのだが。しかし、その知識はスレイエから得られそうにないから、よそを探すしかない。つまり、実質的には宮殿のなかを。

彼はテラスに通じる奥行きのない階段の前に立った。大理石の踏み段はひび割れていた。テラスにそった欄干は苔むしていた。くすんだ夕闇のおかげで、その状態は悲哀に満ちており、荘厳だった。そのうしろの宮殿は、いくぶんましな状態にあるようだった。途方もなく背の高い拱廊（アーケード）がテラスからそびえており、縦溝のあるほっそりした柱と、手のこんだ彫刻のほどこされたエンタブレチュア（柱頭より上の部分）が並んでいたが、薄闇のなかでキューゲルにはその規則性がわからなかった。拱廊の奥には、ほの暗い光を見せている背の高いアーチ形の窓と表玄関があった。

キューゲルは階段を登りきり、あらためて疑惑にとらわれた。もしダーウェ・コレムが彼の主張を笑いとばし、彼を冷たく拒絶したとしたら？　そのときはどうなる？　うめき声や悲鳴ではすまないかもしれない。彼は重い足どりでテラスを渡った。進むにつれ楽観主義は影をひそめていった。拱廊の下で足をとめる。けっきょく、避難所はよそに求めるほうが利口かもしれない。だが、肩ごしにふりかえると、台座のあいだにじっと立っている背の高い影が見えるような気がした。キューゲルは避難所をよそに求めるという考えを捨て、足早に背の高い扉まで歩いた。卑しい者に身をやつせば、ダーウェ・コレムに気づかれずにすむかもしれない。と、階段でこそりと音がした。キューゲルはあわててノッカーを打ち鳴らした。その音が宮殿の内部で反響した。

しばしの間があり、またしても背後で音がしたように思えた。キューゲルはふたたびノッカーを打ち鳴らし、その音がふたたび内部でこだました。のぞき穴が開き、眼が用心深くキューゲルをうかがった。眼が上へ移動し、口が現われた。

「何者だ？」と口がいった。「なんの用だ？」口が横すべりし、耳が現われる。

「旅の者です。ひと晩泊めてもらえないでしょうか。恐ろしい化けものが近づいているので、急いでもらえるとありがたい」

眼がふたたび現われ、テラスを慎重に見渡してから、キューゲルに注意をもどした。

「あんたの身分はどういうもので、身元を保証するものはどこにある？」

「ありません」とキューゲル。肩ごしにちらっと視線を走らせ、「その件はなかで話しあわせてもらえませんか。化けものが一段また一段とテラスへあがってくるのですから」

のぞき穴がぴしゃりと閉まった。キューゲルはのっぺりした扉を茫然と見つめた。ノッカーを鳴らしつづけ、背後の薄闇に眼をこらす。と、キーキーこすれる音とギシギシきしむ音がして門が開いた。紫のお仕着せ姿の、小柄でずんぐりした男が彼を手招きした。

「はいるんだ、急いで」

キューゲルは戸口をすりぬけた。従僕はただちに重い扉を閉め、三本の鉄杭で錠前をかった。そのあいだにも、扉のきしむ音がして、圧力がかかった。

従僕はこぶしで扉をしたたかに打った。

「あの化けものをまた出しぬいてやったぞ」満足げに彼はいった。「おれがこれほど機敏でなかったら、あんたは襲われていただろう。あんたにとってもおれにとっても、いい災難だ。いまはこれがいちばんの気晴らしでね。つまり、化けものの楽しみを奪ってやることが」

「なるほど」と肩で息をしながらキューゲル。「あれはどういう生きものなんです?」

従僕は無知を認めた。

「はっきりしたことはわからん。つい最近現われて、夜中に彫像のあいだにひそむようになった。吸血鬼じみた真似をする上に、不自然な情欲を満たそうとする。同僚のなかには文句をいって当然のやつもいた。じつをいうと、その連中は、あいつの忌まわしい所行のせいでみんな死んじまったんだが。そういうわけで、気晴らしにあの化けものをからかって、歯ぎしりさせてやるんだよ」従僕は後退し、キューゲルをじろじろ見た。「あんたは何者だ? あんたの物腰、かしげた首、きょろきょろ動く眼から察するところ、向こう見ずで型破りな性格らしい。その気性は、とりあえず抑えたほうがいいぞ。本当にそうだとすればの話だが」

「いまこの瞬間」とキューゲルはいった。「わたしの望みは単純です。壁龕、寝椅子、夕食用に食べものを少々。それさえいただけるなら、今夜はおとなしくしていますよ。なんなら、あなたのお楽しみのお手伝いをします。食屍鬼(グール)をおびき寄せる方法をいっしょに考えましょう」

従僕は一礼した。

「入用なものはそろえてやれる。あんたは遠来の旅人だから、われわれを治めるお方が話をされたいとお思(ぼし)になるだろう。慎ましい要求をかなえてくれるどころか、はるかに気前のいいところを見せてくれるかもしれん」

それにはおよばない、とキューゲルはあわてて断った。

「わたしは下賤の者です。服は汚れておりますし、体は臭くてたまりません。会話は月並みでつまらない。シルの統治者をわずらわせないほうがいい」

「汚れは落としてやろう」と従僕。「その気があれば、ついて来るがいい」

彼はキューゲルを連れて油壺のかがり火に照らされた回廊を進み、ようやくひとつづきの居室へはいった。

「ここで体を洗うといい。あんたの服にブラシをかけて、糊のきいたリネンを見つけてくる」

キューゲルはしぶしぶ服を脱いだ。湯浴みをし、やわらかな黒いもつれ毛をとかして、顎鬚を剃り、香油を体にすりこむ。従僕が糊のきいた服を持ってきた。キューゲルは生きかえった気分でその服をまとった。上着をはおるとき、たまたま手首の護符に触れ、カボション形に磨かれた柘榴石のひとつを押してしまった。床下の深いところから、底知れない苦悶のうめき声が沸き起こった。従僕は恐怖に跳ねまわった。と、その眼が護符にとまる。彼は驚きのあまりあんぐりと口をあけて見つめてから、急に卑屈になった。

「尊いお方、あなたさまのご身分を理解しておりましたら、立派な部屋へお連れして、極上のローブをお持ちしたのですが」

「べつに不満はない」とキューゲル。「ただし、リネンはすこしだけかび臭いようだがね」

おどけているのを強調しようと、彼は手首の柘榴石を軽くたたいた。すると、それに応えてうめき声があがり、従僕は直立不動の姿勢をとった。

「何卒ご理解をたまわりたく」と震え声で彼はいった。

「もういい」とキューゲル。「たしかに、いわばお忍びで宮殿を訪ねるのがわたしの希望だった。実情を視察するのに都合がいいからだ」

「ご賢明です」と従僕が同意した。「侍従サルマンと調理人ビルバブの罪が白日のもとにさらされたら、両名を放逐なさりたくなるに相違ありません。わたし自身について申せば、あなたさまのご治世でシルが昔日の栄光をとりもどした暁に、もっとも忠義なる下僕ヨドのために、慎ましい名誉職があってもよいかと存じます」

キューゲルは鷹揚に手をふった。

「もしそういうことが起きるなら——それはわたしの〈心からの願い〉だが——おまえがおろそかにされることはないだろう。さしあたり、わたしはこの部屋で静かに休みたい。適当な食事を運んできてくれてもよいぞ。各種のワインをとりそろえてな」

ヨドは体をふたつに折ってお辞儀した。

「ご領主さまのお心のままに」

そういうと、彼は出ていった。キューゲルは部屋でいちばんすわり心地のいい寝椅子の上でくつろぎ、ヨドの忠誠心をあれほど唐突に呼びさました護符を調べにかかった。あいかわらず、ルーン文字はちんぷんかんぷんだった。カボション形に磨いた柘榴石はうめき声を生じさせるだけ。気晴らしにはなるものの、実用性は乏しい。キューゲルは生かじりの魔法の知識を総動員し、ありとあらゆる手管を試したが、成果はあがらなかった。

ヨドが部屋へもどってきた。だが、キューゲルの注文した食事は持っていなかった。

「ご領主さま」とヨドがいった。「わたしはシルの前統治者ダーウェ・コレムからの招待をお伝えする名誉に浴しております。晩餐にご出席たまわりたいとのことです」

「どうしたらこんなことが起きるのだ？」キューゲルは語気を強めて訊いた。「彼女はわたしの存在を知らなかったはず。記憶が定かなら、この点についておまえに特別な指示をあたえたぞ」

ヨドはまたしても体をふたつに折ってお辞儀した。

「当然ながら、あなたさまの仰せにしたがいました。ところが、ダーウェ・コレムの奸智はわたしの理解を超えていたのです。彼女はなんらかの手段であなたさまの存在を知り、いまあなたさまがお耳にされた招待を行ないました」

「なるほど」キューゲルがむっつりといった。「悪いが道案内をしてくれ。わたしの護符のことを彼女に知らせたのか？」

「ダーウェ・コレムはすべてを知っています」という曖昧な言葉がヨドの返事だった。「よろしければこちらへ、ご領主さま」

彼はキューゲルの先に立って古い回廊を進み、ついには背の高く狭いアーチをくぐって大広間へ出た。両側に真鍮の鎧を着こみ、市松模様の骨と黒玉でできた兜をかぶった兵士らしきものが並んでいた。合わせて四十体。だが、生きた人間のはいっている甲冑は六つだけで、残りは架台で支えられていた。極端に引きのばされ、グロテスクにゆがんだ顔をした男像柱が、煤けた梁を支えている。黒地に緑の同心円を描いた贅沢な敷物が床を覆っていた。

ダーウェ・コレムは円卓の端についていた。この円卓があまりにも巨大なので、彼女は少女のように見えた。ふさぎこんでもの思いに沈む、繊細な美をきわめた少女。キューゲルは自信たっぷりの態度で近づき、足をとめて、そっけなく一揖（ゆう）した。ダーウェ・コレムがあきらめきったような眼つきで彼をうかがった。その眼は護符に釘づけだった。彼女は深々と息を吸った。

「わたくしが話しかける栄誉をたまわったのはどなたでしょう？」

「わたしの名前は重要ではない」とキューゲルは答えた。「『高貴なお方』と呼ぶがいい」

ダーウェ・コレムはどうでもいいといいたげに肩をすくめた。

「仰せのとおりに。あなたのお顔に見憶えがあるように思えます。最近わたくしが鞭打ちを命じた、ある浮浪者によく似ておいでです」

「わたしがその浮浪者だ」とキューゲル。「あなたの行ないが遺恨を残さなかったとはいえない。

わたしとしては、いまここで釈明を求めたい」そういうとキューゲルは柘榴石に触れ、あまりにもわびしいので、胸をかきむしりたくなるうめき声を呼び起こした。そのひびきで、テーブルの上のガラス食器がカタカタと鳴った。

ダーウェ・コレムは眼をしばたたき、口もとをだらしなくゆるめた。優雅さの欠ける口調で彼女はいった。

「わたくしの行為は思慮に欠けるものだったようです。あなたの高貴なご身分を見ぬけず、見かけどおりの、たちの悪いごろつきにすぎないと思ったのですから」

キューゲルは進み出て、先のとがった小さなおとがいの下に手をかけ、この上なく美しい顔を上向かせた。

「それでも、あなたは宮殿を訪ねるようわたしに懇願した。憶えているかな？」

ダーウェ・コレムは不承不承うなずいた。

「そういうわけで」とキューゲル。「参上したのだ」

ダーウェ・コレムは微笑を浮かべた。そしてつかのま朗らかになった。

「そういうわけでいらしたのですね。あなたの正体が悪党であれ、浮浪者であれ、なんであれ、二百世代にわたりスレイエ家の統治の礎（いしずえ）となった護符を身に着けていらっしゃる。あなたはこの家門に連なる方なのですか？」

「そのうちあなたは、わたしのことをよく知るようになるだろう」とキューゲル。「わたしは気まぐれだが、寛大な男であり、フィルクスなるものがいなければ……。ともあれ、腹が減っているので、これから晩餐をともにしてもらいたい。有能なるヨドに晩餐の用意を命じておいたのだ。申しわけないが、席をひとつかふたつずれてくれないか。そうすれば、わたしも着席できる」

ダーウェ・コレムはためらった。すると、キューゲルの手が暗示するように護符のほうへ伸びた。彼女は即座に動き、あいた席にキューゲルが腰をおろした。テーブルをコツコツとたたき、

「ヨドは？　ヨドはどこだ？」

「ここにおります、高貴なお方！」

「晩餐を持て。この宮殿が提供できる最上の食事を！」

ヨドは一礼し、あわてて走り去った。ほどなくして盆と細口瓶をたずさえた従僕たちが、列をなして現われた。そしてキューゲルの指示に見合う以上のご馳走がテーブル上に並べられた。

キューゲルは、〈笑う魔術師〉イウカウヌにもらったお守りをとりだした。これは有機物のごみを食べられるようにするだけでなく、毒物があれば警鐘を鳴らしてくれるのだ。最初の二、三の料理は問題なく、キューゲルは旺盛な食欲で平らげた。シルの古いワインは極上であり、キューゲルは黒いガラスの酒杯をつぎつぎとあけた。辰砂と象牙を彫った造りで、トルコ石と真珠母の象眼された酒杯である。

ダーウェ・コレムはそのあいだずっと食べものをもてあそび、ワインに口をつけながら、思案顔でキューゲルを見つめていた。さらにご馳走が運ばれてきた。と、ダーウェ・コレムが身を乗りだした。

「本当にシルを治めるおつもりですか？」

「それがわたしの〈心からの願い〉だ！」とキューゲルはきっぱりといった。

ダーウェ・コレムが彼のほうに身を寄せた。

「ならば、わたくしを配偶者に迎えませんか？　迎えるとおっしゃって。満足以上のものをさしあげます」

「まあまあ、そうに気を急くでない」キューゲルは鷹揚にいった。「今宵は今宵、明日は明日。多くの変化が生じるだろう。それはたしかだ」

ダーウェ・コレムが口もとをほころばせ、ヨドに向かってうなずいた。

「いちばん古い年代ものワインをお持ちなさい――シルの新たなご領主のご健康を願って栓をあけることにします」

ヨドは一礼し、やがて蜘蛛の巣が張り、ほこりにまみれた、丸みを帯びた細口瓶をうやうやしく持ってくると、クリスタルの酒杯に酒を注いだ。キューゲルは自分の酒杯をかかげた。するとお守りが警鐘を鳴らした。キューゲルはだしぬけに酒杯を置き、ダーウェ・コレムが自分の酒杯を口もとに運ぶところを注視した。彼が手を伸ばし、その酒杯をつかむと、ふたたび警鐘が鳴りひびいた。両方とも毒入りなのだろうか？　妙だ。ひょっとしたら、彼女は飲むつもりはなかったのかもしれない。ひょっとしたら、すでに解毒剤を服用しているのかもしれない。

キューゲルはヨドに合図した。

「申しわけないが、べつの酒杯と……デカンターを」キューゲルが三分の一まで注ぐと、またしてもお守りが警報を発した。キューゲルはいった。「有能なるヨドと知りあってまもないわたしだが、いまここで彼を宮殿の侍従長の地位に昇進させるぞ！」

「高貴なお方」ヨドがしどろもどろにいった。「身にあまる光栄です」

「ならば、その年代もののワインを飲みほせ、新たな権威を寿ぐために！」

ヨドは深々とお辞儀した。

「心からの感謝をこめまして、高貴なお方」

彼は酒杯をかかげ、中身を飲んだ。ダーウェ・コレムはそ知らぬ顔で眺めていた。ヨドは酒杯を置き、眉をひそめると、いきなり引きつけを起こし、驚愕の眼をキューゲルに向け、敷物に倒れこみ、悲鳴をあげて、ピクピクと体を引きつらせ、動かなくなった。

キューゲルは眉間に皺を寄せてダーウェ・コレムをうかがった。見たところ、ヨドとおなじくらい仰天しているようだ。と、彼女がキューゲルのほうに眼を向けた。

「なぜヨドに毒を盛ったのです？」

「あなたの仕業だ」とキューゲルは答えた。「ワインに毒を盛れと命じただろう？」

「いいえ」

「『いいえ、高貴なお方』といってもらおう」

「いいえ、高貴なお方」

「あなたが命じなかったとしたら――いったいだれが？」

「見当もつきません。毒はわたくしをねらったものかも」

「あるいは、わたしたち両方を」キューゲルが従僕のひとりに合図した。「ヨドの遺体をかたづけろ」

従僕は頭巾をかぶった下僕ふたりに合図した。そのふたりが不幸な侍従長を運び去った。

キューゲルはクリスタルの酒杯を手にし、琥珀色の液体をじっと見おろしたが、自分の考えは伝えなかった。ダーウェ・コレムが椅子にもたれかかり、長々と彼を見つめた。

「わたくしはとまどっています」まもなく彼女はいった。「あなたは、わたくしの経験の教えをはみだす人間です。あなたの魂の色を判断できません」

キューゲルはその奇妙ないいまわしに魅せられた。

「では、あなたには魂の色が見えるのか？」

「見えます。さる女魔術師からの誕生祝いでした。彼女は歩く船もくれました。彼女は亡くなり、わたくしはひとりぼっちです。友もいなければ、愛情をもってわたくしのことを考えてくれる者もおりません。ですから、喜びもなくシルを治めて参りました。そしていまあなたがいらっしゃった。多くの色をひらめかせる魂をそなえたお方、わたくしの前にやってきたどの人間ともちがう魂をそなえたお方が」

キューゲルはフィルクスのことに触れようとして思いとどまった。フィルクスの霊的息吹がキューゲルのそれとまじりあい、まだら模様を作りだした——ダーウェ・コレムはそれに気づいたにちがいない。

「それには理由がある」とキューゲルはいった。「じきにその魂は、想像のおよぶかぎりもっとも純粋な光で輝いているだろう」

「心にとどめておくようにいたします、高貴なお方」

　キューゲルは眉根を寄せた。ダーウェ・コレムの言葉と首のかしげ方に、隠しきれない傲慢さがにじんでいるのに気がついたのだ。不愉快きわまりない。とはいえ、護符の使い方を習いおぼえ、目下の急務をかたづけたあとなら、問題を正す時間はたっぷりある。キューゲルはクッションにもたれかかり、漫然ともの思いにふけるような口調でいった。

「地球の滅びかけているこの時代、例外的な状況がいたるところで眼につく。このあいだわたしは〈笑う魔術師〉イウカウヌの館で、ある巨大な書巻（リブラム）を見た。それはありとあらゆる魔法の記述、ありとあらゆる神秘的ルーン文字の書法の索引だった。ひょっとして、あなたの書庫におなじような書物がないだろうか？」

「あっても不思議はありません」とダーウェ・コレム。「スレイエ家のガース・ハクスト十四世は勤勉な校合者であり、その主題に関する大部の典籍を編纂しました」

　キューゲルは両手を打ちあわせた。

「その重要な著作をいますぐ見たいものだ！」

　ダーウェ・コレムは驚き顔で彼を見つめた。

「では、あなたは本の虫でいらっしゃるのですね。残念です。なぜならルベル・ザッフ八世が、まさにその浩瀚（こうかん）な書物を水平線岬の沖に沈めるよう命じたのですから」

　キューゲルは渋い顔をした。

「ほかの論文は手もとにないのか？」

「ございます」とダーウェ・コレム。「書庫は北の翼棟全体を占めております。しかしながら、お調べになるのは明日でもかまわないのでは?」そういうと、しどけない仕草で背伸びをし、体をねじってあれこれと蠱惑的な姿勢をとる。

キューゲルは黒いガラスの酒杯の中身をぐっとあおった。

「たしかに、この件は急ぐまでもない。では、これから――」

その言葉は、茶色いぶかぶかの服をまとった中年女――下女のひとりであることは一目瞭然――にさえぎられた。ちょうどそのとき広間へ駆けこんできたのである。半狂乱でなにごとか叫んでおり、数人の従僕が飛びだして彼女を支えた。しゃくりあげる合間に彼女は苦悶の原因を明らかにした。たったいま、ある忌まわしい行為が食屍鬼(グール)によって彼女の娘の身に加えられたのだ。

ダーウェ・コレムは優雅にキューゲルを示した。

「こちらのお方がシルの新しいご領主です。強大な魔力の持ち主であり、そのグールを退治する命令をくだされるでしょう。くだされますね、高貴なお方?」

キューゲルは思案顔で顎をこすった。これは困ったことになった。女と下僕全員が両膝をつき、

「高貴なお方、腐食魔術の心得がおありでしたら、いますぐそれを用いて、下劣なグールを退治してくださいませ!」

キューゲルはひるんだ。そして首をめぐらせると、ダーウェ・コレムの考え深げな眼と眼が合った。彼はパッと立ちあがった。

「剣をふるえるのに、なぜ魔術を用いる必要がある? その化けものをバラバラに切り刻んでくれ

る！」真鍮の鎧を着こんで控えている六人の兵士に合図し、「さあ！　松明を持て！　グールのはらわたを引きずりだしにいくぞ！」

兵士らは気の進まないようすでしたがった。キューゲルは彼らをひきいて表玄関へ向かった。

「わたしが扉を大きくあけたら、松明を持って飛びだせ。あたりを煌々と照らして、邪悪な存在を浮かびあがらせるのだ！　わたしがやつをよろめかせるから、とどめを刺せるように剣をぬいておけ！」

兵士らはそれぞれが松明を持ち、剣をかまえて門の前に立った。キューゲルがかんぬきをはずし、門を大きくあけ放つ。

「行け！　グールにこの世で最後の光を見させてやれ！」

兵士らはやけになって突進した。キューゲルは剣をふりまわしながら、ふんぞりかえってそのあとを歩いていった。兵士らは階段をおりはじめるところで足をとめ、不安げな眼つきで遊歩道を見渡した。そこで身の毛のよだつ音がしていたのだ。

キューゲルが肩ごしにふりかえると、ダーウェ・コレムが戸口から一心に見つめていた。

「前進！」彼は叫んだ。「あの不愉快な化けものを包囲しろ。いますぐあの世へ送ってやるぞ！」

兵士らがおそるおそる階段をおり、キューゲルはしんがりを務めた。

「各自の判断で切ってかかれ！」彼は大声をはりあげた。「栄誉は全員に行きわたるだけあるぞ！　剣をふるわない者は、わたしが魔術で呪ってやる！」

長く連なり、ついには暗闇に溶けこんでいる台座の列に明滅する光が反射した。

「前進！」キューゲルは叫んだ。「例のけだものはどこだ？　なぜ姿を現わして、当然の報いを受けぬのだ？」そういうとキューゲルは、ゆらめく影を透かして眼をこらした。グールは警戒して、とっくに逃げたはずだと思ったのだ。

彼の横手で小さな音がした。首をめぐらせると、眼に飛びこんできたのは、ひっそりと立っている背の高い青白い人影だった。兵士らは息を呑み、幅広い石段をあわてふためいて逃げていった。「魔法で化けものを斃してください、高貴なお方！」と下士官が叫んだ。「あっさりかたづけられるなら、それに越したことはありません！」

グールが前進してきた。キューゲルはよろよろと後退した。グールがすばやく一歩を踏みだす。キューゲルは台座の裏に飛びこんだ。グールが腕をふりまわす。キューゲルは剣で切りかかり、べつの台座の陰に飛びこんで難を逃れると、脱兎のごとくテラスを逃げもどった。扉はすでに閉じかけていた。キューゲルは、身を躍らせて狭くなりつつある隙間をすりぬけた。扉を閉め、かんぬきをかう。グールが扉板に体あたりし、かんぬきが抗議のきしみをあげる。

キューゲルがふりかえると、ダーウェ・コレムの値踏みするようなきらきら光る眼と眼が合った。「つぎはどうします？」彼女が訊いた。「なぜグールを斃されなかったのですか？」

「戦士たちが松明を持って逃走したので」とキューゲル。「どこを切ればいいのか、はたまた、どこを切り刻めばいいのかわからなかったのだ」

「妙ですね」ダーウェ・コレムは考えこんだ。「あれだけの明かりがあれば、つまらない敵を退治するのに支障はないように思えましたが。どうして護符の力を用いるなり、グールを八つ裂きにするなりしなかったのです?」

「あっさり殺すのは、やつにふさわしくない」キューゲルは威厳をこめて断言した。「熟慮を重ね、最善の形で罪を償わせる方法を決めねばならん」

「たしかに」とダーウェ・コレム。「仰せのとおりです」

キューゲルは大広間へもどった。

「晩餐を再開せよ! ワインを川のように流れさせよ! 新たなシルの領主の即位を祝って、だれもが飲まねばならんぞ!」

ダーウェ・コレムが猫なで声でいった。

「よろしければ、高貴なお方、護符の力を披露して、わたくしどもの好奇心を満足させていただけないでしょうか!」

「お安いご用だ!」そういうとキューゲルは、カボション形に磨かれた柘榴石につぎつぎと触れ、悲痛な唸り声やうめき声を生みだした。すすり泣きや絶叫がときおりまじる。

「それだけですか?」お茶目な子供の柔和な笑みを浮かべながら、ダーウェ・コレムがたずねた。

「とんでもない、そうしようと思えば、まだいくらでもできる。だが、これでじゅうぶんだ! どんどん飲め!」

ダーウェ・コレムが衛兵隊の下士官に合図した。

「剣をぬいて、その愚か者の腕を切りおとしなさい。護符を持っておいで」

「喜んで、ご領主さま」下士官はぬき身の剣をさげて進み出た。

キューゲルが叫んだ。

「動くな！　あと一歩でも進めば、魔法がおまえの骨の一本一本を直角に曲げるぞ！」

下士官がダーウェ・コレムに眼をやると、彼女はカラカラと笑った。

「いわれたとおりにしなさい。それともわたくしの復讐を恐れるか。それがどういうものかは知ってのとおりです」

下士官はたじろぎつつ、また前進をはじめた。しかし、そのときひとりの下僕がキューゲルのもとへ駆けてきた。頭巾の下に見えたのは、老スレイエの皺だらけの顔だった。

「助けてやる。護符を見せてくれ！」

キューゲルの許しを得て、スレイエの指が柘榴石のあいだを熱心に探りまわった。スレイエは柘榴石のひとつを押し、音節が聞きとれないほどかん高い声で得意げになにか叫んだ。大きな羽ばたきの音がして、巨大な黒い影が広間の奥に立った。

「おれを苦しめるのはどいつだ？」そいつはうめき声でいった。「おれに終わりをくれるのはどいつだ？」

「わしだ！」スレイエが叫んだ。「広間をぬけてきて、わし以外は皆殺しにしろ！」

「だめだ！」キューゲルは叫んだ。「護符の所有者はわたしだ！　おまえは、わたしにしたがわなければならん！　わたし以外は皆殺しにしろ！」

ダーウェ・コレムがキューゲルの腕をつかみ、必死に護符を見ようとした。

「あいつを名前で呼ばないかぎり、その護符は役に立たないのよ。ひとり残らずおしまいだわ！」

「やつの名前はなんだ？」キューゲルは叫んだ。「教えてくれ！」

「さがれ！」スレイエがきっぱりといった。「わしはずっと考えてきた——」

キューゲルは彼に一撃を食らわせ、テーブルの陰に飛びこんだ。妖魔が近づいてこようとしていた。立ちどまっては兵士をつかみあげ、壁にたたきつけている。ダーウェ・コレムがキューゲルのもとへ走ってきた。

「その護符を見せて。おまえはなにも知らないのでしょう？　わたくしが彼に命令します！」

「ご免こうむる！」とキューゲル。「切れ者キューゲルの異名は伊達じゃないぞ！　どの柘榴石か教えろ。あいつの名前を教えてくれ」

ダーウェ・コレムは頭をさげ、ルーン文字を読むと、ある柘榴石を押そうと手を突きだした。だが、キューゲルがその腕を払った。

「名前はなんだ？　さもないと、全員あの世行きだぞ！」

「ヴァニールと呼びなさい！　ここを押して、ヴァニールと呼びなさい！」

キューゲルは柘榴石を押した。

「ヴァニール！　敵対するのをやめろ」

黒い妖魔はまったく聞く耳持たなかった。第二の轟音が鳴りひびき、第二の妖魔が姿を現わした。

ダーウェ・コレムは恐怖の叫びをあげた。

「ヴァニールではなかったんだわ。もういちど護符を見せて！」

しかし、その時間はなかった。黒い妖魔が襲いかかってきたのだ。

「ヴァニール！」キューゲルは怒鳴った。「この黒い怪物をやっつけろ！」

ヴァニールは背が低く、横幅があり、めまいがするような緑色で、真紅の明かりのような眼をそなえていた。そいつが最初の妖魔に飛びかかると、両者は激突して、耳を聾する怒号があがった。眼にもとまらぬ速さで激闘がくり広げられた。巨大な力がぶつかりあい、はねかえるたびに壁が震える。巨大な扁平足に踏みつぶされて、テーブルが粉々になる。ダーウェ・コレムは部屋の隅に逃げこんだ。キューゲルはそのあとを追って這っていき、彼女がぼんやりと眼を見開いているのに気づいた。意識は残っているが、意志の力はなくしているのだ。キューゲルは彼女の眼の前に護符を突きだした。

「ルーン文字を読め！　名前を叫べ。順番に試してみる！　早く、命が惜しければ！」

だが、ダーウェ・コレムは唇をもぞもぞと動かしただけだった。背後では、ヴァニールに馬乗りになった黒い妖魔が、ヴァニールの体の一部を手際よく鉤爪でむしりとり、わきへ放っていた。いっぽうヴァニールは唸り声をあげ、絶叫し、その獰猛そうな頭を左右にめぐらし、嚙みついたり、歯をむきだしたり、大きな緑の腕で打ちかかったりしていた。黒い妖魔は両腕を深く突きいれ、中枢神経らしきものをわしづかみにした。するとヴァニールは火花を発する緑の粘着物と化し、無数の小片に分裂した。微光と火の粉のひとつひとつが飛びまわり、小刻みに震え、石のなかへ溶けこんでいく。

スレイエがにやにや笑いながらキューゲルを見おろした。

「命が惜しいか？　護符を渡せ。そうすれば助けてやる。一瞬でも躊躇すれば、命はないぞ！」

キューゲルは護符をはずしたが、未練たらたらだった。不意に悪知恵が働いて、彼はいった。

「妖魔に護符を渡したっていいんだぞ」

スレイエは彼をにらみつけた。

「そうしたら、ひとり残らずあの世行きだ。わしにとっては、べつにかまわんが。そうしろ。おまえの思いどおりにはさせんぞ。命が惜しければ——護符だ」

キューゲルはダーウェ・コレムを見おろした。

「この女はどうなる？」

「ふたりそろって追放だ。護符を渡せ、妖魔がそこまで迫っておるからな」

黒い妖魔が彼らの頭上にそびえ立った。キューゲルはあわてて護符をスレイエに渡した。老人は鋭い叫びを発し、ある柘榴石に触れた。妖魔が哀れっぽい声で鳴き、内向きに渦を巻いて、かき消えた。

スレイエが勝ち誇った笑みを浮かべながらあとずさった。

「さあ、おまえと女は出ていくんだ。わしは約束を守る、それ以上のことはせん。おまえたちにはみじめな命をくれてやる。出ていけ」

「望みをひとつかなえてくれ！」キューゲルは懇願した。「わたしたちをキザン峡谷のアルメリーへ転送してくれ。そこならフィルクスと呼ばれる潰瘍をとりのぞけるかもしれないんだ！」

「だめだ」とスレイエ。「おまえの〈心からの願い〉は断る。いますぐ出ていけ」

キューゲルがダーウェ・コレムを立ちあがらせた。あいかわらず茫然としている彼女は、広間の惨状に眼をみはった。キューゲルがスレイエに向きなおった。

「グールが遊歩道で待ち伏せしている」

スレイエはうなずいた。

「そのとおりであっても不思議はないな。明日になったら、そいつを懲らしめてやる。だが、今宵は亜世界の職人を呼びだし、広間を修理させ、シルの栄光をとりもどすのだ。ゆえに！　おまえとグールがどうなろうが、わしの知ったことではない」その顔がさっと赤くなり、その手は護符の柘榴石のほうへ動こうとした。「ゆえに、ただちに去れ！」

キューゲルはダーウェ・コレムの腕をとり、彼女を広間から表玄関へと連れだした。スレイエは足を開き、肩を怒らせ、首を前に曲げて立ち、キューゲルの一挙手一投足を眼で追っていた。キューゲルはかんぬきをはずし、扉をあけると、テラスへ踏みだした。

遊歩道は静まりかえっていた。キューゲルはダーウェ・コレムを連れて階段をおり、わきへそれて、古い庭園の茂り放題に茂った草むらにはいった。ここで足をとめて聞き耳を立てる。宮殿から盛んに音が流れてきた。ガリガリと削る音とキーキーこすれる音、しわがれた叫び声と低い唸り声、色とりどりの光のひらめき。遊歩道の中央に背の高い白い人影がやってきた。台座の影から影へと移動している。そいつは立ちどまって物音に耳をすまし、驚きに打たれてゆらめく光を見まもった。そいつが夢中になっているうちに、キューゲルはダーウェ・コレムを連れて暗い葉むらの陰を離れ、夜の闇へとまぎれこんだ。

III　マグナッツの山々

陽の出からまもないころ、キューゲルとダーウェ・コレムは、丘の中腹に立つ牛小屋から出てきた。そこで一夜を明かしたのである。空気は肌寒く、空高くかかった霧の陰でワイン色の泡となっている太陽は、ぬくもりを生みだしていなかった。キューゲルは両腕をバタバタとふり、ジグを踊るように行ったりきたりした。いっぽうダーウェ・コレムはげっそりした顔で、古い牛小屋のそばに力なく立っていた。

そのうちキューゲルは彼女の態度が気にさわるようになった。なんとなく彼を蔑んでいるように思えたのだ。

「薪（たきぎ）をとって来い」彼はそっけない口調で命じた。「焚火を起こすから、心地よくなったところで朝食にしよう」

かつてのシルの公女は、ひとことも発さずにハリエニシダの枝を集めにいった。キューゲルはふりかえり、東にひろがる薄暗い土地を調べにかかった。〈笑う魔術師〉イウカウヌに対する呪いの言葉がひとりでに口をつく。あの男の悪意のせいで、おれはこの北の荒れ地へ飛ばされたのだ。

ダーウェ・コレムが腕いっぱいに小枝をかかえてもどってきた。キューゲルはうなずいて賛意を示した。シルから放逐されたあと、彼女は短いあいだ身のほど知らずにも尊大な態度をとり、キューゲルはおだやかな笑みを浮かべて我慢したのだった。ふたりの最初の床入りは多難だった。そのあとダーウェ・コレムは、すくなくとも表立ったふるまいはあらためていた。目鼻立ちがくっきりしているのに繊細な彼女の顔は、もの思いに沈むような表情を失っていなかったが、傲慢さは影をひそめ——ミルクがチーズに変わるように——新たな現実にめざめた顔つきに変わっていた。

焚火がパチパチと陽気な音をたてた。ふたりはレポンスと、汁の多いブラック・ゴールベリーの朝食をとり、そのあいだキューゲルは東と南の土地に関して質問を浴びせた。ダーウェ・コレムはわずかな情報を返すことしかできず、そのどれもが明るい見通しをもたらすものではなかった。

「森は果てしないといわれています。いくつもの名前で呼ばれるのを聞いたことがあります——グレート・アーン、東の森、リグ・シグ。南に見えるのはマグナッツの山々。恐ろしいところだという評判です」

「どういう点で恐ろしいんだ？」キューゲルが語気を強めた。「その知識は重要だ。その山々を越えないと、アルメリーには帰れない」

ダーウェ・コレムはかぶりをふった。

「漠然とした話を聞いているだけですし、あまり注意を払ってきませんでした。その地域を訪れるなんて、夢にも思っていませんでしたから」

「わたしだってそうだ」と唸り声でキューゲル。「イウカウヌさえいなければ、こんなところにはいなかったのだ」

興味の火花が散って、ものうげな顔に生気が吹きこまれた。

「そのイウカウヌとやらは何者です？」

「アルメリーの憎むべき魔法使いだ。頭のかわりに煮たカボチャをのせていて、いつもへらへら笑っている。ありとあらゆる意味で忌まわしく、釜茹でにされた宦官のように恨みつらみをふりまいているのだ」

ダーウェ・コレムが口もとを動かし、冷ややかな薄笑いを浮かべた。

「あなたはその魔法使いを敵にまわしたのですね」

「ばあっ！　あれはなんでもないことだった。ほんの些細なことを根に持って、あの男はわたしを北へ飛ばし、できないことをさせようとしたのだ。切れ者キューゲルさまを見くびるなかれ！　みごと任務を達成し、晴れてアルメリーへ帰るところだ」

「では、アルメリーとはどんなところでしょう——住み心地のいい土地ですか？」

「住み心地は悪くない、森と霧から成るこのわびしい土地にくらべれば。それでも、玉に瑕(きず)はある。魔法がはびこっていて、先ほど触れたように、正義がねじ曲げられることもあるのだ」

「アルメリーのことをもっと教えてください。都市はあるのですか？　ごろつきと魔法使いのほかに住民はいるのですか？」

　キューゲルは眉間に皺を寄せた。

「ある種の都市は存在する、過ぎ去った栄光の悲しい影は。キザン川とスコーム河の合流点にアゼノメイがあり、アスコライスにカイーンがあり、カウチークの対岸にはほかの都市が並んでいる。そこの住民は恐ろしく陰険だ」

　ダーウェ・コレムは考えこんだ顔でうなずいた。

「わたくしはアルメリーへ行きます。あなたといっしょでも、そのうち平気になるでしょう」

　キューゲルは横眼で彼女をうかがった。その言葉のひびきが気に入らなかったのだ。しかし、理由を突きとめる暇（いとま）もなく、「こことアルメリーのあいだには、どんな土地がひろがっているのですか？」と彼女がたずねた。

「土地は広く、危険に満ちていて、ギッドやアーブや血祭り（ディーアダンド）のほかに、リューコモーフや食屍鬼（グール）やグルーが棲んでいる。それ以外のことは知らない。もし生きて旅を終えられたら、奇跡以外のなにものでもない」

　ダーウェ・コレムは未練がましくシルのほうをふりかえってから、肩をすくめて黙りこんだ。

　粗末な食事は終わりを迎えた。キューゲルは牛小屋にもたれかかり、焚火のぬくもりを満喫しようとしたが、フィルクスが休息を許そうとせず、キューゲルは顔をしかめてパッと立ちあがった。

「行こう。いますぐ出発だ。イウカウヌの悪意のせいで、おちおち休んでもいられない」

　古い街道らしきものをたどりながら、ふたりは斜面をくだっていった。風景が変化した。ヒースの荒れ野にかわって、じめじめした低地が現われたのだ。まもなく森に行きあたった。キューゲルは陰気な暗がりに不信の眼を向けた。

「音をたてずに進まなければ。有害なものの気を惹かないように祈ろう。わたしが行く手を見張るから、きみはうしろを見張って、あとをつけてきたものに背後から飛びかかられないようにしてくれ」

「道に迷うに決まっています」

「太陽は南にかかっている。あれが道しるべだ」

ダーウェ・コレムはいまいちど肩をすくめた。ふたりは木陰に踏みこんだ。木々が頭上高くそびえており、葉むらから射しこむ陽光は、薄闇をきわだたせるだけだった。小川に行きあたると、その岸辺を歩き、まもなく水かさの多い川の流れている林間の空き地に出た。

その岸に一艘の筏(いかだ)がもやわれており、ぼろをまとった男が四人、その近くにすわっていた。キューゲルはダーウェ・コレムをしげしげと見て、その衣服から宝石のはまったボタンをむしりとった。

「どう見ても、あの連中は山賊だ。たとえ貧乏人の集まりに思えても、あいつらの欲をかきたてねばならん」

「避けたほうが無難です」とダーウェ・コレム。「あの連中はけだものと変わりません」

キューゲルは異議を唱えた。

「連中の筏と道案内が必要だ。こちらの思いどおりにことを運ばないとな。下手に出れば、連中は言い値が通ると思いこんで、欲をかくだろう」

彼は大股に進んでいき、ダーウェ・コレムが不承不承あとをついていった。

近くで見ても、ごろつきたちは見苦しかった。髪は長く、もつれ放題。顔はこぶだらけで、眼は甲虫さながら、口からは黄ばんだ歯がのぞいている。それにもかかわらず、彼らの表情はおだやかで、けんか腰というよりは警戒の眼差しで、近づいてくるキューゲルとダーウェ・コレムを見つめていた。そのうちのひとりは女のようだった。もっとも、着衣や、顔立ちや、物腰からは判別できなかったが。キューゲルが威厳たっぷりに挨拶すると、彼らは困惑して眼をしばたたいた。

「きみたちは何者だ？」とキューゲルはたずねた。

「わしらはブシアコ族と名乗っとる」と最年長の男が答えた。「民族でもあり家族でもある。一妻多夫の風習があるから、区別をしないんだ」

「きみたちは森の住人だな。ぬけ道や街道にくわしいのか？」

「そういってかまわんだろう」と男。「ただし、わしらの知識は地元にかぎられる。いいか、この森はグレート・アーン、蜿蜒と切れ目なしにひろがっとるんだぞ」

「地元でけっこう」とキューゲル。「川を渡り、それから南の土地へいたる安全な道へ案内してもらうだけでいい」

男はほかの三人と相談した。ひとり残らずかぶりをふった。

「そういう道はない。そっちにはマグナッツの山々が控えとる」

「たしかに」とキューゲル。

「もし川を渡らせてやったら」と老ブシアコ族が言葉をつづけた。「あんたたちは死んだもおなじだ。このあたりにはアーブとグルーがうようよいるからな。あんたの剣は役に立たんし、あんたはいちばん弱い魔法しか身に着けとらん――なんでわかるかっていうと、わしらブシアコ族は、アーブが肉を嗅ぎつけるみたいに、魔法を嗅ぎつけるからだ」

「ならば、どうすればわれわれは目的地へたどりつける？」とキューゲルが語気を強める。

ブシアコ族はその質問にろくすっぽ関心を示さなかった。しかし、ダーウェ・コレムにちらっと視線を走らせた二番めに年長の男が、不意にあることを思いついたらしく、考えこむかのように対岸を見渡した。まもなく考えあぐねたのか、自分の負けを認めて首をふった。

注意深く観察していたキューゲルが、「なにを悩んでいる？」とたずねた。

「たいして複雑じゃない問題だ」と、そのブシアコ族は答えた。「おれたちは筋道立った考えが得意で、どんな困難だろうとものともしない。森をぬける道案内をしてやったら、あんたたちが引き換えにどの持ちものをさしだすだろうと考えていただけさ」

キューゲルはカラカラと笑った。

「いい質問だ。しかし、わたしの持ちものは見てのとおり。つまり、衣服、靴、肩マント、そして剣、どれもなくてはならないものだ。もっとも、じつをいえば、宝石のはまったボタンをひとつふたつ生みだす呪文を心得ているがね」

「あまり気をそそられんな。宝石なら、近くの地下納骨所に、おれの頭の高さまで積みあがってる」

キューゲルは考えこんだ顔で顎をこすった。

「ブシアコ族の気前のよさは知れわたっている。よかったら、その地下納骨所へ連れていってもらえないだろうか」

ブシアコ族は、どうでもいいという身ぶりをして、

「お望みなら。でも、隣に大きな母ギッドの巣穴があるぞ。母ギッドはいま発情期だ」

「まっすぐ南へ向かうとしよう」とキューゲル。「さあ、ただちに出発しよう」

そのブシアコ族は、頑固にうずくまったままだった。

「おれの気をそそるものをさしだせないのか？」

「感謝の意だけなら。それは些細なものではないぞ」

「その女はどうだ？　ちょっと痩せすぎだけど、魅力がないわけじゃない。あんたはどうせマグナッツの山々で死ぬんだから、女を無駄にしなくてもいいだろう」

「たしかに」キューゲルはダーウェ・コレムに眼をやった。「ひょっとしたら、折りあいをつけられるかもしれない」

「なんですって？」彼女は激昂のあまり息を呑んだ。「よくそんなことがいえるわね。川で溺れ死んだほうがましだわ！」

キューゲルは彼女をわきへ連れていった。

「わたしが切れ者キューゲルと呼ばれているのは伊達じゃない」と彼女の耳もとにささやく。「このぼんくらどもに一杯食わせてやるから、信用してくれ！」

ダーウェ・コレムは不信の眼差しで彼をねめつけてから、顔をそむけた。悔し涙が頬を伝ってい

た。キューゲルはブシアコ族に話しかけた。

「きみのいうとおりにしたほうがよさそうだ。では、出発しよう」

「女はここに残ってもいい」と立ちあがりながらブシアコ族。「おれたちは魔法のかかった道を歩くんだ。つべこべいうなよ」

ダーウェ・コレムは川へ向かって決然と一歩を踏みだした。

「よせ!」あわててキューゲルが叫んだ。「彼女は情が深いから、わたしが無事にマグナッツの山々へいたる道につくところを見たがっているんだ。たとえそれが、わたしの確実な死を意味するにしても」

ブシアコ族は肩をすくめた。

「好きにしな」

彼は先頭に立って筏に乗りこみ、もやい綱をほどくと、棹をあやつって川を渡りはじめた。水は浅いように思え、棹はせいぜい一、二フィートしか水中に沈まなかった。歩いて渡るのも簡単だっただろう、とキューゲルには思えた。

それを見てとったブシアコ族が、「この川にはガラスでできた爬虫類がうじゃうじゃいて、うっかり足を踏み入れた人間は、たちまち襲われるんだ」といった。

「まさか!」と川に疑いの眼を向けながらキューゲル。

「そのまさかさ。それと、道についていま警告しとく。おれたちはありとあらゆる誘惑にさらされるだろう。でも、命が惜しかったら、おれの足跡から離れるんじゃないぞ」

筏が向こう岸に着いた。ブシアコ族は上陸し、立ち木に筏をつないだ。

「さあ、ついて来い」

彼は自信たっぷりに木々のあいだに分けいった。ダーウェ・コレムがあとを追い、キューゲルはしんがりを務めた。小道はあるかないかで、キューゲルには人跡未踏の森と区別がつかなかったが、ブシアコ族はけっして迷わなかった。木々の陰に低くかかっている太陽は、たまに姿を見せるだけであり、どの方角へ向かっているのか、キューゲルにはさっぱりわからなかった。鳥の鳴き声ひとつ聞こえない淋しい森をぬけて、彼らはひたすら進んだ。

天頂を過ぎた太陽が降下をはじめ、小道はますますはっきりしなくなった。とうとうキューゲルが前方に声をかけた。

「この道でまちがいないのか？　でたらめに右や左へ折れているように思えるが」

ブシアコ族は足をとめて説明した。

「おれたち森の民は素朴だけど、ある特別な能力をそなえてる」彼は上向きにひろがった鼻を意味ありげにポンとたたいた。「魔法を嗅ぎだせるんだ。おれたちがたどってる道は、記憶にないほど遠いむかしに造られたもので、おれたちみたいな者にしか方向を明かさないのさ」

「それはそうかもしれない」と、すねた声でキューゲル。「だが、遠まわりすぎるように思えるし、きみのいった恐ろしい生きものとやらはどこにいるんだ？　畑鼠を一匹見かけただけだし、アーブにつきもののにおいは、どこにもしなかったぞ」

ブシアコ族は途方に暮れてかぶりをふった。

「わけがわからんが、よそへ行っちまったらしい。まさか文句があるんじゃないだろうな。連中がもどって来る前に進もう」そういうとまた歩きだした。前と変わらず判然としない小道をたどって。

太陽が低くなった。森の木々はいくぶんまばらになった。真紅の光線が小道に斜めに射しこみ、節くれだった木の根をつややかに光らせ、落ち葉に金鍍金（メッキ）をほどこした。ブシアコ族はとある空き地に踏みこみ、勝ち誇った顔でぐるっと体をまわした。

「ちゃんと目的地に着いたぞ！」

「どうしてそういえる？」キューゲルが語気を強めて訊いた。「ここはまだ森の奥深くじゃないか」

ブシアコ族は空き地の向こう側を指さした。

「はっきりと見分けのつく道が四本走ってるのに気づかないのか？」

「そのとおりらしい」キューゲルはしぶしぶ認めた。

「あのうちの一本が南のへりに通じてる。ほかの三本は途中で何度も枝分かれしながら、森の奥深くへ伸びてるんだ」

枝の隙間を透かし見ていたダーウェ・コレムが、鋭い声で叫んだ。

「ねえ、五十歩向こうに川と筏があるわ！」

キューゲルはブシアコ族をにらみつけた。

「いったいどういうことだ？」

ブシアコ族は真面目くさってうなずいた。

「あの五十歩には魔法の守りが欠けてるんだ。まっすぐここへきたら、おれは責任を果たせなかっただろう。さあ、これで——」彼はダーウェ・コレムのところまで進み、彼女の腕をとると、キューゲルに向きなおった。「空き地を渡ってもいいぞ。そうしたら、どの道が南のへりへ通じてるかを教えてやる」

　そういうとダーウェ・コレムの腰にロープを巻きつけはじめた。彼女は必死に抵抗したが、拳骨と罵声でおとなしくさせられただけだった。

「こうすれば、いきなり跳びはねたり、逃げだしたりされずにすむ」と片眼をつむってみせながら、ブシアコ族がキューゲルに説明した。「おれはあんまり足が速くないから、女がほしいときに、鬼ごっこをしたくないんだ。それはそうと、急がなくてもいいのか？　陽が沈むぞ。暗くなったら、リューコモーフが出てくる」

「ならば、どの道が南のへりに通じているんだ？」キューゲルは単刀直入にたずねた。

「空き地を渡ったら教えてやるよ。もちろん、おれの言葉を信用しないなら、自分で道を選べばいい。でも、いっとくが、おれはこの怒りっぽくて、痩せっぽちで、つまらない女のために骨を折ってきたんだ。これで恨みっこなしにしよう」

　キューゲルは疑いの眼差しで空き地を見渡してから、落胆しきった顔でこちらを見ているダーウェ・コレムに眼をやった。キューゲルは陽気な声でいった。

「まあ、それがいちばんよさそうだ。マグナッツの山々は危険なことで悪名高い。その野暮なごろつきといれば、きみはとにかく安全だ」

「いやよ！」彼女は絶叫した。「このロープをほどいて！　こいつは嘘つきよ。あんたは騙されたのよ！　切れ者キューゲルですって？　愚か者キューゲルよ！」

「はしたない言葉づかいはやめたまえ」とキューゲル。「ブシアコ族とわたしは契約を結んだのだ。いうなれば、神聖なる盟約を。それを違えるわけにはいかない」

「このけだものを殺して！」ダーウェ・コレムが叫ぶ。「その剣をふるって！　森のはずれがそんなに遠いわけがないわ！」

「道をまちがえれば、グレート・アーンの中心へ迷いこむかもしれない」とキューゲルはいいかえした。片腕をあげて別れの挨拶をする。「マグナッツの山々で命を落とす危険を冒すよりは、その毛深いならず者のために雑用をするほうがはるかにましだぞ！」

ブシアコ族がにやりと笑って同意を表わし、所有者らしくロープをぐいっとひっぱった。キューゲルは急いで空き地を渡った。ダーウェ・コレムの呪いの言葉が耳もとから離れなかったが、やがて彼女は、キューゲルには見えないなんらかの手段で黙らされた。ブシアコ族が声をはりあげた。

「たまたまあんたは正しい道に近づいてる。その道をたどれば、じきに人里に行きあたるよ」

キューゲルは最後の挨拶を返して歩きだした。ダーウェ・コレムがヒステリックな笑い声をあげた。

「切れ者キューゲルを名乗るなんて！　冗談もいいところよ！」

キューゲルは足早に道を進んでいった。なんとなくすっきりしない気分だった。

「あの女は偏執狂だ！」彼は自分にいい聞かせた。「眼が曇っているし、離れたところからものを見られない。あの女とこのおれの幸福を思えば、ああするしかなかったのだ。おれは理性を重んじる人間だ。そうでないというのは無分別というものだ！」

　空き地から百歩と行かないうちに、道は森から出た。キューゲルはぴたりと足をとめた。たったの百歩で？　彼は唇をすぼめた。なにか興味深い偶然の一致で、ほかの三本の道も近くで森を離れており、三本とも彼の立っている場所の近くへ集まってきていたのだ。

「面白い」キューゲルはいった。「引きかえしてブシアコ族を捜しだし、なんらかの釈明を聞きたい気分になるほどだ……」

　彼は思案顔で剣をいじり、森に向かって一、二歩引きかえしさえした。しかし、太陽は低くかかり、節くれだった木の幹の隙間を影が埋めていた。キューゲルがためらっていると、フィルクスが痺れを切らし、棘や突起のいくつかでキューゲルの肝臓をひっかいた。キューゲルは森へ引きかえすのを断念した。

　道は広々とした平地を横切る形で伸びており、南の空を背に山々がそびえていた。キューゲルはきびきびした足どりで進んでいった。背後の森の暗い影が意識されたし、心中はおだやかとはいい切れなかった。ときおり、とりわけ心騒がせる思いが脳裏に浮かぶと、彼は腿をぴしゃりとたたいた。しかし、愚かにもほどがあるぞ！　おれはそつなくことを運んだんだ、絶対にまちがいない！　ブシアコ族は粗野でまぬけだ。キューゲルさまをたぶらかせるわけがない。そんなことあるはずがない。ダーウェ・コレムはといえば、そのうち新しい生活になじむにちがいない……。

　太陽がマグナッツの山々の陰に沈むころ、彼は粗末な集落と、十字路のわきにある一軒の旅籠（はたご）に行きあたった。旅籠は石と木材から成る堅牢な建物で、円窓のひとつひとつが百頭のウマカモシカの眼を形づくっていた。キューゲルは扉の前で足をとめ、乏しい懐具合をあらためた。とそのとき、ダーウェ・コレムから奪った宝石つきボタンのことを思いだし、先見の明があるのにわれながら感心した。

扉を押しあけると、なかは古い青銅ランプのぶらさがった細長い部屋になっていた。亭主は短いカウンターに陣どり、現在の客である三人の男にグログ酒やパンチを注いでいた。キューゲルが部屋にはいったとたん、四人とも首をめぐらせて眼をこらした。

亭主は丁重なものいいをした。

「いらっしゃい、旅のお方。なにをさしあげましょう？」

「まずはワインを一杯。つぎに夕食と寝泊りできるところ。最後に、南へ行く道に関してありったけの知識を」

亭主がワインの杯をよこし、

「ご夕食と寝泊りなさるところはすぐにご用意します。南へ行く道については、マグナッツの領域へ通じています。それだけ知ればじゅうぶんですよ」

「ならば、マグナッツというのは恐ろしい生きものなのか？」

亭主は陰気に首をふった。

「南へ行った者は帰ってきません。記憶にあるかぎり、北へやってきた者もいません。あっしにいえるのは、それだけです」

酒を飲んでいた三人の男たちが、真面目くさってうなずいた。ふたりは地元の農夫。いっぽう三

人めは、職業的な魔女狩人につきものの黒い丈長のブーツを履いていた。最初の農夫が亭主に合図して、

「この不幸な御仁にワインを一杯注いでやってくれ。おれのおごりだ」

キューゲルは複雑な気分で杯を受けた。

「ワインはありがたくちょうだいする。ただし、『不幸な御仁』という呼び名のほうは、謹んで返上するよ。その言葉の効力が、わたしの運命におよぶといけないので」

「お好きなように」と農夫は投げやりに答えた。「もっとも、この憂鬱なご時世だ。不幸じゃないやつなんているのかね？」

そのあと農夫たちは、自分たちの土地をへだてる石塀の修理の件についてしばらく話しあった。

「つらい仕事だけど、見返りは大きいぞ」と、ひとりが断言する。

「そりゃあそうだけど」と、もうひとり。「おれはツイてないから、その仕事が終わったとたん、どうせお天道さまが真っ黒になって、骨折り損のくたびれ儲けだ」

最初の農夫が両腕をふりまわし、相手の言葉を嘲るようにして退けた。

「その危険は冒さんといかん。いいか、おれはワインを飲む。ただし、酔いがまわるまで生きとらんかもしれん。だからといって飲むのをやめるか？　とんでもない！　未来なんて知ったことか。飲むのはいま。酔いがまわるならめっけもんだ」

亭主が笑い声をあげ、カウンターをこぶしでドンとたたいた。

「あんたはブシアコ族なみに悪知恵が働くな。ブシアコ族といえば、近くで野営してるそうだ。ひ

ょっとして、旅のお方は連中に出会ったのでは？」

そういうと、彼はもの問いたげな視線をキューゲルに向けた。キューゲルは不承不承うなずいた。

「その一団に出くわしたよ。わたしにいわせれば、悪知恵が働くどころか知恵足らずだ。もういちど南へ行く道についてたずねるが、特別な助言をしてくれる人は、ここにいないのだろうか？」

魔女狩人がぶっきらぼうにいった。

「してやれるぞ。その道は避けたほうがいい。まずあんたの肉を貪ろうとするディアーダンドに出くわす。その先はマグナッツの縄張りだ。マグナッツにくらべたら、ディアーダンドだって慈悲の天使に見えるっていうぞ。噂が十分の一でも真実だったらの話だが」

「それを聞いてがっかりだ」とキューゲル。「南の土地へ行く別の経路はないのだろうか？」

「もちろんあるさ」と魔女狩人。「そっちはお勧めだ。まず北へ引きかえして、街道ぞいにグレート・アーンまで行き、東へ折れて森を横切る。森はどんどん鬱蒼としてきて、どんどん恐ろしくなる。いうまでもないが、たくましい腕と健脚がないと、吸血鬼や、グルーや、アーブや、リューコモーフにつかまっちまう。森の向こう端に達したら、南へ折れてダラッドの谷へ向かわないといかん。噂によると、そこではバジリスクの大群が、いにしえの都マーを包囲しているそうだ。激戦の地をなんとか通りぬけたら、その先には中央大草原が待っていて、そこには水も食料もなく、翼妖ペルグレーンがはびこっている。草原を渡りおえたら、西へ引きかえし、こんどは有毒の沼地をつぎつぎと渡っていく。その先の土地については、〈邪悪な記憶の国〉という名前しか知らん。その地域を渡りおえたら、マグナッツの山々の南にあたる場所に出ているはずだ」

キューゲルはしばし考えこんだ。

「いま教えてもらった経路は、南へ直行するよりは安全で、苦労もすくないかもしれないが、けたはずれの長さに思える。わたしとしては、危険を覚悟でマグナッツの山々を越えたいな」

最初の農夫が畏敬の念をこめて彼をしげしげと見た。

「あんたは名高い魔法使いで、呪文をしこたま憶えてるってとこか」

キューゲルは口もとをほころばせながら首をふった。

「わたしは切れ者キューゲル。それ以上でも、それ以下でもない。さあ――ワインをくれ！」

まもなく亭主が夕食を運んできた。レンズ豆のシチューと、野生の葱とビルベリーで味つけした陸蟹である。

食事がすむと、ふたりの農夫はワインの飲みおさめをして出ていった。いっぽうキューゲルと亭主と魔女狩人は、暖炉の前にすわって四方山話の花を咲かせた。魔女狩人がとうとう自室へ引きとろうと腰をあげた。出ていく前にキューゲルに近寄り、ざっくばらんに話しかけた。

「その外套には気づいていたよ。この僻地じゃめったにお眼にかかれないような上物だ。あんたは死んだも同然なんだから、ひとつその外套をこのおれ、つまり、そいつを必要としてる人間にゆずっちゃもらえないか？」

キューゲルはその申し出をそっけなく断り、自分の部屋へ行った。

夜中に眼がさめた。ベッドの裾近くで、なにかのこすれる音がしていたのだ。彼は跳ね起きて、貧相な体格の人物をつかまえた。明かりのもとへ引きずりだすと、侵入者は給仕の少年だと判明した。いまだにキューゲルの靴を握っている。盗む気だったのは一目瞭然だ。

「この非道な真似はどういうことだ？」キューゲルは若造を平手打ちした。「なんとかいえ！　よくもこんなふるまいに出られたな！」

給仕の少年はキューゲルに赦免を乞うた。

「べつにいいじゃないか。死ぬと決まった男に、こんな優雅な履きものはいらないだろ！」

「それを判断するのはわたしだ」とキューゲル。「マグナッツの山々で命を落とすまで、わたしが裸足で歩くと思うのか？　出て失せろ！」

そういうと、あさましい若造を突き飛ばす。若造は手足をひろげて廊下に倒れた。

あくる朝のことである。キューゲルは朝食の席でその出来事を亭主に伝えた。亭主はさして関心を示さなかった。宿代を清算する段となり、キューゲルは宝石のはまったボタンのひとつをカウンターに放りだした。

「悪いが、この宝石に正当な値をつけて、宿代をさし引いてくれ。釣りは金貨でもらいたい」

亭主はその装飾品をためつすがめつし、唇をすぼめると、首をかしげた。

「お客さまのお代の総額は、この半端ものの値段とぴったりおなじ——お釣りはありません」

「なんだと？」キューゲルは息巻いた。「この透きとおったアクアマリンにはエメラルドが四つもついているんだぞ！　安ワインを一杯か二杯飲んで、シチューを食べて、眠ったと思ったら、きさまのところの給仕の悪さで起こされて——それがおなじ値段だと？　ここは旅籠か、それとも山賊の巣か？」

亭主は肩をすくめた。

「ご請求額は通常の料金より少々高めになっております。けれども、死体のポケットで朽ちていく金は、だれの役にも立ちませんよ」

けっきょくキューゲルは数枚の金貨に加え、パンとチーズとワインのはいった包みを亭主からせしめた。亭主は扉までやってきて、指さした。

「道は一本だけで、南へ伸びています。マグナッツの山々が眼の前にそびえてきますよ。お達者で」

不吉な予感をおぼえないでもなかったが、キューゲルは南へ向かって歩きだした。しばらくのあいだ、道は地元の農民たちの耕作地にそって伸びていた。やがて山麓の丘陵が左右にせりあがるにつれ、道はまず踏み分け道となり、ついで干あがった川床を蛇行する小道となった。川岸には棘草、トウダイグサ、ノコギリソウ、アスフォデルの藪が茂っていた。丘の頂では道と平行にひねこびた樫が並んでおり、キューゲルはなるべく姿を見られずに進もうと考えて尾根に登り、葉むらに隠れて歩きつづけた。

空気は澄みわたり、空は眼のさめるような紺碧。太陽は天頂まで昇りつめている。キューゲルは小物袋に入れてある食料のことを思いだした。腰をおろしたが、ちょうどそのとき、跳びはねる黒っぽい影の動きが眼にとまった。血が凍りついた。その化けものは、きっと背後から襲ってくるつもりなのだ。

キューゲルは気づいていないふりをした。まもなく、その影がまた前進した。ディアーダンドだ。

こちらよりも背が高く、目方もある。ピカピカ光る白い眼と、白い歯と鉤爪をのぞけば真夜中のように真っ黒で、革帯を締め、緑のビロードのシャツが脱げないようにしている。

　キューゲルは、どうすればいちばんいいかを考えた。顔と顔、胸と胸を合わせたら、ディアーダンドに八つ裂きにされる。剣をかまえ、切ったり突いたりすれば、その化けものを寄せつけずにおけるかもしれない。だが、やがて血の渇きが苦痛を恐れる気持ちを上まわり、そいつは傷つくのもかまわず突進してくるはずだ。おそらく自分のほうが足が速いだろう。化けものを引き離せるかもしれない。だが、長く執拗な追跡の末には……。と、そいつがまたすべるように前進し、キューゲルのすわっているところから斜面を二十歩くだったところに突きだしている、崩れかけた岩の陰に立った。そいつの姿が消えるや否や、キューゲルはその岩の露頭まで走り、てっぺんに飛び乗った。ここで重い石を持ちあげ、ディアーダンドがこそこそと足もとまでやって来るのを見計らって、その背中に石を投げつけた。化けものはばったりと倒れ、足をバタバタさせた。キューゲルは、とどめを刺そうと飛びおりた。

　ディアーダンドは岩にはりついており、キューゲルの抜き身の剣を眼にして、恐怖のあまりヒッと声を洩らした。

「早まるな」そいつはいった。「おれを殺しても得るものはないぞ」

「わたしを貪り食おうとしたやつを殺したという満足感だけは得られる」

「つまらない喜びだ！」

「そうでない喜びはめったにない」とキューゲル。「さあ、生きているあいだは、マグナッツの山々について知っていることを話せ」

「見てのとおりだ。大むかしの黒い岩でできた険しい山地だよ」

「では、マグナッツとは何者だ？」

「そんなやつのことはなにも知らん」

「なんだって？　北の人間は、その言葉を聞いただけで震えあがるんだぞ！」

ディアーダンドは体を引いて、上体をわずかにまっすぐにした。

「そうかもしれん。その名前は聞いたことがある。ただの古い伝説だと思っていた」

「なぜ旅人は南へ行くだけで、北へやって来ないんだ？」

「だれがわざわざ北へ旅したがる？　南へ行く連中についていえば、このおれや、おれの仲間の食料になってくれる」

そういうとディアーダンドは、じりじりと体を起こした。キューゲルは大きな石を拾いあげ、高々とかかげて、その黒い化けものにたたきつけた。そいつはまた倒れ、足をバタバタさせた。キューゲルはべつの石を拾いあげた。

「早まるな！」ディアーダンドがか細い声でいった。「命を助けてくれたら、おまえの命を守ってやる」

「どういうことだ？」とキューゲル。

「おまえは南へ旅したいんだろう。おれみたいな連中が、道ぞいの洞穴に棲んでいる。そいつらのめったに通らない道をおれが案内してやらないかぎり、おまえは逃げられっこない」

「そんなことができるのか？」

「おまえが命を助けてくれたら」

「いいだろう。だが、身を守る手立てを講じさせてもらうぞ。血に飢えたおまえが、取り決めを無視した場合にそなえてな」

「おまえのせいで半身不随だ。これ以上、どんな身を守る手立てがいるっていうんだ？」ディアーダンドが叫ぶ。

　にもかかわらずキューゲルは、化けものの両腕を縛り、黒い猪首に端綱を巻きつけた。

ディアーダンドは足を引きずったり、跳びはねたりしながらキューゲルを案内し、いくつかの洞穴の上をぐるっと迂回した。そうやって彼らは進んでいった。

　山々がますます高くそびえるようになった。風が唸りをあげ、石だらけの峡谷にこだました。キューゲルは、マグナッツに関してディアーダンドに質問を浴びせつづけたが、マグナッツというのは伝説上の生きものだ、という意見を引きだすだけに終わった。

　とうとう低地をはるかに見おろす砂地の平地に行きあたった。ディアーダンドによれば、彼自身の氏族の縄張りを越えたという。

「この先にはなにがある？」とキューゲルがたずねた。

「見当もつかん。おれがうろつくのはここまでだ。さあ、おれを解放して、自分の道を行け。そうしたら、おれは同胞（はらから）のもとへ帰る」

　キューゲルはかぶりをふった。

「じきに日が暮れる。おまえがわたしをつけてきて、もういちど襲わないようにするためにはどうすればいい？　おまえを殺すのがいちばんだ」

ディアーダンドは悲しげに笑い声をあげた。

「おれの仲間が三人ついてきてるぞ。連中が近づいてこないのは、ひとえにおれが手をふって追い払っているからだ。おれを殺したら、二度と朝陽を拝めないぞ」

「いっしょの旅をつづけよう」

「仰せのとおりに」

キューゲルが先に立って南へ向かった。ディアーダンドは片足をかばって岩場まで歩いた。キューゲルがふりかえると、暗がりを動いている黒い影がいくつか見えた。ディアーダンドはキューゲルに向かって、にやりと意味ありげに笑ってみせた。

「いますぐ立ちどまるほうが身のためだぞ。どうして暗くなるまで待つ？　明るいうちなら、死ぬのだってそんなに怖くないだろう」

キューゲルは返事をしなかった。かわりに、全速力で先へ進んだ。道は谷間を離れ、上り勾配を描いて、涼風の吹く高原の草地へといたった。唐松、カオバブ、バルサム杉が道の両側に生えており、草むらのあいだを小川が流れていた。ディアーダンドはそわそわしはじめ、端綱をぐいぐいひっぱったり、大げさに足を引きずったりした。キューゲルには、ディアーダンドがそうする理由が呑みこめなかった。危険があるとすれば、ディアーダンドに襲われることだけだと思われたのだ。

キューゲルはいらいらしてきた。

「なにをぐずぐずしている？　暗くなる前に山の宿泊所を見つけたいんだ。おまえがのろのろ歩くから、こっちは迷惑してるんだぞ」

「おれに岩をぶつけて大怪我を負わせる前に、よく考えておけばよかったんだ」とディアーダンド。「おれだって好きこのんでおまえのお供をしてるわけじゃない」

キューゲルは背後に眼をやった。前は岩のあいだをこそこそ歩いていた三頭のディアーダンドが、いまやおおっぴらにあとをつけてきていた。

「仲間のおぞましい食欲をどうにかできないのか？」とキューゲルが語気を強めて訊いた。

「自分の食欲だってどうにもできん」とディアーダンドは答えた。「おまえの喉に飛びかからないでいるのは、ひとえに手足が折れているからだ」

「命が惜しいか？」と意味ありげに剣の柄に手をかけてキューゲル。

「ある程度はな。もっとも、本物の人間が命を惜しむほどじゃないが」

「多少なりとも命を大事に思うなら、不吉な追跡をあきらめて引きかえすよう、おまえの仲間に命じろ」

「いうだけ無駄だよ。とにかく、おまえの命がなんだっていうんだ？　いいか、おまえの眼の前には、マグナッツの山々がそびえてるんだぞ！」

「ふん！」キューゲルは小声でいった。「その地域の評判はただのいい伝えだといわなかったか？」

「いったさ。でも、いい伝えの性質にまでは踏みこまなかった」

彼らが話している最中に、ヒュンという音が宙を走った。キューゲルがあたりを見まわすと、三頭のディアーダンドが倒れていた。矢に射ぬかれているのだ。近くの木立から、茶色い狩猟着に身を包んだ四人の若者が出てきた。生気に満ちた肌は真っ白で、髪は褐色。体格はよく、人柄もよさそうだ。

先頭の男が声をはりあげた。

「人の住まない北のほうからきたってのはどういうわけだ？　それに、そのおぞましい夜の生きものといっしょに歩いてるのはどうしてだ？」

「どちらの質問にも謎はない」とキューゲル。「まず、北のほうに人が住んでいないわけではない。数百人がまだ命ながらえているのだ。この悪魔と食人鬼の黒い交雑種についていえば、山地を無事に越えられるよう道案内をさせた。しかし、その働きぶりには満足していない」

「やれといわれたことは全部やったぞ」ディアーダンドがきっぱりといった。「約束どおり、おれを解放しろ」

「お望みのままに」とキューゲル。

彼は化けものの喉に巻きついている端綱を放した。するとそいつは、肩ごしににらみながら、よたよたと去っていった。キューゲルが猟人たちの長に合図した。長が仲間たちにひとことというと、彼らが弓をかまえ、ディアーダンドに矢を浴びせた。

キューゲルはそっけなくうなずいて賛意を示した。

「きみたちは何者だ？　それに山地の旅は安全ではないという評判だが、その元であるマグナッツとはいったい何なんだ？」

猟人たちは笑い声をあげた。

「ただの伝説だよ。そのむかし、マグナッツという名の恐ろしい生きものは実在した。そしておれたちヴァル村の住人は、伝統を守って、いまだに村人のひとりを〈見張り番〉に任命する。でも、話をもっともらしくするためだ」

「妙だな」とキューゲル。「伝承がこれほど広範囲に影響をおよぼすとは」

猟人たちは関心なさそうに肩をすくめた。

「夜が迫っている。引きかえすころあいだ。いっしょに来るなら歓迎するぜ。ヴァルには旅籠があるから、そこに泊まればいい」

「喜んで同行させてもらおう」

一同は道をたどりはじめた。進むあいだ、キューゲルは南への道について質問したが、猟人たちの話は助けにならなかった。

「ヴァル村はヴァル湖のほとりにある。湖は渦巻きのせいで船で渡れないし、南の山地を探検した村人はほんのひと握りだ。山地は不毛で、切り立った崖が人の住めない灰色の荒野につづいているそうだ」

「ひょっとしてマグナッツは、湖の向こう岸の山地をうろついているのでは?」キューゲルが探りを入れた。

「その点について、いい伝えは口を閉ざしている」と猟人は答えた。

一時間ほど歩いたあと、一同はヴァルにたどりついた。キューゲルにすれば、驚くほどゆたかな村だった。住居は石と木材から成る堅牢な造りであり、通りは整然と配置されていて、水はけがいい。市場、穀物倉、役場、宝物庫、旅籠が数軒、ほどほどに贅沢な邸宅が数多くある。猟人たちが本通りを歩いていくと、ひとりの男が声をかけてきた。

「大事な知らせだ！〈見張り番〉が急死したぞ！」

「本当か？」猟人たちの長が興味津々といった顔でたずねた。「だれが代理を務めているんだ？」

「ラフェルだよ、村長の息子の——あいつしかいない！」

「たしかに、あいつしかいないな」猟人がいうと、一同は進みつづけた。

「では、〈見張り番〉の地位はそれほど高いのか？」とキューゲルがたずねた。

猟人は肩をすくめた。

「儀式的な名誉職といったところだ。明日、常勤の者が選ばれるのはまちがいない。おっと、役場の扉に注目しな！」彼はそういうと、毛皮でふちどりした茶色いローブをまとい、ふたつ折りの黒い帽子をかぶった、ずんぐりした体つきで肩幅の広い男を指さした。「あれがハイラム・ウィスコード、村長その人だ。やあ、ウィスコード！北からの旅人に出会いましたよ！」

ハイラム・ウィスコードが近づいてきて、キューゲルに丁重に挨拶した。

「ようこそ！異国の方とは珍しい。心からおもてなしいたしますぞ！」

「感謝の言葉もありません」とキューゲル。「世界じゅうで恐れられているマグナッツの山々で、このように歓待されるとは思ってもみませんでした」

村長はふくみ笑いした。

「誤解はどこにでもあるもの。わたしどものある種の考えが、あなたには古風で変わっていると思われるかもしれない。たとえば、マグナッツの〈見張り〉の風習のように。おっと、ここが村一番の旅籠ですよ。あなたが旅装を解かれたら、夕食と行きましょう」

キューゲルは各種の調度をとりそろえた快適な部屋へ案内された。ほどなくして、旅のほこりを落とし、さっぱりした彼は食堂でハイラム・ウィスコードと落ちあった。食欲をそそる料理が彼の前に供され、ひと瓶のワインが添えられた。

食事が終わると、村長はキューゲルに村を見せてまわった。村は湖を見晴らす絶景に恵まれていた。

今夜は特別な機会のように思われた。いたるところで油壺が炎を吹きあげており、いっぽうヴァルの民は通りを歩き、立ちどまって少人数で寄り集まっては、なにごとか話しあっている。キューゲルは見るからに人心が動揺している理由をたずねた。

「あなたがたの見張り番が亡くなったからですか?」

「そのとおり」と村長が答えた。「わたしどもは伝統をきわめて重んじているので、新たな〈見張り番〉を選ぶことは、村人の論議を呼ぶ問題なんです。それはともかく、ご覧なさい。ここに村の宝物庫がある。共有財産がしまわれているところですよ。なかをのぞいてみますか?」

「あなたが決めてください」とキューゲル。「村の黄金を調べたいとおっしゃるなら、喜んでおつきあいします」

村長は扉をさっと引きあけた。

「黄金だけではありませんぞ！　この大箱には宝石が、あの棚には古銭がおさまっている。あの棚の中身は極上の絹と、刺繍入りのダマスク織り。その横にあるのは貴重な香辛料、それに輪をかけて貴重な酒、計り知れない価値の練り粉の容器。しかし、本物の富を眼にされてきたあなた、経験ゆたかな旅人である方にこのような言葉を使ってはいけませんな」

　ヴァルの富はけっして軽んじていいものではない、とキューゲルは断言した。村長はお辞儀して謝意を表し、ふたりは湖畔の遊歩道へと進んだ。広大な暗い水面は、いまや弱々しい星明かりに照らされていた。

　村長が、五百フィートの空中にある丸屋根(キューポラ)の小屋を身ぶりで示した。一本のほっそりした柱に支えられているのだ。

「あの建物の役割だが、想像がつきますかな？」

「〈見張り番〉の持ち場ではないかと思われます」とキューゲル。

「ご明察！　さすがに炯眼(けいがん)だ。あなたがひどく先を急がれていて、ヴァルに長居してもらえないのが残念至極！」

　キューゲルは、からっぽの財布と宝物庫の富を思いうかべ、慇懃な身ぶりをした。

「長逗留を嫌うわけではありません。しかし、率直に申しあげて、わたしは無一文で旅をしており、収入を得るなんらかの道を探すはめになるでしょう。〈見張り番〉の職はどうでしょうか。格式の高い地位だと理解しているのですが」

「おっしゃるとおり」と村長。「今夜はわたしの息子が見張りにつく。それでも、あなたがその地位にふさわしい候補者であってならない理由はない。仕事はけっしてむずかしくない。じっさい、その地位は名誉職のようなものなんです」

キューゲルは、フィルクスが不機嫌そうに身じろぎするのに気づいた。

「では、報酬のほうは？」

「申し分なしですよ。ここヴァルで〈見張り番〉はたいへんな名誉を享受する。というのも、純粋に形式的な意味において、村人全員を危険から守っているからです」

「具体的には、どんな報酬でしょう？」

村長は立ちどまって考えこみ、指折り数えあげた。

「まず、快適な監視塔を与えられる。塔にはクッション、遠くのものを手もとにあるかのように見せる光学装置、熱を生みだし、巧妙な通信手段にもなる火鉢がそなわっている。つぎに、食べものと飲みものは最高級品であり、〈見張り番〉が注文すれば、好きなだけ無料で供される。つぎに、〈見張り番〉にはふつう〈公共宝物庫の守護者〉という補足的な称号が付与され、ものごとを単純にするために、ヴァルの富全部に対する正当な権利と、それを分配する権力をあたえられる。第四に、もっとも魅力的と思われる乙女を配偶者に選ぶことが許される。第五に、〈男爵〉の称号を付与され、心からの敬意のこもった挨拶を受けられる」

「なるほど、なるほど」とキューゲル。「その地位は考える値打ちがありそうです。どういう責務を負うのでしょう？」

「その名の示すとおり。〈見張り番〉は見張りをつづけねばならない。というのも、わたしどもの遵守する昔ながらの慣習のひとつだからですよ。職務は面倒なものではないが、おろそかにしてはならない。おろそかにしたら茶番になってしまいますからな。わたしどもは生真面目な民であり、風変わりな伝統に関することであってもそうなんです」

キューゲルは賢しげにうなずいた。

「条件は単純明快ですね。〈見張り番〉は見張りをする。これ以上はっきりと表現しようがない。しかし、マグナッツとはなにもので、どの方角を見張ればいいのか、はたまた、どうやって見分ければいいのでしょう？」

「その質問はあまり実用的ではないな」と村長。「というのも、わたくしにいわせれば、その生きものは存在しないからね」

キューゲルはちらっと塔を見あげ、湖を見渡し、村の宝物庫に視線をもどした。

「いまおっしゃったものを残らずいただけるなら、いまここでその職務に志願します」

たちまちフィルクスが、キューゲルの内臓に疼痛をつぎつぎと引き起こした。キューゲルは体をふたつ折りにし、下腹部をつかむと、背すじを伸ばし、とまどい顔の村長に断りを入れてから、わきへ行った。

「辛抱してくれ！」彼はフィルクスに懇願した。「我慢してくれ！　おまえには現実的という観念がないのか？　わたしの財布はすっからかんで、行く手には長い道のりが控えているんだ！　ある程度の長さの旅をするには、体力を回復し、路銀を補充しなければならん。その両方がかなうまでは、この仕事につくつもりだ。それがかなったら、アルメリーへ直行する！」

フィルクスがしぶしぶ怒りの矛先をおさめ、キューゲルは村長の待っているところへもどった。

「前に申しあげたとおりです」とキューゲル。「自分自身とじっくり話しあいました。その職責をじゅうぶん果たせると思います」

村長はうなずいた。

「それを聞いて喜ばしい。わたしが述べたことは、あらゆる点で本質的に正しいとわかるでしょう。わたしもいろいろと考えていた。これほど尊い地位につきたがる人間は、村にはほかにいないといってもかまわない。したがって、いまここであなたを〈村の見張り番〉に任命しますぞ！」

村長は黄金の首飾りをおごそかにとりだすと、キューゲルの首にかけた。

ふたりは旅籠のほうへ引きかえした。その途中、黄金の首飾りに気づいたヴァルの民が群がってきて、村長に質問を浴びせかけた。

「そうだ」というのが村長の答えだった。「この紳士は有能ぶりを発揮されている。わたしはこの人を〈村の見張り番〉に任命したのだ！」

それを聞いてヴァルの民は心の広いところを見せ、まるでキューゲルが生まれてからずっと村に住んでいたかのように祝福した。

一同はそろって旅籠へ向かった。ワインと香辛料のきいた肉が供された。笛吹きたちが登場し、節度のある踊りと酒盛りがはじまった。

夜がふけるあいだキューゲルは、狩猟隊の一員だった若者と踊っている、なみはずれて美しい娘を盗み見ていた。キューゲルは村長を肘でつつき、娘に注意を向けさせた。

「ああ、なるほど。魅惑たっぷりのマーリンカ！　たしか、踊りの相手をしている青年のもとへ嫁ぐつもりでいるはず」

「その心づもりは変わったりしませんか？」と意味ありげにキューゲルがたずねる。

村長はわけ知り顔で片眼をつむってみせた。

「彼女に心惹かれるものがおありかな？」

「ありますとも。そしてわたしの職務の役得なのですから、いまここで、あの魅惑たっぷりの娘をわが花嫁に選ぶと宣言します。ただちに婚礼の儀をとり行ないましょう！」

「ちょっと急すぎないかね？」と村長が訊いた。「まあ、若者の熱い血潮はせっかちなものと相場が決まっているわけだが」

村長が娘に合図すると、娘は陽気に踊りながらテーブルまでやってきた。キューゲルは立ちあがり、深々とお辞儀した。村長が口を開いた。

「マーリンカ、〈村の見張り番〉がおまえを気に入られ、配偶者に迎えたいそうだ」

はじめマーリンカは驚いたようだったが、すぐに面白がる表情になった。キューゲルに流し眼をくれ、いたずらっぽく膝を曲げて体をかがめる会釈をする。

「〈見張り番〉のお眼にとまるとは、たいへんな光栄です」

「そのうえ」と村長が抑揚をつけていった。「いますぐ結婚式をとり行ないたいとの仰せだ」

マーリンカはキューゲルをうさん臭げに眺めてから、さっきまでいっしょに踊っていた若者を肩ごしにふりかえった。

「わかりました」彼女はいった。「お望みのままに」

式が挙行され、キューゲルは首尾よくマーリンカをめとった。近くで見ると、彼女は魅惑的な立ち居ふるまいと美貌を兼ねそなえた溌剌とした女性だとわかった。キューゲルは彼女の腰に腕をまわし、「さあ」と、ささやいた。「しばらくぬけだして、夫婦の契りを結ぼう」

「そんなにあせらないで」とマーリンカが小声でいった。「心を落ちつかせる時間がいるわ。興奮しきっているから！」彼女はキューゲルの手からぬけだすと、踊りながら去っていった。

さらにご馳走と酒がふるまわれた。そして不愉快なことに、マーリンカが前の婚約者である若者とふたたび踊っているのにキューゲルは気づいた。見ていると、彼女は熱情も露わにこの青年と抱きあうではないか。キューゲルはつかつかと進み出ると、踊りをやめさせ、花嫁をわきへ連れていった。

「はしたない真似はやめるんだ。きみは一時間前に結婚したばかりなんだぞ！」

マーリンカは驚くと同時に困惑して、笑い声をあげると、眉根を寄せてから、もういちど笑い声をあげ、もっと礼儀正しくふるまうと約束した。キューゲルは自分の寝室へ彼女を連れていこうとしたが、またしても、まだそのときではないと断られた。

キューゲルはいらだたしげに深いため息をついたが、ほかの役得を思いだして機嫌を直した。たとえば、宝物庫の中身を自由にする権利だ。彼は村長のほうに身を寄せた。

「いまやわたしは村の宝物庫の正当な守護者なのですから、自分の守る財宝をくわしく知っておくに越したことはありません。鍵をあずけてくだされば、手早く調べて参ります」

「もっといい手がある」と村長。「わたしがお供して、できるかぎりのお手伝いをしましょう」

ふたりは宝物庫まで行った。村長がドアの錠をあけ、明かりをかかげた。キューゲルはなかへはいり、お宝をじっくりと眺めた。

「なにもかもがきちんとしていますね。ひょっとしたら、わたしの気が落ちつくのを待って、くわしい調査にかかったほうがいいかもしれません。しかし、それまでは——」キューゲルは宝石のはいっている大箱まで足を運び、いくつかの宝石を選ぶと、小物袋に詰めこみはじめた。

「待ちなさい」と村長。「それでは、あとで困るよ。まもなくあなたは、その身分にふさわしい豪華な布を織った衣をまとうことになる。お宝はこの宝物庫にしまっておくのがいちばんだ。なぜわざわざ重いものを持ち歩いたり、なくす危険を冒したりするんです？」

「これは一本とられました」とキューゲル。「しかし、わたしは湖を見晴らす屋敷を建てたいと思っております。建築費を払うためには、ひと財産が入用になるでしょう」

「まだまだ先の話ですよ。じっさいの作業にかかるのは、あなたがこのあたりをじっくりと検分して、もっともふさわしい場所を選んでからだ」

「たしかに」キューゲルは同意した。「これから忙しくなりそうです。しかし、とりあえず——旅籠へもどりましょう！　わたしの配偶者は内気すぎますが、これ以上の先のばしは許しません！」

だが、旅籠にもどると、マーリンカの姿は影も形もなかった。

「きっと、あなたをその気にさせる服に着替えにいったんでしょう」と村長がいった。「辛抱しなさい！」

キューゲルは不愉快そうに唇を噛みしめた。そして、例の若い猟人も消えているのがわかると、ますます機嫌が悪くなった。

酒盛りがたちまち最高潮に達し、乾杯を重ねたあと、キューゲルはいささか酔っ払って、自分の部屋へ運ばれた。

翌朝早く村長が扉をたたき、キューゲルの許しを得て、部屋にはいってきた。

「これから監視塔を訪れなければならない」と村長。「昨夜はわたしの息子がヴァルを守ったんです。伝統により、不寝番を中断してはならないから」

キューゲルはあわてて服を着ると、村長のあとについて朝の涼気のなかへ出た。ふたりは監視塔まで歩いた。キューゲルはその高さと、構造の優雅なまでに単純なところの両方に驚いた。ほっそりした柱が五百フィートの空中までそそり立ち、キューポラを支えているのである。

上昇の手段は縄梯子だけだった。村長が登りはじめ、キューゲルもあとにつづいた。縄梯子は縦横に大きく揺れ、キューゲルはめまいを起こしそうになった。

無事にキューポラにたどりつくと、入れ替わりに村長の疲れきった息子がおりていった。キューポラの調度はキューゲルの期待したほど贅沢ではなかった。それどころか質素に思えるほどだった。彼がこの事実を村長に指摘すると、足りないものはすぐに補充するという返事だった。

「ほしいものをいってくれればいい。すぐに用意しますよ！」

「では。床に敷く分厚い絨毯を所望します――色は緑と金が最適でしょう。もっと優雅な寝椅子、つまり、壁ぎわに見えるあのみすぼらしい藁布団より幅のある寝椅子も要求します。配偶者のマーリンカが、ここで多くの時間を過ごすことになるでしょうから。あそこには宝石や貴重品をしまっておく戸棚、あそこには砂糖菓子を入れておく仕切り、あそこには香水の盆。この場所には冷えたワインの用意ができた台を置いてください」

村長はあっさりとすべてを認めた。

「仰せのとおりに。ところで、これからあなたの職務について話しあわなければ。非常に単純なので、くわしく述べるまでもないほどだが――あなたはマグナッツを見張らなければなりません」

「それはわかっています。しかし、前とおなじように、当然ながらある思いが湧いてきます。最大限の効率で働くためには、自分がなにを、あるいはだれを見張っているのか知っておくべきです。マグナッツだと見分けられなければ、そいつは大手をふって遊歩道を歩くかもしれません。で、そいつはなにに似ているのでしょう?」

村長はかぶりをふった。

「わかりませんな。その情報は歳月という霧のなかに失われていてね。伝説にあるのは、そいつがある妖術師にたぶらかされ、連れ去られたということだけだ」村長は見張りの持ち場まで行った。「いいですか。ここに光学装置がある。巧妙な原理で作動し、これをある情景に向ければ、それを拡大してくれる。折りにふれ、このあたりの陸標を調べるといいでしょう。あちらにあるのがテムス山、眼下にあるのはヴァル湖。渦巻きのせいで船を走らせられないんですよ。こちらにあるのがパダガル峠で、東へ伸びてメルスの国へつづいている。ガズパウ大王が八つの軍勢を率いてマグナッツを攻めたとき、大王の勅命で築かれた記念の塚が、かろうじて見分けられる。マグナッツはべつの塚を築きました――北のほうに大きな土盛りが見えますかな？――めった切りにされた兵士の死骸を覆うためのものですよ。そして谷間に涼気を行きわたらせるため、マグナッツが山を刻んで作った切通しがある。湖の対岸には壮大な廃墟がひろがっている。マグナッツはそこに宮殿をかまえていました」

キューゲルは光学装置を通してさまざまな陸標を調べた。

「だれに聞いても、マグナッツはすさまじい力を秘めていたそうですね」

「伝説によれば。さて、最後にひとつ。もしマグナッツが現われたら――もちろん、そんなことありっこないが――あなたはこの棒をひっぱって、大きな銅鑼を鳴らさなければならない。わたしどもの法律は、マグナッツを目撃した場合をのぞいて、その銅鑼を鳴らすことを固く禁じている。そのような罪に対する罰は厳格をきわめていましてな。じつは、先代の〈見張り番〉は、気まぐれに銅鑼を鳴らして、みずからの高い身分をおとしめたんです。いうまでもないが、彼は厳しく裁かれ、十字形に交叉した鎖で八つ裂きにされたあと、肉片は渦巻きに投げこまれました」

「なんという愚か者でしょう！」とキューゲルは叫んだ。「くだらない気晴らしのために、これだけの富とご馳走と名誉を棒にふるとは」

「だれもがおなじ意見ですよ」と村長が断言した。

キューゲルは眉間に皺を寄せ、

「その男の行動にはとまどうばかりです。それほどやすやすと軽はずみな真似をするとは、若者だったのですか？」

「彼のふるまいは、そのいいわけすら通用しないんですよ。彼は八十歳の賢人であり、そのうち六十年のあいだ〈見張り番〉として村に仕えてきたのだから」

「その男の行動が、ますます信じがたくなりますな」というのが、キューゲルのいぶかしげな感想だった。

「ヴァルのだれもがおなじ気持ちですよ」村長は勢いよく両手をこすり合わせた。「さて、話はひととおりすんだ。これでわたしは失礼して、あなたに職務を楽しんでもらうとしよう」

「ちょっとお待ちを」とキューゲル。「いくつかの変更と改善をお願いします――絨毯、戸棚、クッション、盆、寝椅子」

「お安いご用だ」と村長。彼は手すりごしに首を曲げると、下にいる者たちに指示を叫んだ。即答はなく、村長は憤慨した。

「けしからん！」と大声をはりあげ、「わたしがじきじきに手配しなければならないようだ」彼は縄梯子をおりはじめた。

キューゲルはその上から声をかけた。

「お手数ですが、わたしの配偶者のマーリンカをよこしてください。彼女といっしょにやりたいことがありますので」

「すぐに捜しだしますよ」と村長が肩ごしに声をはりあげた。

数分後、大きな滑車がキーキーと音をたてた。ロープの端に吊るされた縄梯子が下がっていく。キューポラの縁ごしに眼をやると、クッションをあげる準備中だった。縄梯子を吊るしている重いロープがギシギシと音をたてて滑車を通っていき、軽い綱——じょうぶな紐とたいして変わらない——が昇ってきた。そしてこの綱につながれてクッションがあがってきた。キューゲルはクッションを調べて憤慨した。古く、ほこりまみれで、思い描いていた品質とはほど遠かったのだ。これより上等の備品を頼んだのは絶対にまちがいない！　ひょっとしたら村長は、必要とされる優雅なクッションを用意できるまでの間に合わせのつもりなのかもしれない。キューゲルはうなずいた——きっとそうにちがいない。

彼は地平線をぐるっと見まわした。マグナッツの姿はどこにも見あたらない。彼は両腕を一、二度ふり、行ったりきたりしてから、広場を見おろした。てっきり職人たちが、彼の注文した家具を集めているのだと思っていた。ところが、そのような活動はなく、村人はふだんどおりの仕事にいそしんでいるようだった。キューゲルは肩をすくめ、またしても地平線を調べた。あいかわらず、マグナッツは見えなかった。

いまいちど広場を見まわす。彼は眉をひそめて、眼をすがめた。あれは配偶者のマーリンカで、若い男と連れ立って歩いているのだろうか？　光学装置の焦点を、そのしなやかな肢体に合わせる。たしかにマーリンカだ。そして、いかにも親しげに彼女の肘をつかんでいる若者は、かつて彼女と婚約していた猟人だった。キューゲルは憤怒のあまり歯ぎしりした。こんな真似をつづけさせるわけにはいかない！　マーリンカがやってきたら、その点をきつくいい聞かせてやる。

太陽は天頂に達した。綱が小刻みに震えた。キューポラの縁ごしに眼をやると、籠にはいった昼食があがってくるところだった。彼は期待して両手を打ちあわせた。ところが、布をめくると、籠のなかにはパン半切れ、硬い肉のかたまり、水っぽいワインの瓶しかはいっていない。キューゲルは愕然としてお粗末な食べものを見つめ、ものごとを正すため、いますぐ地上へおりようと決意した。咳払いして、縄梯子をあげろと下に声をかける。だれにも聞こえないようだった。彼はもっと声をはりあげた。ひとりかふたりの村人が、ちょっと気を惹かれて顔をあげたが、仕事の手は休めなかった。キューゲルは腹立たしげに綱をひっぱり、滑車を越えてくるようにした。ところが、重いロープも縄梯子も現われなかった。軽い綱は終わりのない輪になっており、食べものを入れた籠の重さを支えるのがやっとだった。

　キューゲルは考えこんですわりこみ、状況を検討した。それから、光学装置をいまいちど広場に向け、村長を捜した。つまり、事態の改善を訴えられる唯一の人間を。

　午後も遅い時間、キューゲルはたまたま旅籠の扉に眼をやった。ちょうどそのとき、村長が千鳥足で出てきた。ワインをきこしめしているのは一目瞭然。キューゲルは有無をいわせぬ口調で声をかけた。村長はぴたりと足をとめ、声の出所を求めてあたりを見まわすと、狐につままれたような顔で首をふり、そのまま広場を歩いていった。

　かたむいた陽射しがヴァル湖を照らす。渦巻きは栗色と黒の螺旋だった。キューゲルの夕食が届いた。ニラネギの煮物と粥である。彼は気乗り薄にそれを調べると、キューポラの縁まで行き、「縄梯子をあげろ！」と叫んだ。「闇が落ちる！　光がなければ、マグナッツだろうとなかろうと、見張るだけ無駄というものだ！」

　前とおなじように、彼の言葉は聞き流された。フィルクスがにわかに状況を認識したらしく、キユーゲルの内臓に鋭い痛みをいくつか引き起こした。

キューゲルは眠れない夜を過ごした。酔客たちが旅籠を去るときに声をかけ、みずからの窮状を訴えたが、息を無駄にしたも同然だった。

太陽が山並みの向こうに現われた。朝食はまずまずだったものの、二枚舌を使うヴァルの村長、ハイラム・ウィスコードが約束した水準からはほど遠かった。怒り狂ったキューゲルは下の者たちに注文を叫んだが、無視された。彼は深呼吸した。なるほど、頼れるのは自分の機略だけのようだ。しかし、この状況をどうする？　切れ者キューゲルの異名は伊達なのか？　彼は塔をおりる方法をあれこれと考えはじめた。

食べものをあげる綱は、あまりにも軽すぎる。二重、三重にして体重に耐えられるようにしたら、地上までの距離の四分の一まで届くのがやっとだろう。衣服と革製品を引き裂いて、しっかりと結びあわせれば、あと二十フィートは稼げるかもしれないが、宙ぶらりんになってしまう。塔の柱に足がかりはない。ちゃんとした道具とじゅうぶんな時間があれば、塔の外側に階段を刻めるかもしれないし、塔全体を削って短い切り株にまで縮め、最後には地上へ飛びおりることだってできるかもしれない……。そんなのは絵に描いた餅だ。キューゲルは絶望に駆られてクッションにへたりこんだ。いまや、なにもかもが明らかだった。自分は騙されたのだ。囚人なのだ。先代の〈見張り番〉は、どれほど長くこの地位にとどまっていたのだろう？　六十年だったか？　先行きはどう考えても明るくない。

フィルクスも同意見らしく、棘や突起で猛然と突きかかり、キューゲルの苦痛はいや増した。

そうやって何昼夜かが過ぎた。キューゲルは暗いもの思いに長々とふけり、心からの嫌悪をこめてヴァルの村人を熟視した。先代がそうするまで追いつめられたように、大きな銅鑼を鳴らそうかと思うときもあった——しかし、懲罰のことが脳裏をよぎり、思いとどまった。

キューゲルは村と湖と風景のあらゆる様相に親しむようになった。朝が来ると、濃い霧が湖を覆う。二時間後、そよ風が霧を吹き払う。渦巻きが水を吸いこんで唸りをあげ、あちらこちらで揺れ動く。したがって、ヴァルの漁師はせいぜい船の長さしか岸から離れようとしない。キューゲルは村人をひとり残らず見分けられるようになり、それぞれの性格を知るにいたった。彼の不実な配偶者マーリンカが、しばしば広場を渡ったが、かりに視線を上に向けようと思ったことがあったとしても、あげたことはなかった。キューゲルは彼女の住んでいる小さな家を突きとめ、光学装置を通して絶えず監視した。若い猟人といちゃついているのだとしても、彼女はたいそう用心深く、キューゲルの暗い疑惑は証明されずじまいだった。

食べものの質はいっこうに向上せず、完全に忘れられることも稀ではなかった。フィルクスは四六時中とげとげしく、キューゲルは乱れるいっぽうの足どりで、狭いキューポラのなかを行ったりきたりした。日没からまもなく、とりわけ痛みの激しい訓戒をフィルクスにあたえられたあと、キューゲルはぴたりと足をとめた。塔をおりるのは簡単じゃないか！　なぜこれほど長く思いつかなかったのか？　切れ者キューゲルの名がすたるぞ！

彼はキューポラにある布切れという布切れを裂いて帯にし、その帯から二十フィートの長さのロープを編みあげた。つぎは村が寝静まるまで待たなければならない。あと一時間か二時間だ。

フィルクスがまたしても彼を責めたて、キューゲルは悲鳴をあげた。

「おとなしくしろ、蠍野郎、今夜この塔から逃げだす！　余計なことをするな！」

フィルクスは実力行使をやめ、キューゲルは広場を調べにかかった。夜気は涼しく、靄がかかっていた。彼の目的には理想的であり、ヴァルの村人は早々と床についた。

キューゲルは、食べものをあげるのに使う綱を慎重に引きあげた。それを二重、三重、四重にすると、彼の体重を支えてもお釣りが来るほど強い太索ができた。その片端を結んで輪にし、反対端を滑車に固定する。地平線をぐるっと見おさめしたあと、彼はキューポラの縁を乗り越えた。太索の端までおりていき、輪に体をねじこむと、広場の四百フィートほど上空でブランコを漕ぐ形になった。長さ二十フィートのロープの片端に錘がわりの靴を結びつけ、何度か投げたあと、柱本体に巻きつけることができ、ひっぱって柱に体を寄せた。細心の注意を払って輪からぬけだし、柱に巻きつけた輪をすべりどめにしながら、ゆっくりと地面までおりていった。彼は暗がりに駆けこんで靴を履いた。立ちあがったちょうどそのとき、旅籠の扉がさっと開き、ハイラム・ウィスコードがよろけながら出てきた。相当に酔っ払っているようだ。キューゲルはにたりと笑い、千鳥足の村長を追って横丁へはいった。

後頭部への一撃で足りた。村長はどぶに倒れこんだ。キューゲルはすぐさま村長のかたわらにかがみこみ、器用な指で鍵束を奪った。つぎに村の宝物庫へおもむき、扉をあけると、するりとなかへはいりこんで、宝石、硬貨、聖遺物、高価な香水の瓶などを小物袋に詰めこんだ。

キューゲルは通りにもどると、小物袋を湖畔の船着場まで運んでいき、網の下に隠した。つぎに配偶者のマーリンカの住んでいる小さな家へと向かった。壁ぎわをうろついているうちに、開いている窓に行きあたり、くぐりぬけると、そこは彼女の寝室だった。

マーリンカの喉に手をかける。すると彼女が眼をさました。悲鳴をあげようとしたので、口をふさぐ。

「わたしだよ」彼は声を殺していった。「きみの配偶者、キューゲルだよ！　起きて、わたしと来るんだ。音をたてたら命はないぞ！」

娘はすくみあがり、素直にしたがった。キューゲルの命令で外套をはおり、サンダルを履く。

「どこへ行くの？」震え声で彼女がたずねた。

「どこでもいい。さあ、行くぞ——窓をぬけるんだ。音をたてるなよ！」

外の暗闇のなかに立つと、マーリンカは恐怖に打たれた眼差しを塔のほうへ向けた。

「だれが見張りについているの？　だれがマグナッツからヴァルを守っているの？」

「だれも見張っていない」とキューゲル。「塔はもぬけの殻だ！」

彼女の膝が折れた。へなへなと地面にへたりこむ。

「立て！」とキューゲル。「立て！　ここにはいられない！」

「でも、だれも見張りについていないのよ！　これで妖術師がマグナッツにかけた呪いが解けてしまう。マグナッツは、不寝番が途切れたら、もどって来ると誓ったのよ！」

キューゲルは娘を立ちあがらせた。

「わたしの知ったことか。わたしのせいじゃないぞ。きみたちはわたしを騙して、カモにしようとしなかったか？　わたしのクッションはどこだ？　極上の食べものはどこだ？　そしてわたしの配偶者――きみはどこにいた？」

娘は両手に顔を埋めて泣きだした。キューゲルは彼女を船着場へ連れていった。漁師の小舟を引きよせ、彼女に乗れと命じてから、略奪品を放りこむ。

小舟のもやい綱を解き、オールを所定の位置にはめると、彼は湖に漕ぎだした。マーリンカが仰天した。

「渦巻きに呑まれてしまうわ！　正気を失ってしまったの？」

「とんでもない！　わたしは渦巻きを注意深く研究し、それぞれの範囲を正確に知ったのだ」

湖面に出ると、キューゲルはオールを漕ぐ回数を数えたり、星々を観察したりしながら小舟を進めた。

「東へ二百歩……北へ百歩……東へ二百歩……南へ五十歩……」

そうやってキューゲルが漕いでいるあいだ、小舟の左右では渦巻きに吸いこまれる水の音がしていた。しかし、霧が出てきて星々を覆い隠したので、キューゲルは錨をおろすしかなくなった。

「ここまで来ればいいだろう」と彼はいった。「これでわれわれは安全だ。さて、先のばしにしてきたことをすませよう」

娘は身をすくめて小舟の艫までさがった。キューゲルは舟尾へ向かい、彼女のもとまで行った。

「わたしだよ、きみの配偶者だ！　ようやくふたりきりになれて、うれし涙に暮れないのか？　旅籠の部屋のほうがはるかに快適だが、この小舟でも用は足りるだろう」

「やめて」彼女は涙声でいった。「あたしにさわらないで！　結婚式に意味はなかったの。あなたを〈見張り番〉にさせるための計略だったのよ」

「ひょっとしたら六十年、絶望しきって銅鑼を鳴らすまでのあいだかな？」

「あたしのしたことじゃないわ！　あたしの罪は浮かれ騒いだことだけ！　でも、ヴァルはどうなってしまうの？　だれも見張りについていないから、呪いが解けているのよ！」

「ヴァルの不実な民にはいい面の皮だ！　お宝を失い、村一番の美女を失い、夜が明けたら、マグナッツに襲われるんだからな」

マーリンカは胸をえぐるような悲鳴をあげたが、霧のせいでくぐもって聞こえた。

「その呪われた名前を口にしないで！」

「いいじゃないか。水面を渡るように叫んでやる！　呪いは解けたから、いまなら復讐に来られるとマグナッツに教えてやるんだ！」

「いけない、よして、絶対にやめて！」

「それなら、わたしが期待したとおりにふるまってもらおう」

泣きじゃくりながら、娘はいわれたとおりにした。霧をぬけてくる色あせた赤い光が、とうとう夜明けを知らせた。キューゲルは小舟のなかで立ちあがったが、陸標はまだひとつ残らず隠れていた。

さらに一時間が過ぎた。太陽はいまや空の高みにあった。ヴァルの民は、〈見張り番〉がいなくなり、宝もいっしょに消えていることに気づくだろう。キューゲルはふくみ笑いした。とそのとき、そよ風が霧を払い、記憶にある陸標が現われた。彼は舳先へ飛び移り、錨の索をたぐった。ところが、いらだたしいことに、錨はなにかにひっかかってしまっていた。力をこめてぐいぐいひっぱると、索はわずかに持ちあがった。キューゲルは渾身の力で引いた。下から大きな泡が昇ってきた。

「渦巻きよ！」マーリンカが恐怖のあまり叫んだ。

「ここに渦巻きはない」キューゲルはあえぎ声でいうと、もういちど索をひっぱった。索を抑えている力がゆるんだらしく、キューゲルは索をたぐり寄せた。舟べりの向こうに眼をやると、視線の先に巨大な青白い顔があった。錨はその鼻の穴の片方にひっかかっていたのだ。見ていると、その眼がまたたいて開いた。

キューゲルは索を放りだし、オールに飛びつくと、南の岸めざして必死に漕いだ。家ほどの大きさのある手が、あたりを探りながら水中からあがってきた。マーリンカが絶叫した。巨大な渦が生じ、厖大な量の水の流れが、小舟を木っ端のように岸へ押しやった。そしてマグナッツは、ヴァル湖の中央で上体を起こした。

村から銅鑼の警報が聞こえてきた。半狂乱で打ち鳴らされている。

マグナッツは膝立ちになり、その巨体から水と泥がしたたり落ちた。鼻の穴を刺し貫いた錨はそのままぶらさがっており、どろりとした黒い液体が傷口から流れだしていた。彼は大きな腕をかかげ、腹立たしげに小舟に打ちかかった。その衝撃で泡の壁が立ちあがり、小舟を包みこんだ。財宝がこぼれ落ち、キューゲルと娘は湖の暗い深みへと投げだされた。

キューゲルは足をばたつかせ、泡立つ水面へと突進した。マグナッツは立ちあがっており、ヴァルのほうを見つめていた。

キューゲルは岸辺に泳ぎつき、よろよろと岸にあがった。マーリンカは溺れてしまったらしく、どこにも見あたらない。湖の向こう側では、マグナッツが村に向かってゆっくりと水中を歩いていた。

キューゲルは躊躇しなかった。彼は身をひるがえし、全速力で山腹を駆けあがった。

IV　魔術師ファレズム

山々は背後に去った。暗い峡谷、山中の湖、こだまを返す石の峰々――いまやすべてが北に黒々と見えるかたまりであった。しばらくのあいだキューゲルは、古木の色合いと肌理（きめ）を持つ低い円丘地帯をさまよった。尾根にそって青黒い木々が鬱蒼と茂っていた。やがて、あるかなきかの小道に行きあたり、長い九十九折り（つづら）の坂をたどって南へ進むと、ついには広大なほの暗い平原に出た。右手へ半マイルほど行ったところに、見あげるような断崖が連なっており、彼はたちまち注意を惹かれた。痛いほどの既視感（デジャヴ）に襲われたのである。彼は狐につままれた面持ちで眼をこらした。過去のいつかの時点で、自分はあの崖を知っていたのだ。いったいどうして？　いつの話だ？　記憶は答えを返してくれなかった。

彼はひと休みしようと、苔むした低い岩に腰かけた。ところが、フィルクスがすぐに痺れを切らし、刺すような痛みを引き起こした。キューゲルは跳びあがり、疲労のあまりうめきながら、南西、つまりアルメリーのあると思われる方角に向かってこぶしをふりたてた。

「イウカウヌ、イウカウヌ！　きさまの無礼に十分の一でも仕返ししたら、世間はこのおれを血も涙もないやつと呼ぶだろうよ！」

　彼は胸を刺すのに、あるはずのない記憶をよみがえらせる原因となった断崖の下を通る小道を歩きはじめた。はるか眼下には平原が広がり、地平線までの土地の四分の三を埋めている。その色合いは、キューゲルがあとにしてきたばかりの苔むした岩にそっくりだ。黒いまだらは森林地帯。灰色の崩落は、谷間ひとつを丸々ふさいでいる廃墟。灰緑色、薄紫色、灰褐色から成る得体の知れない縞模様。二本の大河は鉛色のきらめきとなって、遠い靄(もや)に溶けこんでいる。

　短い休息はキューゲルの関節をこわばらせただけだった。足を引きずって歩くと、小物袋が尻にぶつかった。それにもまして悩ましいのが、胃袋をわしづかみにしている飢えだった。これもまたイウカウヌへの貸しだぞ！　たしかに、〈笑う魔術師〉は、草や木や角や毛や腐葉土といった、ふつうなら食べられないものを滋養ある糊状のものに変える護符を授けてくれた。不幸にして――これこそイウカウヌのひねくれたユーモアのなせる業だが――糊状のものは素材の味を残しており、山道をたどるあいだキューゲルは、トウダイグサ（樹液を下剤にする）や蘭や樫の小枝や胆嚢よりましなものは味わえず、ほかになにも手にはいらなかったときには、ビアデッド・ソウンがねぐらにしている洞穴で見つけた、ある種の廃物さえ口にしたのだった。キューゲルは最小限のものしか口にしなかった。ひょろ長かった体はさらに痩せこけてしまった。頬骨は船の張り出しのように突き出ている。

かつては勢いよく山なりに弧を描いていた黒い眉毛は、いまや力なく平らになっている。たしかに、たしかに、イウカウヌにはたっぷりと貸しがあるぞ！　そしてキューゲルは進みながら、アルメリーへ帰る道が見つかったら、どういう復讐をしてやろうかと考えをめぐらせるのだった。

道は曲折しながら下り勾配を描き、石だらけの幅広い平地へとつづいていた。そこでは風がグロテスクな石像を無数に彫りあげていた。あたり一帯に眼を走らせたキューゲルは、風化した形に規則性があるように思い、立ちどまると、長い顎をこすりながら、じっくりと検分した。様式（パターン）は途方もない微妙さを示している――じっさい、あまりにも微妙なので、思いすごしに思えたほどだ。キューゲルが近寄ると、さらに複雑な模様が見分けられた。精緻をきわめるとはこのことだ――ねじれ、尖頂、渦巻き、円盤、鞍形、こぼたれた球体、トーソンと湾曲、紡錘、心臓形、尖峰。これほど手がこんでいて、入り組んでいる岩の彫刻はほかに考えられない。自然の力が無作為に働いた結果のはずがない。キューゲルはとまどい顔で眉間に皺を寄せた。これほど複雑なものを彫りあげる動機が、想像できなかったのだ。

彼はまた歩きはじめた。と、その直後に、道具の金属音にまじった人声が聞こえてきた。彼はぴたりと足をとめ、注意深く耳をすましてから歩きだし、五十人ほどの集団に行きあたった。男たちの身長は、三インチから十二フィートを優に超えるまで多岐にわたっていた。キューゲルはおずおずと近づいたが、労働者たちは彼を一瞥したあとは関心を払わず、一心不乱に鑿（のみ）で彫ったり、すりつぶしたり、こすったり、探ったり、磨いたりの作業をつづけた。

キューゲルはしばらく見物してから現場を監督している者に近づいた。身長三フィートの男である。彼は書見台につき、眼の前にひろげた図面と首っぴきで、巧妙な仕組みの光学装置を用いて、進行中の作業と図面とを見くらべていた。同時にあらゆることに気を配っているらしく、大声で指示を叫び、叱責し、誤りを指摘し、道具の使い方のいちばん不器用な者を教育指導する。指摘を例証するために、彼は驚くほど長く伸びる人さし指を使った。それは三十フィートも伸びて、岩の一部を軽くたたいたり、すばやく図を描いたりしてから、さっとひっこむのだった。

親方は一、二歩さがり、仕事の進み具合にとりあえず満足した。と、キューゲルが進み出て、

「なんとも複雑な作品ですな。いったいなにを目的としたものなのでしょう？」

「見てのとおりの作品だ」と貫通力のあるコンパスのような声で親方は答えた。「天然の岩から特別な形を生みだすんだ、魔術師ファレズムの注文で……。おい、こら！　おい、こら！」その叫びは、キューゲルより三フィートも背の高い男に向けられたものだった。男は先のとがった大鎚で石を打っているところだった。「うぬぼれが過ぎるぞ！」人さし指がさっと伸びた。「このつなぎ目には細心の注意を払え。岩がどう割れやすいかに気づいているか？　握る力を半分にして、六度の強さでここを垂直に打つんだ。この点は四度の強さで打ってから、四分の一規格のバント鉄を使ってスワンジをとりのぞけ」

作業がいまいちど円滑に進むようになると、親方は図面の検討にかかり、眉間に皺を寄せて不満を表わしながら首をふった。

「遅れがひどい！　職人どもは、薬で麻痺したみたいに働くか、さもなければ、騾馬なみに愚かなところを見せるかだ。つい昨日なんかダディオ・フェッサディル、ってのは、あそこにいる緑の首

巻きをした身長三エル（エルは英国の古い長さの単位。四十五インチ。約一・一四メートル）の男だけど、十九規格の凍結棒を使って、裏返しになった小さな四つ葉飾りの玉に溝を彫りやがった」

キューゲルは驚きのあまり首をふった。それほど言語道断なへまは聞いたことがないかのように。そして、

「こんな法外な岩削りをしているのはどういうわけです？」とたずねた。

「さっぱりわからん」と親方が答えた。「この仕事がはじまって三百十八年になるが、そのあいだファレズムは動機を明かしておらんのだ。動機ははっきりしているにちがいない。というのも、毎日調べにきて、誤りをすばやく指摘するからだ」

ここで彼は横を向き、キューゲルの膝までしか背丈のない男の相談に乗った。男によれば、ある種の渦巻きの傾斜度に不正確さが見られるという。親方が指標をあらためて問題を解決した。それから彼はキューゲルに向きなおった。こんどはおおっぴらに値踏みするような雰囲気だ。

「あんたは見るからに目端がきく上に器用そうだ。仕事をする気はないかい？　半エル部門の職人が何人か足りないんだよ。でなくて、もっと力強い表現をしたいってんなら、うまい具合に十六エルの見習い石砕き人を使える。あんたの背丈はどっちにも向いてるし、出世の見こみは似たようなもんだ。見てのとおり、おれは四エルの男だよ。一年で打撃係、三年で造形係、十年でチャード補佐の身分に達して、いまは主任チャードを務めて十九年になる。おれの前任者は二エルで、その前の主任チャードは十エルの男だった」

彼は仕事の利点をあげていった。それには三度の食事、寝泊りする場所、選び放題の麻薬、

妖精の館（ニンファリウム）の利用権、日給十三時貨（タース）からはじまる固定給などのさまざまな特典がふくまれており、なかにはファレズムによる占いや悪魔祓いまであった。

「おまけに、ファレズムは学校をやっていて、だれもが知能を伸ばせるんだ。おれ自身は昆虫の識別、ゴマズ旧王朝歴代の王たちの紋章学、斉唱、実践的強硬症（カタレプシー）、正統教義の授業をとってる。魔術師ファレズムより気前のいい師匠はどこにもいないだろうな！」

キューゲルは、主任チャードの熱意に苦笑が浮かぶのを抑えた。それでも、胃袋が飢えで暴れまわっているので、その申し出を無下に断りはしなかった。

「そのような職業につくことは考えもしませんでした」とキューゲル。「あなたは、わたしの気づかなかった利点を数えあげられた」

「たしかに。一般には知られてないからな」

「応じるかどうかは、いますぐ申しあげられません。決断の結果をあらゆる面から考慮すべきだと感じますので」

主任チャードは同意のしるしに重々しくうなずいた。

「あらゆる打撃に望むとおりの効果を発揮させなきゃならんとき、職人が熟慮するのは大歓迎だよ。爪の幅くらいの狂いを直すために、かたまり全体をとりのぞかなけりゃならんし、新しいかたまりが古いかたまりの受け口にはまれば、そのたびにやり直しだ。仕事が元にもどるまで、妖精の館（ニンファリウム）の利用権は全員の分がとり消される。だから、日和見するやつや、軽はずみなやつを新しく仲間に加えたくないのさ」

フィルクスは、キューゲルの申し出が旅の遅れを意味すると不意にさとって、いちばん苦痛の激しい性質の意見表明を行なった。キューゲルは下腹部をつかみながら、わきへ行き、主任チャードがとまどい顔で見つめるなか、フィルクスと意見を戦わせた。

「食べものなしで、どうしたら先へ進めるんだ？」

フィルクスの答えは、棘で刺す動きだった。

「進めっこない！」キューゲルは叫んだ。「理屈の上ならイウカウヌの護符でじゅうぶんだが、わたしの胃袋はこれ以上トウダイグサを受けつけない。いいか、もしわたしが行き倒れになったら、おまえはイウカウヌの館の槽にいる仲間と二度と会えないんだぞ！」

フィルクスはその意見の正しさを認め、不承不承おとなしくなった。キューゲルが書見台へもどると、主任チャードは、ある複雑な螺旋の流れを妨げている大きな電気石（トルマリン）の発見に気をとられていた。

「雇用の申し出と、縮小対伸張という相反する利点とを比較して考量するあいだ、横になれる寝椅子が必要です。あなたのおっしゃった給与以外の役得も試したいと思います。ひょっとしたら、一日かそれ以上にわたって」

「あんたの用心深さは立派なもんだ」と主任チャードが断言した。「今日日（きょうび）の連中は、あとで悔やむような行動に走りがちだ。おれの若いころはそうじゃなかった、節制と慎重さが行きわたっていたころはな。あんたが囲い地へはいれるよう手配する。そこで、おれのいったことをひとつひとつたしかめればいい。ファレズムは厳しいけれど公正だとわかるだろう。文句を垂れるのは、手あたりしだいに岩を刻む男だけだとな。おっと、あれを見ろ！　魔術師ファレズムが日課の点検にお出ましだ！」

道の先のほうから、たっぷりした白いローブをまとった堂々たる体格の男がやってきた。その顔立ちは温和だった。髪は黄色い羽毛を髣髴とさせる。眼は言語に絶するほど崇高な思索にふけっているかのように上を向いている。彼は静かに腕組みしており、脚を動かさずに移動していた。労働者たちは帽子を脱ぎ、いっせいにお辞儀をして、敬意のこもった挨拶の言葉を唱えた。ファレズムは会釈して応えた。キューゲルを眼にとめて立ちどまり、ここまでの仕事ぶりをすばやく調べてから、悠然と書見台まで滑走していく。

「万事が正しく運んでいるようだ」ファレズムが主任チャードに告げた。「エピ投影五六―一六の下側の磨きにむらがあるし、第十九尖頂の二次的な囲みには微細な欠け跡が見つかった。どちらも重大な瑕疵とは思えないので、懲戒措置におよぶまでもないだろう」

「傷跡は修理しますすし、不注意な職人はきつく叱っておきます。どこのどいつの仕業だ！」主任チャードが怒りに燃えて叫んだ。「ところで、われわれの労働力に加わってくれそうな御仁を紹介したいと思います。この職業の経験はないそうですし、仲間に加わると決めるのは、じっくり考えてからだといってます。もし仲間に加わることを選んだら、所定の期間、野石集めをさせてから、道具の研磨と予備的な掘削をまかせようかと思っています」

「なるほど。それなら通常の業務に支障はないだろう。とはいえ……」ファレズムはすーっと前進し、キューゲルの左手をとると、爪を見てすばやく占った。そのおだやかな顔つきが曇った。「四種類の矛盾が見える。それでも、おぬしの最大の適性が、岩を削って形をととのえること以外にあるのは明白だ。べつの、もっと矛盾のない職業を探すがいい」

「立派なお言葉です！」主任チャードが叫んだ。「魔術師ファレズムはゆるぎなき利他主義を発揮なさる！　まだなにも決まってないんだから、雇用の申し出は撤回だ！　これで寝椅子に寝転がったり、給与以外の役得を試したりする意味がなくなったわけだから、あんたは、かけがえのない時間をこれ以上無駄にしなくていいよ」

　キューゲルは顔をしかめた。

「あれほど簡単な占いは、不正確であっても不思議はありません」

　主任チャードは憤慨し、人さし指を垂直に三十フィート伸ばして抗議した。だが、ファレズムは鷹揚にうなずいて、

「まったくそのとおり。喜んでもっと包括的な占いをして進ぜよう。ただし、その過程には六時間から八時間かかるがな」

「そんなに長く？」キューゲルは驚愕した。

「最低限でもそれだけはかかる。まずおぬしは、殺したばかりの梟（ふくろう）の内臓で頭のてっぺんから爪先まで包まれる。つぎに秘密の有機物を大量にふくむ湯船に沈められる。もちろん、おぬしの左足の小指を黒焦げにし、おぬしの鼻を広げて、探検虫が潜りこめるようにしなければならん。そうすれば、おぬしの感覚中枢に出入りしている導管を調べてもらえるだろう。それはさておき、わしの占い処（どころ）にもどろう。その過程を快適にはじめられるようにな」

キューゲルはあれこれ迷って顎を引いた。とうとう彼はいった。

「わたしは用心深い男です。そのような占いを行なうのは望ましいことですが、それでも熟慮しなければなりません。したがって、まどろみながら瞑想にふける平穏なときが数日は必要になるでしょう。あなたの囲い地と、それに隣接する妖精の館（ニンファリウム）は、そのような状態に必須の条件を提供してくれそうです。したがって――」

ファレズムは鷹揚にかぶりをふった。

「どの美徳でもおなじだが、用心深さにはほどというものがある。占いはただちにはじめなければならん」

キューゲルはさらに議論を試みたが、ファレズムは折れようとせず、まもなく道を滑走していった。

キューゲルは悄然として仕事場のわきへ行き、あれこれと考えをめぐらせた。太陽が天頂に近づき、昼食にはなにが出るのだろう、と労働者たちは推測をはじめた。ようやく主任チャードが合図した。全員が道具を置き、飲食物をのせている荷車のまわりに集まった。

キューゲルは、ご相伴にあずかるのもやぶさかではないよ、とおどけた調子で声をかけたが、主任チャードは聞く耳を持たなかった。

「ファレズムの行ないのつねとして、厳密な結果を変えるわけにはいかん。五十三人分の食べものを五十四人で平らげるのは、もってのほかだ」

キューゲルはうまい切り返しを思いつかなかったので、岩削り人たちがミートパイ、チーズ、塩漬けの魚を平らげるあいだ、無言ですわっていた。彼を無視しない男がひとりだけいた。身長四分の一エルの男である。その気前のよさは体格をはるかに上まわっており、食べ残しをキューゲルにやろうといった。キューゲルは、それほど腹は減っていないと答えて立ちあがり、忘れられている食べものが見つかることを願いながら、ぶらぶらと仕事場を歩いていった。

あちこちさまよったが、野石集めたちが、模様(パターン)とは無関係のものまで跡形なくとり去ってしまっていた。すきっ腹をかかえたキューゲルは、仕事場の中心にたどりついた。そこでは、彫刻のほどこされた円盤の上に、なんとも風変わりな生きものが寝そべっていた。本体は光り輝く粒子でいっぱいになったゼラチン質の球体であり、そこから透明の管や触手が無数に伸び、先細りになって消えている。キューゲルは身をかがめて、その生きものをためつすがめつした。それはゆっくりしたリズムで内側から脈打っていた。指でつつくと、まばゆい光が小さく明滅し、指の触れた点からさざ波となって伝わった。面白い。なんとも特異な能力を持った生きものだ!

彼は服からピンをはずし、触手をつついた。それは不機嫌そうに光を脈打たせた。いっぽう本体のなかの金色の斑点は、波打つように前後した。ますます興味をそそられたキューゲルは、体をぐいっと近づけて、実験にとりかかった。あちらこちらを探り、腹立たしげな明滅と閃光を興味津々に観察する。

新しい考えがキューゲルの頭に浮かんだ。この生きものは、腔腸動物と棘皮動物の両方を思わせる性質を示している。陸生の裸鰓(らさい)目だろうか? 殻のない貝類だろうか? もっと大事なことだが、この生きものは食べられるのだろうか?

キューゲルは護符をとりだし、中心の球体に、そして触手の一本一本にあてがった。鐘の音も虫の羽音もしなかった。この生きものに毒はないのだ。彼は鞘からナイフをぬき、触手の一本をえぐりとろうとしたが、弾力がありすぎる上に丈夫すぎて切れないとわかった。近くに火鉢があり、労働者たちの道具を鍛えたり、研いだりするために赤々と火が燃えていた。彼は二本の触手をつまんで生きものを持ちあげ、火鉢まで運ぶと、火にかけた。念入りにあぶって、じゅうぶん火が通ったと思えたところで食べてみようとする。いろいろとみっともない真似をしたあと、ようやく生きものの全体を喉に押しこんだが、味も栄養分もないことがわかった。

石工たちが仕事にもどりつつあった。親方に意味ありげな一瞥をくれて、キューゲルは歩きだした。

さほど遠くないところに魔術師ファレズムの住まいがあった。溶岩でできた細長く低い建物で、銅と雲母とピカピカの青いガラスから成る奇妙な形をしたドーム八つに囲まれている。ファレズムその人が、住まいの前にすわってくつろぎながら、平穏で満ち足りたようすで谷を見渡していた。彼はおだやかな挨拶のしるしに片手をあげた。

「おぬしが愉快な旅をつづけ、将来の事業にことごとく成功をおさめますように」

「当然ながら、そのお心遣いはありがたい」と皮肉まじりにキューゲル。「とはいえ、あなたの昼食を分けあたえてくれれば、もっと意味のある力添えになっていたかもしれません」

ファレズムのおだやかな慈愛の表情は変わらなかった。

「それは誤った利他主義のなせる業になっていただろう。気前がいいのも度が過ぎると、もらうほうは堕落して、人に頼りきりになるものだ」

キューゲルは苦笑いした。

「わたしは鉄の原理の男ですから、不平はいいません。もっとましな食べものがなかったせいで、あなたの石像群の中心で見つけた大きな透明な虫を貪るはめになったとしても」

ファレズムはにわかに顔色を変え、さっと体をまわした。

「大きな透明の虫といったか？」

「虫、着生生物、貝類——そのどれかでしょうか？　これまで眼にしたことのあるどの生物とも似ておらず、火鉢で丹念にあぶったあとでさえ、これといった味はしませんでした」

ファレズムは空中に七フィートも浮きあがり、全身全霊でキューゲルをにらみおろした。低いざらついた声で、

「その生きものについてくわしく話してみろ！」

ファレズムの厳しい顔を怪訝に思いながら、キューゲルはいわれたとおりにした。

「大きさはこれくらい」と両手で示し、「色はゼラチン質の透明で、金色の斑点が無数に散っています。生きものをいじると、この斑点はちらついたり、脈打ったりしました。触手は薄っぺらくなって、途切れるというよりは消えているように思えました。その生きものは不機嫌でかたくなな態度を示したので、経口摂取は困難だと判明しました」

ファレズムは頭をかかえ、黄色い綿毛のような髪に指を突き立てた。眼をぎょろりと上向きにし、悲痛な叫びを発する。

「ああ！　その生きものをおびき寄せるために五百年も骨を折ってきたのに。夜には絶望し、疑いにとらわれ、考えこみながら、それでも、おのれの計算は正確で、わしの偉大な護符には強制力があるという希望を捨てずにきたのに。それが、ようやく姿を現わしたと思ったら、おぬしごときが出くわすとは。それも、いとわしい食欲を満足させる以外の理由もなしに！」

キューゲルはファレズムの激昂ぶりにいくぶん気圧されて、悪気はなかったのだと断言した。ファレズムは態度をやわらげようとしなかった。彼はこう指摘した――キューゲルは不法侵入の罪を犯した。それゆえ、無実を訴える選択肢は失われている、と。

「おぬしの存在そのものが害悪であり、不愉快な事実をわしに知らせたことで、その害悪は倍増した。慈愛の心で大目に見たが、いまにして思えば重大な過ちだった」

「それならば」とキューゲルが威厳をこめていった。「ただちにあなたの前から立ち去るとしましょう。今日の不運が埋めあわされることをお祈り申しあげます。では、さらば」

「そう急ぐでない」と冷ややかな上にも冷ややかな声でファレズムがいった。「精密さは乱されてしまった。不正がなされたからには、その反作用で〈平衡の法則〉を実証しなければならぬ。おぬしの行為の重大さは、こういういい方ができる――つまり、いまこの瞬間、おぬしを木っ端微塵に爆発させても、その罪の一千万分の一しか償ったことにならないだろう、と。もっと厳しい罰をくださなければ」

キューゲルは困りはてた声を出した。

「重大な行為がなされたのは理解します。しかし、お忘れなく！　わたしのかかわりは基本的にとるに足りないものでした。第一に無罪潔白を、第二に犯意の欠如を、第三に心からの謝罪を明確に宣言します。では、旅路はまだまだ長いゆえ、わたしは――」

ファレズムが断固たる身ぶりをした。キューゲルは黙りこんだ。ファレズムが深呼吸して、

「おぬしは自分がわしにもたらした災厄のほどを理解しておらん。おぬしを待ち受けている困苦に驚かずにすむように、説明してやろう。先ほど大まかに述べたように、あの生きものがやってきたのは、わしの苦労の賜物だった。四万二千冊におよぶ書巻（リブラム）、すべてが謎めいた言語で記されている書巻を精読して、あやつの性質を突きとめたのだ。その仕事には百年を要した。二度めの百年のあいだに、それをおびき寄せる図案（パターン）を考えだし、正確な仕様書を準備した。つぎに石工たちを集め、三百年の時をかけて、その図案に実体をあたえた。類は友を呼ぶゆえ、異型と相互凝固がすべての領域、質、間隔を超発生（スプラブルウレーション）させ、形而上学的に水晶に似た性質（クリプトロッホイド）を持つ渦状紋を生みだし、最終的に前もって置かれた（プロ・ユビエタル）斜溝のポネンティエーションを引き起こす。今日その連結が生じたのだ。おぬしのいう〝生きもの〟は内旋（パーヴォルヴ）した。白痴的な悪意をもって、おぬしがそれを貪り食ったのだ」

キューゲルは一抹の傲慢さをにじませて、こう指摘した。すなわち、乱心した魔術師のいう〝白痴的な悪意〟とは、じつはたんなる飢えだったのだ、と。

「とにかく、あの〝生きもの〟のどこがそれほどなみはずれているんです？　おなじくらい醜悪な生きものは、その辺の漁師の網のなかに見つかるでしょう」

ファレズムがぐいっと背すじをのばし、キューゲルをにらみおろした。

「その〝生きもの〟とやらは」と彼はきしるような声でいった。「〈森羅万象〉なのだ。中心の球体

は逆から見たすべての空間だ。管はさまざまな時代に通じる渦流であり、おぬしがつついたり、こづいたり、煮たり、嚙んだりしてしでかした恐ろしい行為は、想像を絶するものなのだ！」

「消化したらどうなるでしょう？」キューゲルは訊きにくそうに訊いた。「空間と時間と実在のさまざまな構成要素は、わたしの体内を通過したあとも同一性を保っているでしょうか？」

「ばあっ。そういう考えは幼稚だ。おぬしは存在論的な基本構造に損傷をあたえ、重大な緊張を生みだしてしまったといえば足りる。おぬしはなにがなんでも平衡を回復しなければならんのだ」

　キューゲルは両手を広げた。

「誤解だったということはないでしょうか？　その〝生きもの〟が、偽りの〈森羅万象〉でしかなかったということはないでしょうか？　さもなければ、なんらかの手段で、その〝生きもの〟をもういちどおびき寄せることは考えられないでしょうか？」

「最初のふたつの理論は成り立たん。最後の理論についていえば、およそ常軌を逸した遠征の計画が、脳裏で形をなしつつあったと白状しなければならん」

　ファレズムが印を結ぶと、キューゲルの足が地面に貼りついた。

「わしは占い処へ行き、この悲惨な出来事の意味を十全に解明しなければならん。すぐにもどって来る」

「そのときには、わたしは飢えで弱りきっているでしょう」と不機嫌そうにキューゲル。「じっさい、パンの皮とチーズひと切れをもらっていたら、いまわたしが責められている出来事はすべて避けられたはずです」

「黙れ！」ファレズムが怒鳴った。「おぬしにくだす罰がまだ決まっていないことを忘れるな。すでに分別を失うまい、平静を失うまいと必死になっている人間を非難するとは、恥知らずのきわみだぞ！」

「これだけはいわせてもらいます」キューゲルは答えた。「もしあなたが占い処から帰ってきたとき、わたしがこの路上で行き倒れて干物になっていたら、罰を決めたって時間の無駄もいいところだ」

「体力を回復することなど造作もないわ」とファレズム。「どういう死に方をしたいか、いってみろ」彼は占い処へ行きかけたかと思うと、ふりかえって、じれったげな身ぶりをした。「来い、道へもどるより、おぬしに食べさせるほうが簡単だ」

キューゲルの足がまた地面から離れるようになり、彼はファレズムのあとについて幅広いアーチをくぐり、占い処にはいった。隅切りになっている灰色の壁に囲まれ、三色の多面角に照らされている広々とした部屋のなかで、キューゲルはファレズムが出現させた食べものを貪り食った。そのあいだファレズムは仕事部屋に閉じこもり、占いに没頭していた。時が経つにつれ、キューゲルは落ちつかなくなり、三度もアーチ形の出入口に近づいた。そのたびに、ある〈表象〉が彼を探りにきた。最初は跳びはねる食屍鬼（グール）の形をとって、つぎは稲妻形のエネルギーの閃光として、最後はきらめく紫色の雀蜂の大群となって。

意気消沈したキューゲルは長椅子へ行き、長い脚に肘をつき、顎に両手をあてがって待った。ついにファレズムがふたたび姿を現わした。ローブは皺くちゃになり、上等の黄色い綿毛を彷彿とさせる髪は乱れに乱れて、無数の小さな棘になっていた。キューゲルはのろのろと立ちあがった。

「〈森羅万象〉のありかがわかったぞ」大きな銅鑼が打ち鳴らされたような声でファレズムがいった。「憤慨して、おぬしの胃袋からぬけだし、百万年も過去へひっこんでしまったのだ」

キューゲルは重々しくかぶりをふった。

「ご同情申しあげます。そして助言も。すなわち——絶望するなかれ！　ひょっとしたら、その〝生きもの〟は、ふたたびこちらを通る気になるかもしれません」

「おしゃべりはそれまでだ！　〈森羅万象〉を回収しなければならん。来い」

キューゲルはしぶしぶファレズムについて小さな部屋にはいった。壁には青いタイルが貼られており、青とオレンジ色のガラスでできた縦長の丸屋根がついている。ファレズムは床の中央にある黒い円盤を指さした。

「そこに立て」

キューゲルは無言でいわれたとおりにした。

「ある意味で、わたしとしては——」

「黙れ！」ファレズムが進み出た。「この物体をよく見ろ！」彼はこぶしをふたつ合わせた大きさの象牙の球体を示した。驚くほど細かな彫刻がほどこされている。「ここに図案(パターン)が見えるだろう。わしの偉大な仕事はこれから生まれたのだ。クラティンジャエの〈クリプトロッホイド親和力の第二法則〉により、〈森羅万象〉には〈一切空無〉がかならず付属しているという象徴的な意味を表わしておる。おぬしもこの法則には親しんでおるかもしれんな」

「とんでもない」とキューゲル。「しかし、あなたの意図をたずねてもよろしいでしょうか？」

ファレズムが口を動かし、冷ややかな笑みを浮かべた。

「わしが試みようとしておるのは、これまで考案されたうちでもっとも強制力のある呪文のひとつだ。あまりにも面倒で、苛酷であり、強制的なので、グランド・モソラムの筆頭魔術師ファンダールが使用を禁じたほどだ。わしに制御できれば、おぬしは百万年の過去へ飛ばされるだろう。おぬしはそこに住むのだ。任務を達成したら、もどってもよい」

キューゲルは黒い円盤からすばやく退いた。

「わたしはその任務にふさわしい男ではありません、任務がなんであるにしろ。ほかのだれかにまかせるよう心からお勧めします！」

ファレズムはその忠告を聞き流した。

「もちろん、任務とは〈一切空無〉の象徴を〈森羅万象〉に接触させることだ」彼は灰色の組織がもつれてかたまりになったものをとりだした。「おぬしの捜索を容易にするため、この道具を授ける。およそありうる単語を、考えられるかぎりの意味体系と関連づけるものだ」

彼はその網のようなものをキューゲルの耳に押しこんだ。耳のなかでそれは、すばやく聴覚神経とからみあった。

「さて」とファレズムがいった。「使い方に習熟したら、聞きなれない言語に三分だけ耳をかたむければよい。もうひとつ、成功の見こみを大きくしてくれる品物を授けよう――この指輪だ。宝石に注目しろ――〈森羅万象〉の一リーグ以内に近づいたら、宝石のなかの矢印になった光がおぬしを導いてくれるだろう。わかったか？」

　キューゲルは不承不承うなずいた。

「考慮すべき問題がもうひとつあります。あなたの計算が不正確で、〈森羅万象〉が九十万年の過去にもどっただけだとしましょう。そのときはどうなります？　野蛮かもしれないその時代に、わたしは死ぬまで住まなければならないのですか？」

　ファレズムは不愉快そうに眉をひそめた。

「そのような状況は、誤差が十パーセントの場合に生ずる。わしの認識体系が一パーセント以上の誤差を持つことはまずない」

　キューゲルは計算をはじめたが、このときファレズムが黒い円盤を示した。

「もどれ！　いまから二度と動いてはならん。さもないと、ただではすまんぞ！」

　腺から汗をにじませ、膝をガクガクさせながら、キューゲルは指定された場所へ引きかえした。

　ファレズムは部屋の反対端まで後退し、黄金の管から成るとぐろに足を踏み入れた。それは螺旋を描いて跳ねあがり、ファレズムの体に巻きついた。彼は机から四枚の黒い円盤を手にとり、キューゲルの視界でぼやけるほど器用な手つきでお手玉をはじめた。最後にファレズムが円盤を放り投げた。それらはくるくるまわりながら空中に浮かびつづけ、しだいにキューゲルのほうへ漂ってきた。

　ファレズムはつぎに白い管をとりあげ、唇にきつく押しつけると、ある呪文を唱えた。管がふくらみ、大きな球になった。ファレズムは端をねじって閉め、破鐘（われがね）のような声で呪文を叫ぶと、その球を回転する円盤に投げつけた。と、すべてが爆発した。キューゲルはとり囲まれ、わしづかみにされ、外向きに八方へひっぱられ、おなじ激しさで押しつぶされた。結果として網が生じ、百万年の潮汐とおなじ勢いで、すべてに反する方向へ押しこまれた。めくるめく光とゆがんだ視界のあいだで、キューゲルは意識の彼方へ運ばれた。

意識がもどると、キューゲルはオレンジ色がかった金色のまばゆい陽射しに包まれていた。これまで知らなかった輝きである。仰向けになって、暖かみのある青色の空を見あげているのだった。元いた時代の藍色の空よりは明るい色合いで、やわらかい印象だ。

腕と脚を試しに動かし、なんともないのをたしかめてから、上体を起こすと、見慣れない輝きに眼をしばたたかせながら、ゆっくりと立ちあがった。

地形はわずかに変わっているだけだった。北の山々は高くなり、前よりごつごつしている印象がある。キューゲルは自分のやってきた（あるいは、より正確には、やって来ることになる）道を見分けられなかった。ファレズムの事業が行なわれていた場所は、いまや低い森となっており、薄緑色の木々には、赤いベリーが鈴なりになっていた。谷は元のままだったが、川筋は変わっており、三つの大きな都市がさまざまな距離に見えていた。谷から流れてくる空気に乗って、嗅ぎなれないピリッと鼻を刺す芳香が運ばれてきた。腐葉土と発酵中の果汁から成る古びた発散物のにおいがまじっていた。そして、あたりには独特の憂鬱な雰囲気が垂れこめているように思えた。じっさい、楽の音(ね)が聞こえるとキューゲルは思った。ゆったりとした素朴なメロディーである。あまりにも悲しげなので、眼に涙がにじむほどだ。彼は楽の音の出所を探ったが、探しているうちに、それは尾を引くように消えていき、耳をすますのをやめたときにかぎって、また聞こえてくるのだった。

　キューゲルは西にそびえている断崖のほうにはじめて眼をやった。いまや既視感(デジャヴ)は前にまして強烈だった。キューゲルはとまどい顔で顎をひっぱった。いまこのときは、あの断崖を眼にしたべつの時点に先立つこと百万年。したがって、理屈からいえば、こちらが一度めにちがいない。だが、二度めでもある。というのも、先に断崖を見た経験をよく憶えているからだ。いっぽう、時間の論理に背(そむ)くわけにはいかず、そちらの見方をとれば、この眺めのほうが先になる。逆説だ、とキューゲルは思った。まさしく謎だ！　背景に見憶えがあるという痛切な感覚は両方の機会に生じたが、どちらの経験が原因なのだろう？

　……キューゲルはその問題を益体もないものとして退け、向きを変えはじめた。そのとき、動くものが眼をとらえた。ふりかえって断崖の壁面を見あげると、先ほど耳にした楽の音がいきなりあたりに満ちあふれた。苦悶と高められた絶望の音楽だ。キューゲルは驚きのあまり眼をみはった。白いローブをまとった翼のある大きな生きものが、断崖の壁面にそった高みではばたいていたのだ。翼は長く、黒いキチン質の翼小骨が走っており、灰色の膜に覆われている。キューゲルが畏怖に打たれて見まもるなか、その生きものは断崖の高所にある洞穴へ飛びこんだ。

　銅鑼が鳴りひびいた。どの方向から聞こえてくるのか、キューゲルには判断がつかなかった。倍音が空気を震わせて伝わってくる。その音がやんだとき、耳に聞こえない音楽が鳴っているように思えた。谷のはるか彼方から〈翼あるもの〉の一体がやってきた。人間らしきものを運んでいたが、年齢も性別も判然としなかった。〈翼あるもの〉は断崖のわきの空中で停止し、重荷を落とした。かすかな悲鳴が聞こえる、とキューゲルは思った。そして楽の音は悲しげで、荘厳であり、朗々とひびき渡った。人体はたいへんな高さからゆっくりと落下し、ついに断崖の根元に激突した。〈翼あるもの〉は、人体を落としたあと、高いところにある岩棚まで滑空していき、そこで翼をたたむと、人間のように直立して、谷間を眺めわたした。

キューゲルは縮みあがって岩の陰へ退いた。姿を見られただろうか？ よくわからない。深々とため息を洩らす。この過去の世界、悲しい金色の世界は好みに合わない。立ち去るのは、早ければ早いほどいい。彼はファレズムにもらった指輪をためつすがめつしたが、宝石はくすんだガラスのように光るばかりで、〈森羅万象〉の方向をさすという矢印形のきらめきは影も形もなかった。恐れていたとおりだ。ファレズムが計算をまちがえ、自分は二度と元の時代にもどれないのだ。

翼のはばたく音がして、彼は空を仰いだ。身を縮め、隠れられるかぎり岩に隠れる。悲痛な楽の音が高まり、ため息のように消えていった。ちょうどそのとき、落日の光を浴びて、翼を生やした生きものが断崖のわきの空中に停止し、犠牲者を落とした。それから翼を大きくはばたかせて岩棚におり立ち、洞穴へはいった。

キューゲルは立ちあがると、腰をかがめて小道を走り、琥珀色の夕闇をぬけていった。

小道はまもなく木立にはいった。ここでキューゲルは足をとめて息をととのえ、そのあとはもっと用心深く進んでいった。耕作地をぬける小道を渡る。その耕作地には使われていない掘っ立て小屋があった。キューゲルはそこで夜露をしのごうかと思ったが、なかから見張っている暗い影が見えたような気がして、素通りした。

道は断崖から遠ざかり、連なる丘陵を越えて伸びていた。そして薄暮が宵闇に席をゆずる直前、キューゲルは池のほとりに立つ村に行きあたった。

キューゲルは油断せずに近づいたが、村がこぎれいで、整然としているようすに勇気づけられた。池のかたわらの公園にあずまやが立っていた。ひょっとしたら音楽を奏でたり、パントマイムを演じたり、演説をしたりする場なのかもしれない。公園の周囲には高い破風をそなえた小さな狭い家が並んでおり、破風の棟は装飾的な帆立貝の形にせりあがっていた。池の対岸にはもっと大きな建物があった。飾りたてた正面は、組み合わされた木材と、赤、青、黄の漆塗りの銘板から成っている。三つの高い破風が屋根のかわりになっており、中央の棟が精緻に彫刻のほどこされた鏡板を支えているのに対し、左右の破風は小さな球形の青いランプを連ねている。正面には幅広いパーゴラ（蔓植物などを這わせた棚を屋根としたあずまや）があり、長椅子、テーブル、開けた空間を覆っていた。すべてが赤と緑の火扇に照らされ、ここで村人たちが香を吸ったり、ワインを飲んだりしながらくつろいでいた。そのうち青年や乙女たちは、笛とコンサーティナ（アコーディオンの一種。鍵盤ではなくボタンで演奏する）の音楽に合わせて、脚を高く蹴りあげる風変わりな踊りに興じていた。

そのおだやかな情景を見て気が大きくなり、キューゲルは近づいていった。村人たちはこれまで出会ったことのない人種だった。背丈はそれほどでもなく、たいていは大きな頭と長い落ちつきのない腕をそなえている。肌はカボチャを思わせる濃いオレンジ色。眼と歯は黒く、おなじように黒い髪は、男の場合は顔のわきにすんなりと垂れさがり、青いビーズの房で終わっている。いっぽう女は、白い輪と木釘に髪を巻きつけ、かなり手のこんだ髪飾りにつなげている。顔立ちは顎と頬骨がいかつく、間隔の広い切れ長の眼は、外側の隅で剽軽に垂れている。鼻と耳は長く、かなり自由に動かせるらしく、大きな活気を顔にあたえている。男はひだ飾りのある黒い短上衣（カートル）と茶色い外衣をまとい、幅広の黒い円盤、黒い円筒、べつのもっと小さな円盤から成る頭飾りをかぶり、金鍍金（メッキ）した玉をのせている。女は黒いズボンと、漆塗りした円盤を臍のところにつけた茶色い上着をまとい、それぞれの臀部に緑か赤の羽根でまがいものの尻尾をつけている。ひょっとしたら、既婚かどうかを示すしるしかもしれない。

キューゲルは火扇の明かりのもとに踏みこんだ。たちまちおしゃべりがいっせいにやんだ。村人たちの鼻はこわばり、眼がみはられ、耳が好奇心でねじられた。キューゲルは笑顔をふりまき、両手をふって小粋に挨拶し、あいているテーブルについた。

あちこちのテーブルで驚きのつぶやきがあがったが、小声すぎてキューゲルの耳には届かなかった。まもなく長老たちのひとりが立ちあがり、キューゲルのテーブルに近づきながら、なにごとかを口にしたが、キューゲルにはちんぷんかんぷんだった。というのも、文例が足りないので、ファレズムの網はまだ意味を明らかにできなかったからだ。キューゲルは礼儀正しく笑みを浮かべ、両手を広くかかげて、だれにでもわかるお手上げの仕草をした。長老はもういちど、さっきよりかなり鋭い声でしゃべったが、ふたたびキューゲルは理解できないという身ぶりをした。長老は不満げに自分の耳をぐいっとひっぱると、きびすを返した。キューゲルはパーゴラの亭主に合図し、そばのテーブルにのっているパンとワインを指さして、おなじものを運んできてほしいと伝えた。

亭主はある問いを口にした。言葉は理解できないにもかかわらず、キューゲルにはその意味が呑みこめた。金貨をとりだすと、亭主は満足して去っていった。

あちこちのテーブルで会話が再開され、ほどなくして言葉の意味がキューゲルに伝わるようになった。彼は飲み食いを終えて立ちあがり、最初に話しかけてきた長老のテーブルまで足を運ぶと、そこでうやうやしくお辞儀をした。

「テーブルに同席してもよろしいでしょうか?」

「どうぞどうぞ。それほどすわりたいのなら、すわるがいい」長老は席を示した。「あんたのふるまいから、あんたは耳が聞こえず、口がきけないだけでなく、おつむのほうも弱いのだとばかり思っておった。とにかく、耳が聞こえて、口がきけるのはこれではっきりした」

「思慮分別もあると申しあげておきます」とキューゲル。「遠方からの旅人であり、あなたがたの習慣に無知な者として、しばらく黙って見ているのが最善だと考えました。誤って無作法な真似をしでかすといけませんから」

「いい思いつきだが、変わっているな」というのが長老の感想だった。「それでも、あんたの行ないは、正統信仰にあからさまに反するわけじゃない。どういうわけでファーワンへおいでなすったのか、訊いてもいいかな?」

キューゲルは指輪に視線を走らせた。水晶はくすんでいて活気がない。〈森羅万象〉がほかの場所にあるのは一目瞭然だった。

「わたしの故郷は文明が遅れています。文明の進んだ人々の慣習や流儀を学べるかもしれないと思って旅をしております」

「なるほどな！」長老はしばらくその問題について考えをめぐらせ、感心したようにうなずいた。「あんたの衣服と顔つきは、わしには見慣れない種類だ。その故郷とやらはどこにあるんだね？」

「遠く離れた地にあります」とキューゲル。「いまのいままで、わたしはファーワンという土地を知りませんでした！」

　長老は驚きのあまり耳を平らにした。

「なんだと？　栄光のファーワンを知らないのか？　偉大なる都市インパーゴス、ザルウェ、ラヴァージャンドー——どれも聞いたことがないのか？　光彩陸離たるセンバーズはどうだ？　いくらなんでも、センバーズの名声はあんたたちのもとへ届いているんだろう？　彼らは星の海賊を退治した。〈プラットフォーム群〉の地へ海をもたらした。パダラ宮殿の壮麗さは筆舌につくしがたいんだぞ！」

　キューゲルは悲しげにかぶりをふった。

「その途方もなく壮麗なものの噂は、わたしの耳に届いておりません」

　長老は冷笑するかのように鼻をぴくつかせた。この男はやはりまぬけなのだ、と思ったにちがいない。彼はそっけなくいった。

「嘘ではないぞ」

「疑うわけではありません」とキューゲル。「じっさい、自分の無知を認めます。しかし、もっと教えてください。というのも、この地に長居を余儀なくされるかもしれないからです。たとえば、崖に住んでいる、あの〈翼あるもの〉はなんですか？　あれはどういう生きものなのです？」

長老は空のほうを指さした。

「あんたに夜行性のティットヴィットの眼があれば、ふらふらと地球をめぐる暗い月に気づくかもしれん。それが見えるのは、太陽に影を落としたときだけだがな。〈翼あるもの〉はその暗黒世界の住民で、その窮極の性質は不明だ。やつらは大神イェリシーに仕えておるんだが、その流儀はこうだ——男か女の死ぬときが来れば、〈翼あるもの〉は瀕死の人間のノーンから発する絶望の信号でそれを知る。するとたちまち不運な者のもとへおりてきて、自分たちの洞穴へ運んでいく。じつは、その洞穴は浄罪の国バイッソムへ通じる魔法の開口部になっておるんだ」

キューゲルは椅子にもたれ、困惑ぎみに黒い眉毛を吊りあげて、アーチを描かせた。

「なるほど、なるほど」彼はいったが、その声には熱意が足りない、と長老は見たようだった。

「いま述べたことはまちがいなく真実だ。正統信仰はこの自明の基礎に由来しているし、ふたつの体系は補強しあっている。したがって、それぞれが二重に有効だ」

キューゲルは眉根を寄せた。

「お言葉に疑問をさしはさむわけではありません——しかし、犠牲者を選ぶさい、〈翼あるもの〉はつねに正しいのでしょうか？」

長老は不快そうにテーブルをコツコツとたたいた。

「教義に誤謬(ごびゅう)はない。というのも、〈翼あるもの〉に連れていかれる者たちは、健康そのものに見えたとしても、余命は長くないからだ。たしかに、岩場への落下は死につながるが、生き腐れの状態で長く苦しませるくらいなら、すみやかに命を奪うほうが、イェリシーの慈悲にかなうというものだ。この制度は全体としてためになる。〈翼あるもの〉は瀕死の者しか迎えにこないし、そのとき彼らは崖を通って、浄罪の国バイッソムへ飛びこむんだ。ときおり異端者がそうではないといいだす。この場合——だが、あんたも正統的な教義を信じておるんだろう？」

「心の底から」キューゲルは断言した。「あなた方の信仰の教義が正しいのは、火を見るよりも明らかです」

そういうと、彼はワインを一気にあおった。酒杯を置くと同時に、さざめきのような楽の音が空中を伝わってきた。かぎりなく甘美で、かぎりなく憂鬱な協和音である。パーゴラの下にいる者は、ひとり残らず黙りこんだ——もっとも、じっさいに楽の音が聞こえたのかどうか、キューゲルにはよくわからなかったのだが。

長老がわずかに前かがみになり、自分の酒杯からワインを飲んだ。それからようやくちらっと顔をあげ、

「〈翼あるもの〉がちょうどいま上空を通過しておるんだ」

キューゲルは思案顔で顎をひっぱった。

「〈翼あるもの〉からどうやって身を守るんですか？」

その問いは不適切だった。長老は眼を怒らせた。ついでに耳を前のほうへ丸め、

「人が死にかけておれば、〈翼あるもの〉は姿を現わす。そうでなければ、恐れなくていい」

キューゲルは何度もうなずいた。

「おかげで疑問がすっかり解消しました。明日——あなたもわたしも健康そのものであることは明白ですから——丘に登って、崖の近くを散策しましょう」

「お断りだ」と長老。「理由はこうだ——そんなに高いところの空気は体によくない。瘴気を吸いこんで、健康を損なうのがおちだ」

「よくわかりました」とキューゲル。「こんな気のめいる話題はやめにしませんか？　さしあたりわれわれは生きていて、パーゴラを覆い隠す蔓植物にある程度まで隠されています。食べて、飲んで、浮かれ騒ぎを見物しましょう。村の若者たちはじつに軽やかに踊りますな」

長老は酒杯の中身を飲みほして、立ちあがった。

「あんたは好きにすればいい。わしのほうは、〈儀式的降格〉のころあいだ。この行為は、わしらの信仰に不可欠な部分となっておる」

「やがてわたしも似たようなことをするでしょう」とキューゲル。「どうぞ、儀式を楽しまれますように」

長老はパーゴラを去り、キューゲルはひとり残された。じきに好奇心に駆られた若者たちが彼のテーブルへやってきて、キューゲルはいまいちど自分の身の上を説明した。もっとも、故郷が野蛮で粗野だと強調することは控えたが。というのも、数人の娘が仲間に加わっており、その異国情緒たっぷりの色合いと快活な態度に刺激されたからだ。ワインがたっぷりとふるまわれ、キューゲルは跳んだりはねたりする地元の踊りを踊ってみるよう説得された。彼はそつなく踊ってみせた。踊りのおかげで、彼はとりわけ魅力的な娘とお近づきになった。彼女はジアムル・ヴラッツと名乗った。踊りが終わると、彼女はキューゲルの腰に片腕をまわし、彼をテーブルまで連れてもどると、彼の膝に腰かけた。このなれなれしい行為は、一座のほかの者たちの不興を買わないようだったので、キューゲルはますます大胆になった。

「まだ寝室をとっていないんだ。遅くなる前に、部屋をとったほうがいいかな」

娘は宿の主人に合図した。

「この鑿(のみ)で削ったような顔をした異国の方のための部屋はあいているかしら？」

「あいていますとも。納得がいくようにお見せしますよ」

主人はキューゲルを一階にある快適な部屋へ連れていった。寝椅子、脚つき整理箪笥、絨毯、ランプがそなわっている。ある壁には紫の糸と黒の糸で織られた綴れ織り(タピストリー)がかかっており、べつの壁には透明な球体に閉じこめられているか、圧縮して詰めこまれているかのように思える、格別に醜い赤ん坊の絵がかかっていた。その部屋はキューゲルにふさわしかった。彼は宿の主人にそういうと、パーゴラにもどった。そこでは浮かれ騒いでいた者たちが、いまや解散しはじめていた。先ほどの娘ジアムル・ヴラッツはまだ残っており、キューゲルを温かく迎えたので、彼は最後まで残っていた警戒心をかなぐり捨てた。ワインをもう一杯飲んだあと、キューゲルは彼女の耳もとに身を寄せた。

「わたしはせっかちかもしれない。うぬぼれが強すぎるかもしれない。村のふつうの作法に反するかもしれない――でも、わたしの部屋に赴いて、ふたりで楽しんでいけない理由があるだろうか？」

「ひとつもないわ」と娘。「あたしは結婚していないし、結婚するまでは好きなようにふるまってかまわないの。それが習わしだから」

「じつにすばらしい」とキューゲル。「先に行っててもらえるかな。それとも、目立たないよう裏へまわるかい？」

「いっしょに行きましょう。こそこそする必要はないのよ！」

ふたりは連れ立って部屋へ行き、数多くの官能的な体技にはげんだ。そのあとキューゲルは精根つきはてて眠りに落ちた。艱難辛苦の一日だったからである。

眼をさますと真昼間で、ジアムル・ヴラッツは部屋からいなくなっていた。寝ぼけ眼の彼は、その事実に頭を悩ませることもなく、もういちど眠りについた。

ドアが腹立たしげに開かれる音が眼がさめた。キューゲルは寝椅子の上で半身を起こした。陽はまだ昇っておらず、長老にひきいられた代表団が、恐怖と嫌悪のこもった眼差しで彼をにらんでいた。

長老が、わなわな震える長い指を薄闇ごしに突きつけた。

「異端のにおいを嗅ぎつけたと思ったんだ。これで事実と知れたぞ！　見ろ。こやつは頭を覆いもせず、顎に信心の証である膏薬も塗らずに眠るんだ。ジアムル・ヴラッツによれば、ふたりの交わりにおいて、この悪党はイェリシーを称える言葉をいちども叫ばなかったそうだ！」

「異端に疑問の余地なし！」と代表団のほかの面々が断言した。

「よそ者ならそうに決まっておる」と蔑むように長老。「見よ！　いまでさえ、こやつは聖なるしるしを切ろうとせん」

「聖なるしるしを知らないんだ！」キューゲルはいい返した。「あなた方の儀式のことはなにも知らない！　これは異端じゃない。たんなる無知なんだ！」

「信じるわけにはいかん」と長老。「つい昨晩、正統信仰の本質をかいつまんで話してやったではないか」

「嘆かわしい状況だ」と、ものものしい憂鬱な声でべつの者がいった。「異端は〈礼節の突出部〉の堕落を通じてのみ存在する」

「これは治療不能で致命的な壊疽だ」と負けず劣らず沈痛な声でべつの者が断言した。

「まったくだ！　ああ、まったくそのとおりだ！」とドアのわきに立っている者がため息をつき、「不運な男だ！」

「行くぞ！」長老が声をはりあげた。「この問題をただちに処理しなければならん」

「手間をかけるまでもない」とキューゲル。「着替えさせてくれたら、わたしは村を去って、二度ともどらない」

「きさまの憎むべき教義をよそで広めるためにか？　断じて許さん！」

つぎの瞬間、キューゲルは捕えられ、裸のまま部屋から引きずりだされた。外の公園を歩かされ、中央のあずまやへ向かう。代表団の何人かが、あずまやの基壇に木製の棒を立てて囲いを作り、キューゲルはそのなかに押しこまれた。

「なにをする気だ？」キューゲルは叫んだ。「あんたたちの儀式に参加するなんて、ご免こうむる！」

その言葉は聞き流された。彼が囲いの隙間から眼をこらしているうちに、数人の村人が熱気で空に浮かぶ、緑の紙でできた大きな風船を飛ばした。それは緑の火扇を三つぶらさげていた。

黄ばんだ曙光が西の空に現われた。準備万端ととのって満足した村人たちは、公園のへりまで退いた。キューゲルはよじ登って囲いから出ようとしたが、木製の棒の太さと間隔では、とりつく島もなかった。

空が明るくなった。頭上高くで火扇が燃えていた。キューゲルは朝の冷気に体を丸め、鳥肌を立てながら、囲いの端から端まで行ったりきたりした。と、ぴたりと足をとめる。はるか遠方から忘れられない楽の音が流れてきたのだ。それはしだいに大きくなり、可聴域ぎりぎりのところへ達したかと思われた。空高くに〈翼あるもの〉が姿を現わした。白いローブをなびかせ、はためかせている。そいつは舞いおりてきた。キューゲルの関節がへなへなになった。

〈翼あるもの〉は囲いの上空で停止し、おりてくると、白いローブでキューゲルを包み、空中へさらいあげようとした。しかし、キューゲルは囲いの横棒にしがみついていたので、〈翼あるもの〉はむなしくはばたいた。横棒がきしみ、うめき、ひび割れる。キューゲルはまとわりつくローブを必死にふり払い、火事場のばか力で横棒をむしりとった。それはバキッと折れて、裂けた。キューゲルは破片をつかみ、〈翼あるもの〉に突き刺した。先のとがった棒が白いローブに穴をあけ、〈翼あるもの〉は片方の翼でキューゲルをたたいた。キューゲルはキチン質の翼小骨の一本をつかみ、渾身の力でうしろ向きにねじった。そのため骨に亀裂がはいって折れ、翼がちぎれて垂れさがった。

〈翼あるもの〉は仰天して大きく跳ねたので、キューゲルもろともあずまやの上に出た。と、折れた翼を引きずりながら、村のなかをピョンピョン跳ねていった。

キューゲルは、わしづかみにしていた棍棒でそいつを打ちすえながら追いかけた。畏怖のあまり眼をみはっている村人たちがちらっと見えた。大きく口をあけ、唾を飛ばしているので、絶叫しているのかもしれないが、なにも聞こえなかった。〈翼あるもの〉は速度をあげ、断崖に向かう道を跳ねていく。キューゲルは力のかぎり棍棒をふるった。金色の太陽が遠い山並みの上に昇っていた。〈翼あるもの〉がいきなりキューゲルに向きなおり、キューゲルはその眼のぎらつきを感じた。もっとも、そいつの顔形は——そういうものがあるとしても——ローブの頭巾の下に隠れていたが。当惑したキューゲルは、肩で息をしながらあとじさった。と、無防備も同然で立っていれば、ほかの連中が高空から襲いかかってくるはずだ、という考えが脳裏に浮かんだ。彼はその生きものに呪いの言葉を浴びせかけ、村へ引きかえした。

村人はひとり残らず逃げていた。村はもぬけの殻だった。キューゲルは高笑いした。旅籠へ行き、自分の衣服を身に着けると、剣を腰に吊るした。部屋を出て酒場にはいり、現金箱をのぞきこむと、たくさんの硬貨が見つかったので、自分の小物袋に移し変え、〈一切空無〉の表象である象牙といっしょにした。戸外へもどる。だれも引きとめに来ないうちに出発するのが得策だ。

そのとき明滅する光に注意を惹かれた。数十本の閃光の流れで指輪がきらめいており、そのすべてが道の先、断崖のほうをさしていた。

キューゲルは弱々しくかぶりをふってから、光の矢印をいまいちどあらためた。まぎれもなく、きた道をあともどりするしかない。けっきょく、ファレズムの計算は正しかったのだ。〈森羅万象〉がいまいちど手の届かないところへ漂うといけないから、覚悟を決めて行動しなければならない。

斧を見つけるのにわずかに手間どったが、指輪のきらめく閃光にしたがい、彼は急いで道をたどっていった。

置き去りにした場所からさほど遠くないところで、重傷を負った〈翼あるもの〉に行きあたった。いまは路傍の岩にすわっており、頭巾を目深にかぶっていた。キューゲルは石を拾い、その生きものに投げつけた。そいつは崩れ落ちて濛々とほこりを舞いあげた。そいつが存在した事実を示すのは、残された白い布の重なりだけだった。

キューゲルは道を進みつづけた。なるべく頭上を覆うものの下から出ないようにしたが、その甲斐もなかった。〈翼あるもの〉たちが頭上にとどまり、はばたいたり、舞いおりたりしていたのだ。キューゲルは斧にものをいわせ、翼に打ちかかった。生きものたちは高いところを飛び、上空を旋回した。

キューゲルは指輪を見ながら道を進みつづけた。〈翼あるもの〉たちが真上を飛びつづける。指輪はお告げを強烈にきらめかせた――〈森羅万象〉があったのだ。岩の上に悠然とのっている！

キューゲルは喉にこみあげてきた歓喜の叫びを押し殺した。〈一切空無〉の象徴である象牙をとりだし、駆けよって、ゼラチン質の中央球体にそれを当てがう。

ファレズムの言葉どおり、たちまちくっついた。接触したとたん、自分を往古の時に縛りつけている呪文が解けるのをキューゲルは感じた。

舞いおりてくるもの。大きな翼の一撃！　キューゲルは地面に打ち倒された。白い布に包まれた上に、片手で〈一切空無〉を握っているので、斧をふるうことができない。と、斧が手からもぎとれらた。彼は〈一切空無〉を離し、岩をつかむと、足をバタバタさせて、なんとか布をふりほどき、斧に飛びついた。〈翼あるもの〉が〈一切空無〉をわしづかみにした。それに付着している〈森羅万象〉もろとも空中にさらいあげ、断崖の高いところにある洞穴へ向かう。

猛烈な力がキューゲルをひっぱりながら、四方八方で同時に渦を巻いていた。耳のなかで轟音がとどろき、菫色の光がひらめいた。そしてキューゲルは百万年の未来へ落ちていった。

意識をとりもどすと、そこは青いタイル貼りの部屋のなかで、馥郁（ふくいく）たる香りを放つ酒が唇をピリリと刺していた。ファレズムがかがみこんで、キューゲルの顔を軽くたたき、さらに酒を口に注ぎこんだ。

「眼をさませ！　〈森羅万象〉はどこだ？　どうやってもどってきた？」

キューゲルは彼を押しのけ、寝椅子の上で半身を起こした。

「〈森羅万象〉！」ファレズムが吼えた。「どこにある？　わしの護符はどこだ？」

「説明します」と、だみ声でキューゲル。「この手にしましたが、大神イェリシーに仕える翼のある生きものにもぎとられました」

「話せ、くわしく話せ！」

キューゲルは、ファレズムの探しものをいったん手に入れ、つぎに失うにいたった顛末を語った。

彼が話すうちに、ファレズムの顔が悲痛で曇り、肩が下がった。とうとう彼はキューゲルを戸外へ、遅い午後のほの暗い赤い光のなかへ歩かせた。ふたりは肩を並べ、いまは荒涼として棲むものもいない、頭上にそびえる断崖に眼をこらした。

「その生きものは、どの洞穴へ飛んでいった？」とファレズムがたずねた。「指させ、できるものならな！」

キューゲルは指さした。

「あそこです。あるいは、あそこに思えます。なにもかも混乱していて、翼と白いローブがいっしょくたになっていて……」

「ここにいろ」ファレズムは仕事場にはいり、まもなくもどってきた。「おぬしに明かりをやる」そういうと、銀の鎖に結ばれている冷たい白い炎をキューゲルに渡す。「心がまえはいいか」

彼はキューゲルの足もとに小球を投げつけた。それは割れて旋風となり、キューゲルは眼もくらむ高みにさらわれて、ファレズムに示した崩れかけている岩棚まで運ばれた。近くに洞穴の入口が黒々とあいていた。キューゲルは炎を内部に向けた。ほこりまみれの通路が見える。幅は三歩ほどで、天井は手が届かないほど高い。通路は崖の奥へ伸びており、わずかに横へねじれていた。生命は影も形もないように思えた。

明かりを体の前で支えながら、キューゲルはゆっくりと通路を進んでいった。判然としないなにかを恐れて、心臓が激しく打っていた。彼はぴたりと足をとめた。楽の音だろうか？　楽の音の記憶だろうか？　耳をすましたが、なにも聞こえなかった。だが、踏みだそうとすると、不安で足が動かなかった。角灯を高くかかげ、ほこりまみれの通路の先へ眼をやる。どこに通じているのだろう？　この先になにがあるのだろう？　ほこりまみれの洞穴だろうか？　悪鬼の国だろうか？　浄罪の国バイッソムだろうか？　キューゲルは五感を研ぎすませて、ゆっくりと進んだ。ある岩棚の上に、しなびた茶色い球体が見つかった。彼が過去へ運びこんだ護符である。〈森羅万象〉はとっくのむかしに身を引きはがして、いなくなっていた。

キューゲルは、百万年の歳月を経てもろくなっているその物体を慎重に持ちあげ、岩棚にもどった。ファレズムの命令で、旋風がキューゲルを地上へ連れもどした。

ファレズムの怒りを恐れて、キューゲルはしなびた護符をおそるおそるさしだした。

ファレズムはそれを受けとり、親指と人さし指でつまんだ。

「これだけか？」

「これしかありませんでした」

ファレズムはその物体を落ちるにまかせた。それは地面にぶつかり、たちまち塵と化した。ファレズムはキューゲルを見て、ひとつ深呼吸してから、いいようのない憤懣を表わす身ぶりで背中を向け、占い処へもどっていった。

キューゲルはほっと胸をなでおろして道をたどりはじめ、立っている労働者たちのわきを通った。彼らは不安げに寄り集まって、命令を待っていた。キューゲルに不機嫌そうな眼を向ける。ある二エルの男は石を投げてきた。キューゲルは肩をすくめ、道にそって南へ進みつづけた。じきに村のあったところを通り過ぎた。いまは節くれだった老木が鬱蒼と生い茂る荒れ地である。池は消え失せており、地面は固く干からびていた。眼下の谷間に廃墟があったが、古代都市のあったしるしはどこにもなかった。インパーゴス、ザルウェ、ラヴァージャンドは、いまや記憶の彼方へ去っていた。

キューゲルは南へ歩いた。背後では断崖が靄に溶けこみ、まもなく視界から消えた。

V　巡礼たち

1　旅籠にて

　半日にわたりキューゲルは、塩生草が生えるだけの、わびしい荒れ地を歩きつづけた。やがて、日没寸前に、流れのゆるやかな幅広い川の岸辺にたどりついた。そのほとりに道が走っていた。右手へ半マイル行ったところに、木材と暗褐色の化粧漆喰で造られた背の高い建物があった。旅籠であることは一目瞭然。その光景にキューゲルは大いに満足した。というのも、丸一日なにも口にしておらず、昨夜は木の洞(うろ)で過ごしたからだ。十分後、彼は鉄帯で補強した、どっしりした扉を押しあけ、旅籠にはいった。

　そこは玄関広間になっていた。歳月を経て藤色に日焼けした菱形の開き窓が左右にあり、落日の光を無数に散乱させていた。大食堂からはガヤガヤと陽気な人声が聞こえてきた。陶器やガラス器の鳴るカチャカチャいう音もした。古い木材、蠟を塗ったタイル、革、グツグツ煮える大鍋のにおいも流れてきた。キューゲルは進み出て、二十人ほどの男たちが暖炉のまわりに集まり、ワインを飲んだり、旅人のほら話を交換したりしているのに気づいた。

亭主はカウンターの裏に立っていた。ずんぐりした体つきの男で、背丈はキューゲルの肩に届くか届かないくらい。丸い頭は禿げあがり、黒い顎鬚が一フィートも垂れている。眼は飛びだし気味で、まぶたは厚ぼったい。表情は川の流れに負けず劣らず平穏そのものだ。キューゲルが宿泊を頼むと、亭主は心もとなげに鼻をひっぱった。

「もう満員なんですよ、エルゼ・ダマスへ赴く途中の巡礼たちで。長椅子にすわっている人たちが見えるでしょう。あの倍以上の人数を今夜お泊めしなけりゃならないんで。廊下に藁布団を敷きましょう、それでいいとおっしゃるなら。それくらいのことしかできません」

キューゲルは不機嫌そうにため息をつき、不満足を表わした。

「それでは期待に反するというものだ。わたしは上等の寝椅子、川を見晴らす窓、酒場の喧騒をくぐもらせる分厚いカーペットのそなわった個室を強く所望する」

「あいにく、ご期待には添えません」と感情を交えずに亭主。「そういう部屋はひとつだけで、もうふさがっています。あちらにいらっしゃる黄色いの顎鬚の方のお部屋ですよ。ロダーマルクとおっしゃる方で、やはりエルゼ・ダマスへ旅されているとか」

「たっての願いということで、その部屋をわたしにゆずり、かわりに藁布団で寝るよう、あの御仁を説得してもらえないだろうか」とキューゲルはいってみた。

「あの方が権利を放棄されるでしょうかね」と亭主が答えた。「でも、ご自分で頼んでみちゃどうです。率直にいって、こちらからその件を持ちかけるのは願い下げです」

キューゲルは、ロダーマルクのよく目立つ顔立ち、たくましい腕、巡礼たちの話に耳をかたむけるときのなんとなく尊大な物腰を見てとって、ロダーマルクの人品に関する亭主の意見に与(くみ)したくなり、要求のごり押しはやめておいた。

「どうやら藁布団に寝るはめになりそうだ。では、夕食に話を移そう。わたしは鶏を所望する。適当に詰めものをし、翼を胴体に串刺しにした上で、焙って、つまを添えた鶏に、なんでもいいから、そちらの厨房にだせる副菜をつけてくれ」

「うちの厨房はてんてこ舞いですから、巡礼のみなさんといっしょにレンズ豆を食べてもらうしかありません」と亭主。「手持ちの鶏は一羽だけで、これまたロダーマルクさんの予約ずみです。晩餐にするんだそうで」

キューゲルは腹立たしげに肩をすくめた。

「しかたがない。旅のほこりを顔から洗いおとすから、そのあとワインを一杯だ」

「裏に小川と、たまにその目的で使われる飼い葉桶があります。軟膏と、ピリッとくる油と、熱いお絞りを追加料金でご用意しますが」

「水があれば用は足りる」

キューゲルは旅籠の裏へまわり、そこで盥(たらい)を見つけた。顔を洗ったあと周囲を見まわすと、さほど遠くないところに立つ、がっしりした木造の納屋に気づいた。旅籠に引きかえしかけたところで足をとめ、いまいちど納屋をしげしげと見る。あいだの空き地を渡り、扉をあけて、なかをのぞいた。それから、考えをめぐらしながら、大食堂へもどった。亭主が温めて甘みをつけたワインをだしてきたので、キューゲルはそれを人眼につかない長椅子まで持っていった。

ロダーマルクは、いわゆるファナムブラウス派福音伝道者について意見を求められていた。ファナムブラウス派福音伝道者というのは、地面に足をつけることを拒み、綱渡りで日々の営みを行なっている者たちである。ロダーマルクはそっけない声で、この風変わりな教義の誤りを指摘した。

「彼らは地球の年齢を、通例の二十三却紀ではなく、二十九却紀だと考える。土壌一平方エルにつき二百二十五万人が死亡し、塵となっているので、死体を肥やしとする沃土が地表を覆っているとする。したがって、その上を歩くことは冒瀆だというのだ。この主張は、ちょっと聞いた分にはもっともらしい。だが、よく考えてみたまえ。干からびた死体ひとつ分の塵を一平方エルに広げれば、その厚みは三十三分の一インチ。したがって、地表を覆う、圧縮された死体の塵の合計は一マイル近くの厚さに達するわけだが、明らかにそれはまちがいだ」

その宗派の信徒が興奮して反駁した。いつものロープを張るわけにはいかないので、不恰好な儀式用の靴を履いて歩いていた。

「おぬしの話には理屈もなにもあったもんじゃない！　よくもそんなふうに断言できるな」

ロダーマルクはさも不愉快そうに、ふさふさした眉毛を吊りあげた。

「くわしく話さんとわからんのか？　海岸へ行けば、陸と海の境界に高さ一マイルの崖が連なっているだろうか？　とんでもない。地形はどこもちがう。岬が海に突きだしているし、真っ白い砂浜だってそこらじゅうにある。灰白色の凝灰岩でできた、どっしりした壁なんかどこにもない。あなたの宗派は、壁があることを教義の拠りどころにしているのに」

「たわごともいいところだ！」ファナムブラウス教徒が唾を飛ばす勢いでいった。

「なんだと？」ロダーマルクが語気を強め、分厚い胸を張った。「吾輩は嘲笑を浴びるのに慣れておらんぞ」

「嘲笑するわけじゃない。おぬしのひとりよがりをこてんぱんに論破してやるのだ！　われわれの見るところ、塵の一部は海へ吹きこまれ、一部は空中に漂うままとなり、一部は地割れを通って地中の空洞にしみこむ。べつの一部は草木やある種の昆虫に吸収される。したがって、踏めば冒瀆になる大地を覆うのは、半マイルをわずかに超える祖先の堆積物ということになるのだ。おぬしのいう崖とやらが、なぜいたるところに見えないのか？　数かぎりない過去の人間が吸いこみ、吐きだした湿気のせいだ！　そのおかげで海面は平衡を保って上昇したので、目立つような汀や絶壁がないのだ。おぬしのまちがいはこの点にある」

「ばあっ」ロダーマルクがつぶやき、そっぽを向いた。「あなたのいうことには、どこかに欠陥がある」

「あるものか！」福音伝道者は、その同類をきわだたせる狂信的な口調で断言した。「それゆえ、死者への敬意から、われわれは空中を歩くのだ。ロープの上や崖っぷちを。そして旅をする必要に迫られれば、特別に清めた履きものを使うのだ」

その会話のあいだ、キューゲルは部屋をぬけだしていた。やがて荷かつぎ人夫の上っ張りをまとった丸顔の若者が、一団に近づいてきた。

「あんたがロダーマルクというお人ですか？」彼はその名を持つ人物にたずねた。

ロダーマルクは椅子にすわったまま身がまえた。

「いかにも」

「伝言をあずかってきやした。その人は、まとまった額の金をあんたに届けたいそうで。旅籠の裏にある小さな納屋で待ってますよ」

ロダーマルクは信じかねるようすで眉をひそめた。

「その人物がバーリグ郡区の区長、ロダーマルクと名指したのはたしかなのか？」

「そのとおりでさあ。たしかに、その名前でした」

「ならば、その伝言を託したのはどんな男だ？」

「背が高くて、ぶかぶかの頭巾をかぶってて、あんたの親友のひとりだといってやした」

「なるほど」ロダーマルクは考えこんだ。「ティゾグだろうか？　それとも、クレドニップかもしれん……。なぜ直接吾輩に近づいてこようとしない？　なにかぬきさしならない理由があるにちがいない」彼は巨体を波打たせるようにして立ちあがった。「自分で調べるしかないようだ」

彼は悠然と大食堂から出ていき、旅籠をぐるっとまわりこむと、ほの暗い明かりを透かして納屋のほうへ眼をやった。

「おーい」と声をはりあげる。「ティゾグか？　クレドニップか？　出てこい！」

返事はない。ロダーマルクは納屋のなかをのぞきに行った。彼が足を踏み入れると同時にキューゲルが裏からまわりこんできて、バタンと扉を閉めると、かんぬきとさし錠をかった。

扉を乱打するくぐもった音や怒声は無視して、キューゲルは旅籠へもどった。亭主を捜しあて、

「予定が変わった。ロダーマルクは呼ばれてよそへ行った。部屋も鶏の焙り肉もいらないとやらで、親切にも両方ともわたしにゆずってくれたぞ！」

亭主は顎鬚をひっぱり、扉まで行くと、街道を右左と見渡した。ゆっくりともどってきて、

「前代未聞とはこのことだ！　部屋代と鶏代の両方を支払っているのに、払いもどしを要求しないなんて」

「われわれは双方の満足がいくとり決めをしたのだ。あんたには余分な手間をかけることになるから、追加で三三時貨（タース）を払おう」

亭主は肩をすくめ、硬貨を受けとった。

「あっしにはおなじことです。こちらへどうぞ、お部屋まで案内します」

キューゲルは部屋を調べ、大いに満足した。じきに夕食の用意がととのった。焙った鶏はほっぺたが落ちるほど美味であり、ロダーマルクが注文し、亭主が主菜に添えた、ほかの料理も同様だった。

部屋へ引きとる前に、キューゲルは旅籠の裏へまわり、納屋の扉にしっかりとかんぬきがかかってあり、ロダーマルクのしわがれた大声が注意を惹きそうにないことに満足した。キューゲルは扉を激しくたたいた。

「おとなしくしなさい、ロダーマルク！」彼はいかめしい声をはりあげた。「あっしです、旅籠の主人です！　そう大声で怒鳴りなさんな。ほかのお客さんが眠れなくなります」

　返事を待たずに、キューゲルは大食堂へもどり、そこで巡礼団の長（おさ）と話しこんだ。団長の名はガースタング。痩せぎすの、引き締まった体つきの男で、なめらかな青白い肌、きゃしゃな頭蓋、半分閉じたような眼、あまりにも薄いので光にあたると透き通る、ととのった鼻をそなえていた。この男を経験豊富で博識な人物と見こんで、キューゲルはアルメリーへの道をたずねたが、ガースタングは、その土地は純粋に想像の所産だといわんばかりだった。

　そうではない、とキューゲルは断言した。

「アルメリーはまぎれもなく実在します。このわたしが請けあいますよ」

「それなら、きみの知識はわたしの知識よりも深いわけだ」とガースタング。「この川はアスク。こちら側の土地はサダンで、あちら側はレリアズ。南にエルゼ・ダマスがある。きみはそこへ赴くといい。そこから西へ進んで〈銀の砂漠〉とソンガの海を渡れば、あらためて道を訊けるかもしれん」

「仰せのとおりにしましょう」とキューゲル。

「われわれはみな敬虔なギルフィグ教徒で、エルゼ・ダマスへ向かっている。〈黒い方形尖塔（オベリスク）〉で〈清めの儀式〉に出るためだ」とガースタング。「道は荒野を走っているから、アーブやギッドにそなえて一団となっているのだ。もし仲間に加わり、特権と義務の両方を分かちあいたいというのなら、歓迎しよう」

「特権は訊くまでもありませんが」とキューゲル。「義務というのは？」

「団長、つまりこのわたしの命令にしたがい、旅費の一部を負担するだけだ」

「では、なにもいわず仲間に加えてもらいましょう」

「すばらしい！　出発は明日の夜明けだ」ガースタングは五十五人から成る巡礼団の主だった顔ぶれを指さした。「あそこにいるのが、このささやかな巡礼団の聴聞僧ヴィッツ、あちらにすわっているのが神学者のキャスマイア。鉄の歯をはめている男はアーロ、そして青い帽子と銀の留め金の男は、隠れもない魔法使いのヴォイノド。部屋にいないのは、不可知論者ながら尊敬に値するロダーマルク。その逆で骨の髄まで信心深いサブキュール。このふたりは、おたがいを改宗させようとするかもしれん。賽子（さいころ）で遊んでいるふたりはパルソとサヤネイヴ。あちらがハント、こちらがクレイ」

　ガースタングはほかに数人の名前をあげ、それぞれの特徴を述べた。とうとうキューゲルは疲れを訴えて部屋に引きとった。寝椅子に身を横たえると、たちまち眠りに落ちた。

　真夜中を過ぎたころ、彼の眠りを乱す者があった。ロダーマルクが納屋の床に穴をうがち、ついで壁の下にトンネルを掘りぬいて自由の身となり、ただちに旅籠へやってきたのだ。彼はまずキューゲルの部屋の扉をあけようとした。キューゲルが苦労して施錠しておいた扉である。

「何者だ？」キューゲルは声をはりあげた。

「あけろ！　吾輩だ、ロダーマルクだ。この部屋で眠りたい！」

「なんと図々しい！」キューゲルはきっぱりといった。「わたしはベッドを確保するために大枚をはたいた上、亭主が前の客を追いだすあいだ、待たされさえしたんだ。とっとと失せろ。どうせ酔っ払いだろう。これ以上騒ぎたいなら、ワイン係を起こすがいい」

ロダーマルクは足音も荒く立ち去った。キューゲルはいまいちど身を横たえた。

じきにドスンと鈍い音がして、亭主の悲鳴が聞こえた。ロダーマルクに顎鬚をつかまれたのだ。とうとうロダーマルクは旅籠から放りだされた。亭主、その配偶者、荷かつぎ人夫、給仕をはじめとする面々が力を合わせたのである。キューゲルは満足げに眠りにもどった。

夜明け前に巡礼たちは、キューゲルともども起きだして朝食をとった。亭主はいくぶん不機嫌そうで、青あざを見せていたが、キューゲルになにもたずねなかった。キューゲルのほうも自分からは口をきかなかった。

朝食がすむと、巡礼たちは路上に集まり、街道を行ったり来たりして一夜を過ごしたロダーマルクが合流した。

ガースタングが点呼をとってから、笛を喨々（りょうりょう）と吹き鳴らした。巡礼たちは前進をはじめ、橋を渡り、エルゼ・ダマスに向かってアスク川の南岸にそって歩きはじめた。

2　川をくだる筏（いかだ）

三日にわたり、巡礼たちはアスク川のほとりを進み、夜は魔法使いヴォイノドが象牙の破片を並べて作った丸い柵囲いのなかで眠った。その用心は必要不可欠だった。というのも、柵の向こう側、焚火の光がかろうじて届くあたりでは、化けものたちがしきりに仲間入りしたがったからだ。血祭り(ディーアダンド)は猫なで声で懇願し、アーブは——どちらの姿勢も楽ではないので——四つ足と二本足の姿勢を交互にとっていた。一度ギッドが防御柵を飛び越えようとした。べつのおりには三頭のフーンが、いっせいに柵に体当たりした——さがっては突進し、唸り声で気合を入れながらぶつかって来るのだ。いっぽう巡礼たちは、柵のなかから魅せられたように眼をこらすのだった。

キューゲルは柵に近寄って、波打つ体のひとつに燃えさしを押しつけ、憤怒の叫びをあげさせた。大きな灰色の腕が柵の隙間からにゅっと伸びてきた。キューゲルは命からがら跳びのいた。防御柵は持ちこたえた。じきに化けものたちは喧嘩をはじめ、去っていった。

三日めの晩、一行はアスク川と、ガースタングによればスカマンダー川だという滔々と流れる大河との合流点に行きあたった。そばには背の高いバルダマ、松、閃光樫(スピンス・オーク)から成る森があった。地元の木こりたちの助けを借りて、彼らは木々を切り倒し、枝を払い、水際まで運ぶと、そこで筏を組んだ。巡礼全員が乗りこむと、筏は流れへと乗り入れ、音もなくやすやすと下流へ運ばれていった。

五日にわたり、筏は幅広いスカマンダー川をくだりつづけた。川岸が視界から消えそうになるときもあれば、岸をふちどる葦すれすれを流れていくときもあった。ほかにすることもないので、巡礼たちは長々しい議論にふけった。ありとあらゆる事柄に関して、意見の相違は甚(はなは)だしかった。形而上学上の奥義、あるいはギルフィグの難解な教義に話題がおよぶこともしばしばだった。

巡礼団きっての敬虔な信徒サブキュールは、みずからの信条をこと細かに述べた。彼の意見はつまるところ正統的なギルフィグ神学であり、それにおいては八つ頭（がしら）の神ゾー・ザムが、宇宙を創造したあと、みずからの足指を切りおとした。その指がやがてギルフィグとなり、いっぽう飛び散った血のしずくが人類の八種族になったという。懐疑家のロアモーンドがその教義を攻撃した。

「あんたのいうその仮定上の〝創造主〟とやらは、だれが創造したんだ？　べつの〝創造主〟か？　最終結果を前提とすれば、ことははるかに単純になる。この場合は、またたく太陽と滅びゆく地球だよ！」

これに対しサブキュールは、ギルフィグ教の聖典を引用して猛然と反駁した。

ブルナーという男が、みずからの信条を開陳した。彼の信ずるところでは、太陽は偉大な神の遺体の一細胞であり、この神が、岩に苔が生えるのと似た過程で宇宙を創造したのだという。

サブキュールにいわせれば、この論旨は突飛すぎた。

「太陽が細胞だとしたら、地球の性質はどうなる？」

「栄養分から派生した極微動物だ」とブルナーが答えた。「そういう依存状態はよそで知られているから、驚くにはあたらない」

「ならば、太陽を襲うものはなんだ？」とヴィッツが蔑みの口調で訊いた。「地球に似たべつの極微動物か？」

ブルナーはみずからの研究法をくわしく述べはじめたが、まもなくプラリクアスが割ってはいった。射ぬくような緑の眼をした長身痩軀の男である。

「聞いてくれ。わたしはすべてを知っている。わたしの教義は単純そのものだ。厖大な数の条件が可能であり、それに輪をかけて厖大な数の不可能が存在する。われわれの宇宙はひとつの可能な条件であり、それは存在する。なぜか？　時間は無限であって、それはつまり、ありとあらゆる可能な条件が実現するにちがいないということだ。われわれはこの特定の可能性のなかに住んでおり、ほかの可能性を知らないので、不遜にもみずからを唯一絶対と主張する。だが、じっさいは、いかなる宇宙もいつかは存在するのだ。遅かれ早かれ、それも一度ではなく何度も可能となるのだから」

「小生は敬虔なギルフィグ教徒だが、おなじような考えにかたむいておる」と神学者のキャスマイアがいった。「小生の哲学は、それぞれが本来的に絶対である一連の創造主を前提とする。博学なプラリクアスの言葉をいい換えれば、神が存在しうるなら、存在しなければならない！　存在しえない神だけが存在しないのだ！　〈聖なる足指〉を切りおとした八つ頭のゾー・ザムは存在しうる。したがって存在する。ギルフィグ経典によって証明されているとおりに！」

サブキュールが眼をしばたたき、口をあけてしゃべろうとしたが、閉じなおした。懐疑家のロアモーンドは、そっぽを向いて、スカマンダー川の水に眼をこらした。

筏の端にすわっていたガースタングが、考えこんだ顔で笑みを浮かべた。

「おやおや、切れ者キューゲル、こんどばかりは口数がすくないね。きみはなにを信じているんだね？」

「まだ固まっていません」とキューゲルは認めた。「わたしはさまざまな視点をわがものとしてきました。それぞれが、それなりに正しい視点です。テレオロガス神殿の司祭たちの視点。箱からお告げをひっぱりだす魔法の鳥の視点。わたしが戯れにさしだしたピンクの霊液を飲んだ、断食中だった世捨て人の視点。結果として生じた展望は、矛盾しているものの非常に深遠です。したがって、わたしの世界観はつぎはぎなのです」

「面白い」とガースタング。「ロダーマルク、きみはどうだね?」

「はっ」ロダーマルクは唸り声をあげた。「吾輩の服のほころびに注意してもらいたい。その存在を説明しようとすると、吾輩は途方に暮れるのだ! ましてや、宇宙の存在については途方に暮れるばかりだ」

ほかの者たちが意見を述べた。魔法使いのヴォイノドは、既知の宇宙は亡霊に支配される領域の影であり、亡霊自身は人間の心的エネルギーを存在の拠りどころとしているのだと論じた。敬虔なサブキュールは、これをギルフィグ経典に反する妄説として退けた。

議論は延々とつづいた。キューゲルのほか、ロダーマルクをふくむ数名は退屈し、賽子と札と模造硬貨を使用する賭博をはじめた。本来は名ばかりの賭け金が釣りあがりはじめた。ロダーマルクは最初のうちそこそこ勝ちをおさめたが、じきに負けがこんできた。いっぽうキューゲルは連戦連勝だった。ほどなくしてロダーマルクが賽子を放りだし、キューゲルの肘をつかんでゆさぶった。キューゲルの上着の袖口から、余分な賽子がいくつかころがり出た。

「やはりな!」ロダーマルクが怒鳴った。「これはなんだ! イカサマ臭いと思ったのだ。ここにまぎれもない証拠がある! いますぐ吾輩の金を返せ!」

「いいがかりだ！」キューゲルは語気を強めた。「どこでインチキが証明された？ わたしは賽子を持っている——それがどうした？ ゲームに参加する前に、持ちものをすべてスカマンダー川に投げこめというのか？ よくも顔に泥を塗ってくれたな！」

「そんなことはどうでもいい」とロダーマルクがいい返した。「吾輩の金を返してほしいだけだ」

「ばかも休み休みいえ」とキューゲル。「いくらわめこうが、イカサマの証明にはならないぞ」

「証明だと？」ロダーマルクは怒声を発した。「まだ証明がいるというのか？ その賽子を見ろ。ひとつ残らずいびつだし、見分けるためのしるしが三つの面についているものもあれば、一辺が重すぎて、力をこめないと、ころがらないものもある」

「ただの変わり種だ」とキューゲルは釈明した。見物していた魔法使いヴォイノドを示し、「ここにおられるのは、頭脳が冴えているのとおなじくらい眼の鋭いお方だ。不正行為があったかどうか、たずねてみるがいい」

「あったとはいえんな」とヴォイノドは述べた。「私見によれば、ロダーマルクの非難は性急にすぎた」

ガースタングが寄ってきて、口論を耳にした。彼は思慮分別に富むと同時に、なだめるようでもある口調でいった。

「このような集団においては信頼が欠かせない。だれもが仲間であり、敬虔なギルフィグ教徒なのだ。悪意や欺瞞といった問題はありえない。ロダーマルク、きみはわれらが友キューゲルを誤解したにちがいない！」

ロダーマルクは耳ざわりな声で笑った。

「これが敬虔な信徒ならではのふるまいなら、一般人に出会わなくてさいわいというものだ！」こういい捨てると、彼は筏の一角へ行き、そこにすわりこんで、威嚇と嫌悪をこめた眼つきでキューゲルをにらんだ。

ガースタングが弱ったといいたげに首をふった。

「どうもロダーマルクの気分を損ねてしまったようだ。キューゲル、博愛の精神で彼に金を返してやってはくれまいか――」

キューゲルはきっぱりと断った。

「主義の問題です。ロダーマルクは、わたしのもっとも価値ある持ちものに難癖をつけました。つまり、名誉です」

「きみは清廉潔白だ」とガースタング。「そしてロダーマルクのふるまいは無神経だ。それでも、仲間のよしみで――だめかね？　まあ、その点に異論をさしはさむ余地はない。うーむ。些細なもめごとが、かならず頭痛の種となるのだ」かぶりをふりながら、彼は立ち去った。

キューゲルは自分の勝ち分を集め、ロダーマルクのせいで袖からころがり出た賽子と合わせた。

「人騒がせなやつだ」彼はヴォイノドにいった。「田舎者だよ、あのロダーマルクは！　だれ彼かまわず怒らせている。みんなゲームをやめてしまった」

「おまえさんに残らず金を巻きあげられたからかもしれんぞ」とヴォイノド。

キューゲルは驚いたようすで勝ち分をしげしげと見た。

「これほど勝ったとは思いもしなかった！　運ぶ手間を省くために、この金をあずかってもらえないだろうか？」

ヴォイノドはしぶしぶ承知し、勝ち分の一部の持ち主が変わった。

ほどなくして、筏が平穏に川をくだっているのに対し、太陽が不穏な脈動をした。紫の膜が曇りのように表面に形成されたかと思うと、消失したのだ。警戒した数人の巡礼が前後に走りながら、「太陽が暗くなる！　寒気にそなえろ！」と叫んだ。

とはいえ、ガースタングは安心させるように両手をかかげた。

「落ちつけ、みなの者！　震えはおさまった。太陽は前とおなじだ！」

「考えてみよ！」サブキュールが熱意をこめて説いた。「ギルフィグがそんな災厄を許されるだろうか？　こともあろうに、わしらが〈黒いオベリスク〉参拝のために旅をしているあいだに」

一同は静かになった。もっとも、その出来事に関しては各人が自分なりの見解を持っていたが。

聴聞僧のヴィッツは、眼のかすみとの類似を見てとり、太陽が激しくまばたきすれば治るだろうといった。ヴォイノドは、「エルゼ・ダマスで万事がうまくいけば、わしは太陽の活力をとりもどすための企てに、人生のつぎの四年を捧げる所存！」と宣言した。ロダーマルクは、にもかかわらず太陽は暗くなり、自分たちは〈清めの儀式〉の行なわれるところまで手探りで行くはめになるかもしれない、という趣旨の無礼な意見を述べるにとどまった。

しかし、太陽は前と変わらずに輝きつづけた。筏は大河スカマンダーをくだっていった。いままでは川岸がとても低い上に、草木が生えていないので、遠くに黒っぽい線が引かれているように見えた。昼が過ぎ、太陽は川に沈むように思え、ギラギラする栗色の壮大な光を放った。太陽が姿を消すにつれ、その光はしだいに鈍くなり、暗くなった。

黄昏のなか、焚火が起こされ、巡礼たちはそれを囲んで夕食をとった。太陽の不穏なちらつきをめぐる議論があり、終末論の線にそってさらに考察が重ねられた。サブキュールは、生と死、未来と過去に対するいっさいの責任をギルフィグに負わせた。それに対し、ハクストが、これまでギルフィグがこの世の営みに関して、もっと老練な手腕を発揮していたら、もっと気楽でいられただろう、と断言した。しばらく議論は白熱した。サブキュールはハクストを浅はかだと非難し、いっぽうハクストは〝軽信〟や〝盲従〟といった言葉を用いた。ガースタングが割ってはいり、すべての事実はまだ知られていないし、〈黒いオベリスク〉での〈清めの儀式〉で議論に決着がつくかもしれないと指摘した。

翌朝、巨大な堰が前方に現われた。頑丈な柱が一列に並び、川の航行を阻害しているのだ。通過できるのは一箇所だけで、この隙間さえ重そうな鉄鎖でふさがれていた。巡礼たちはこの隙間のそばへ筏を寄せると、碇がわりの石を落とした。近くの掘っ立て小屋からひとりの狂信者が姿を現わした。長髪に痩せこけた手足。ぼろぼろになった黒いローブをまとい、鉄の杖をふりまわしている。男は堰に飛びだしてきて、威嚇するように筏の上の面々をにらみおろした。

「帰れ、帰れ！」男は叫んだ。「川の往来はおれの思いのままだ。だれひとり通してやるもんか！」

ガースタングが進み出た。

「お慈悲にすがりたい！　われわれは巡礼の一団で、エルゼ・ダマスでとり行なわれる〈清めの儀式〉をめざしている。必要とあれば、堰を通る料金を支払おう。もっとも、あなたが寛大にも料金を免除してくれるものと信じているが」

狂信者は耳ざわりな声で哄笑し、鉄の杖をふった。

「料金は免除しないぞ！　おれが求めるのは、おまえたちのなかでいちばん邪悪な者の命だ――おまえたちのなかのひとりが、徳のあるところを見せて、おれを満足させればべつだがな！」そういうと脚を踏ん張り、黒いローブを風にはためかせて、筏をにらみおろした。

巡礼たちのあいだに動揺が走り、全員がおたがいを盗み見た。つぶやきが洩れ、じきに断定や要求を呼ぶ声が入り乱れた。とうとうキャスマイアのしゃがれ声がひびきわたった。

「小生がもっとも邪悪なわけがない！　小生の人生は平穏で慎ましかった。賭けごとをしても卑しい手は使わなかった」

べつの者が声をはりあげた――「おれのほうがもっと徳が高いぞ。命を奪うのを恐れて、干した豆しか食べないのだから」

またべつの者――「わたしのほうがもっと上等だ。植物の命さえ失わせるのを恐れて、干した豆からむいた殻と、木から落ちた皮だけで露命をつないでいるのだから」

またべつの者――「やつがれの胃袋は植物を受けつけん。だが、おなじ高潔な理想のもと、腐った肉しか口を通さんようにしておる」

またべつの者――「わたしは一度火の湖で泳いだことがある。ある老婆に、あなたの恐れている災厄は起きそうにないと知らせるためだ」

キューゲルがきっぱりとした口調で――「わたしの人生は謙虚そのもの。正義と公正への献身にかけては露ほどのゆらぎもない。たとえ苦痛がいやますとしても」

ヴォイノドも負けてはいなかった――「なるほど、わしは魔法使いだ。しかし、民衆の悲哀をやわらげる場合にかぎって技を用いておる」

つぎはガースタングの番だった――「わたしの徳は究極的な性質のもの、長年にわたる学問の探求からにじみ出たものだ。それ以外の徳は身につけようがない。人間のありきたりな動機は、わたしには無縁なのだ」

とうとう口を開いていないのはロダーマルクだけとなった。彼はひねくれた笑みを浮かべ、わきに控えていた。ヴォイノドが彼を指さした。

「話せ、ロダーマルク！　おぬしの徳を明らかにせよ。さもないと、いちばん邪悪だと判断されて、命をとられる憂き目を見るぞ！」

ロダーマルクは高笑いした。向きを変え、大きくひと跳びして、堰のいちばん外側の柱に飛び移る。欄干へよじ登り、剣をぬくと、狂信者を威嚇した。

「われらはひとり残らず邪悪だし、おまえもわれらと五十歩百歩だ。こんなばかげた条件を呑めと迫るのだからな。鎖をゆるめろ。さもなくば、吾輩の剣と対面する覚悟を決めろ」

狂信者は両腕を高々とふりまわした。

「おれの条件は満たされた。あんただ、ロダーマルク、あんたが徳のあるところを見せてくれた。筏は通ってもいい。ついでながら、あんたは名誉を守るために剣をふるうんだから、この軟膏を授けてやろう。刀身に塗れば、バターを切り裂くのとおなじくらい簡単に、鋼鉄や岩を切り裂けるようになる。では、もう行け。清めの儀式で損をする者が出ないといいがな！」

ロダーマルクは軟膏を受けとり、筏へもどった。鎖がゆるめられ、筏はするりと堰を通りぬけた。

ガースタングがロダーマルクに近づき、彼の行動をほどほどに誉めた。そして警告をつけ加えた。

「今回は、衝動的で反抗すれすれの行動が全員の利益にかなった。もし今後似たような状況が生じたら、知恵者といわれるほかの者たちに相談したほうがいい——わたし、キャスマイア、ヴォイノド、あるいはサブキュールに」

ロダーマルクは知ったことかといいたげに唸り声をあげた。

「仰せのとおりにするさ、旅の遅れで吾輩が個人的に不便をこうむらないかぎりはな」

ガースタングとしては、この言葉で満足するほかなかった。

ほかの巡礼たちは満足のいかない眼つきでロダーマルクをにらみ、解散した。そのためロダーマルクは筏の先頭部分にひとり離れてすわる形となった。

午後になり、やがて日没となり、夕刻となり、夜となった。朝がきたとき、ロダーマルクの姿が消えているのがわかった。

だれもがとまどっていた。ガースタングが訊いてまわったが、その謎に光をあてられる者はおらず、じっさいのところ消失の原因がなにかに関して、意見の一致を見ることはなかった。

なんとも奇妙なことに、不人気をかこっていたロダーマルクがいなくなっても、一団に当初の陽気な雰囲気や仲間意識はもどらなかった。それ以後、巡礼たちはひとりひとりがむっつりと黙りこみ、左右に眼を配りながらすわっていた。もはやゲームも、哲学的な議論もなかった。そしてエルゼ・ダマスまであと一日の旅だとガースタングが宣告しても、熱意を示す者はいなかった。

3　エルゼ・ダマス

筏の旅も最後の夜、かつての連帯感に似たものがよみがえった。聴聞僧のヴィッツは発声練習を何度も演じてみせ、キューゲルは若いころを過ごした土地カウチークの海老漁師の十八番（おはこ）である、膝を高くあげて跳ねまわる踊りを披露した。ヴォイノイドは自分の番が来ると、二、三の単純な変身を見せたあと、小さな銀の指輪を示した。ハクストに合図し、

「この指輪に舌で触れ、額に押しあててから、輪をのぞいてみるがいい」

「行列が見える！」ハクストが大声をあげた。「何百、何千という男女が行進していく。わたしの父母が先頭を歩き、祖父母がつづいている――しかし、それ以外の人間は何者なんだ？」

「おぬしのご先祖だ」とヴォイノイドが断言した。「それぞれが、その時代ならではの衣服をまとっておるだろう。さかのぼった先は、わしらすべての大本である始原の矮人（ホムンクル）にほかならぬ」彼は指輪をとりもどし、小物袋に手をさし入れて、くすんだ青と緑の宝玉をとりだした。

「とくとごろうじろ、この宝玉をスカマンダー川に投げこむところを！」そういうと宝玉をわきへ放った。それはチラチラ光りながら宙を飛び、しぶきをあげて暗い水中に没した。「よいか、わし

がこの掌を曲げるだけで、宝玉はもどって来るぞ！」

　すると、一同が見まもるなか、たしかに濡れたような閃光が火明かりをよぎり、ヴォイノドの掌に宝玉がのっていた。

「この宝玉があれば、食いっぱぐれの恐れはない。たしかに、たいした値打ちはないが、何度でもくり返し売れるとすれば……。

　ほかになにを見せよう？　この小さな護符にしようか。率直にいえば、官能を呼びさます道具だ。この力を向けられた人間は、強烈な感情をかきたてられる。使用にあたっては注意が必要だ。そして、じつをいえば、絶対に欠かせない付属品がここにある。子羊の頭をかたどったお守りで、番人皇帝ダルマスミウスの注文に合わせて作られたものなのだ。皇帝は一万にのぼる愛妾のだれひとりとして不満には思わせなかった……。ほかになにを見せられるだろう？　これだ。この杖、これはいかなる物体もたちまちほかの物体にくっつける。注意深く鞘におさめておかないと、うっかりズボンを尻に、あるいは小物袋を指先にくっつけてしまう。これにはいろいろな使い道がある。ほかになにがあったかな？　そうだな……ああ、これだ！　世にも珍しい性質の角。死体の口につっこめば、いまわの際に洩らすはずだった言葉を二十は発するよう刺激する。死骸の耳にさしこめば、生命のない頭脳に情報を移すことができる……。ここにあるのはなんだ？　ああ、なるほど、わしを大いに楽しませてくれた、ささやかなからくりだ！」

　そういうとヴォイノドは一体の人形を披露した。それは堂々とした演説をくり広げ、やくざな歌を歌い、当意即妙のやりとりを――かぶりつきにうずくまり、食い入るように一部始終を見まもっていた――キューゲルと演じた。

やがてヴォイノドが実演に飽き、巡礼たちはひとりまたひとりと眠りについた。

キューゲルは眼をさましたまま、頭のうしろで手を組んで星々を見あげながら、ヴォイノドの予想外に大規模な魔術用具の蒐集品のことを考えていた。

ひとり残らず眠りこんだと得心すると、彼は立ちあがって、ヴォイノドの寝姿をうかがった。予想どおり、小物袋はしっかりと口が閉じられ、ヴォイノドの腋の下にたくしこまれていた。キューゲルは食料がしまわれている小さな貯蔵庫まで足を運び、豚脂を手に入れて小麦粉とまぜあわせ、白い軟膏をこしらえた。つぎに厚紙を折りたたんで小さな箱を作り、軟膏をおさめる。それから自分の寝床にもどった。

あくる朝、剣の刀身に軟膏を塗っているところが、たまたまヴォイノドの眼に触れるように図った。

ヴォイノドはたちまち震えあがった。

「そんなばかな！　これはたまげた！　ああ、哀れなロダーマルク！」

キューゲルは身ぶりで彼に黙るよういった。

「なにをいってるんだ？」キューゲルはつぶやいた。「剣に錆どめを塗っているだけだ」

ヴォイノドは黙っていられるものかといいたげにかぶりをふった。

「わしの眼は節穴ではないぞ！　それを手に入れるため、おぬしはロダーマルクを殺したのだ！　この情報をエルゼ・ダマスの官憲に伝えるしかあるまい！」

キューゲルは懇願の身ぶりをした。

「早まるな！　あなたは誤解している。わたしは無実だ！」

ヴォイノド――眼の下を紫に染め、長い顎と秀でた皺深い額をそなえた長身の陰気な男――が片手をかかげた。

「人殺しを見て見ぬふりはできん。この場合は〝眼には眼を〟の原則が適用されねばならず、厳格な罰が必要だ。最悪でも、罪人がその行動で利益を受けてはならん！」

「この軟膏のことをいっているのか？」と探るような口調でキューゲル。

「まさしく」とヴォイノド。「わしの眼はごまかせんぞ」

「なんとも厳しいお人だ」キューゲルは困ったような声をあげた。「あなたの判断にしたがうほかあるまい」

ヴォイノドが手を伸ばした。

「ならば、その軟膏を。おぬしが良心の呵責にさいなまれるのは明らかだから、これ以上はなにもいわずにおこう」

キューゲルは思案顔で唇をすぼめた。

「しかたがない。わたしの剣には軟膏を塗りおわった。したがって、あなたの官能的な器具とその付属品、その他の細々としたいくつかの護符と引き換えに、残りの軟膏をさしあげよう」

「聞きまちがえたかな？」ヴォイノドが息巻いた。「傲慢にもほどがある！　この品々には計り知れない価値があるのだ！」

キューゲルは肩をすくめた。

「この軟膏はそんじょそこらの商品とはちがう」

激しいやりとりの末、キューゲルは軟膏を手放す見返りに、五十歩離れたところに青い濃縮液を発射する管に加え、ラガネト周期の十八相を列挙した巻物を手に入れた。彼としては、これで満足するほかなかった。

ほどなくして、エルゼ・ダマスの外縁に並ぶ廃墟の数々が西岸に姿を現わした。往古の館はいまや倒壊し、荒れ放題の庭園のさなかに打ち捨てられていた。

巡礼たちはせっせと棹をあやつり、ぐんぐん岸へ近づいた。遠くに〈黒いオベリスク〉の先端が姿を見せ、その光景に全員が喜びの叫びを発した。筏は斜めにスカマンダー川を横切り、じきに崩れかけた古い突堤のひとつに接岸した。

巡礼たちは先を争って上陸し、ガースタングのまわりに集まった。彼は一同に話しかけた。

「責任をまっとうして、肩の荷がおりた気分だ。見よ！　ギルフィグがグネウシトの教義を発布した聖都を！　カズエを鞭打ち、魔女エンクシスを糾弾した場所を！　聖なる足が、まさにこの土を踏んだとしても不思議はないのだ」ガースタングは地面に向けて芝居がかった身ぶりをし、思わずうつむいた巡礼たちは、そわそわと足を踏みかえた。「ともあれ、われわれはここにおり、ひとりひとりが安堵しているに相違ない。道のりは長く、危険ととなり合わせだった。フォルガス渓谷を発ったのは五十九人。バミッシュとランドルは、サグマの原野でグルーの餌食となった。アスク川にかかった橋のたもとで、キューゲルが仲間に加わった。スカマンダー川をくだる途中、ロダーマルクを失った。いまや総勢は五十七人。試練をくぐりぬけ、固い絆で結ばれた同志だ。ここで解散するのは悲しいことだが、全員がこの絆を永久に忘れないだろう!

これより二日後、〈清めの儀式〉がはじまる。われわれはちょうどいいときに到着した。ゲームで資金を使いはたさなかった者たちは」――ここでガースタングはキューゲルに鋭い一瞥をくれた――「居心地のいい旅籠を探して、投宿するといい。懐がさびしくなった者たちは、どうにかやっていくしかない。いまやわれわれの旅は終わりを迎えた。ここで解散し、それぞれの道を行こう。もっとも、二日後に〈黒いオベリスク〉で再会しなければならないが。そのときまで、さらば!」

こうして巡礼団は解散した。近くの旅籠に向かってスカマンダー川のほとりを歩いていく者もいれば、わき道へそれて、都の中心部へ向かうものもいた。

キューゲルはヴォイノドに近づいた。

「お気づきのとおり、わたしはこの地方には不案内だ。値段が手ごろで大いに快適な旅籠を推薦してもらえないだろうか」

「お安いご用だ」とヴォイノド。「まさにそういう旅籠に向かっておるところだ。〈いにしえのダストリ帝国亭〉で、元は宮殿だったところにある。条件が変わっておらんかぎり、調度は豪華で、食事は極上だが、たいした費用はかからん」

そう聞いてキューゲルは大いに感謝した。ふたりはエルゼ・ダマス旧市街の通りを歩いていき、化粧漆喰の掘っ立て小屋の群れを通り過ぎ、やがて建物がなく、街路が市松模様の空き地を作りあげている地域を渡った。それから広壮な屋敷がいまなお使用されている地区にはいった。こうした屋敷は、入り組んだ庭園の奥にひっこんでいた。エルゼ・ダマスの住民は、かりにアルメリーの住民よりいくぶん浅黒いとしても、じゅうぶんに容姿端麗だった。男たちの服装は黒ずくめだ。ぴっちりしたズボンと、黒いポンポンのついたヴェストである。女たちは黄、赤、オレンジ、赤紫のガウンを華やかにまとい、オレンジと黒のスパンコールをきらめかせた上靴を履いている。不吉な色である青と緑は稀であり、紫は死を意味するのだった。

　女たちは背の高い羽根飾りを髪にさしており、いっぽう男たちはしゃれた黒い円盤をかぶって、中心の穴から頭頂部を突きださせていた。樹脂質の香膏が大流行しているらしく、キューゲルの出会うだれも彼もが、アロエか、没薬（ミルラ）か、カルシンスの香りを漂わせていた。エルゼ・ダマスの住民は、だれもがカウチークの住民に負けない文明度を誇っているようであり、アゼノメイの怠惰な市民よりはずっと活気に満ちているように思えた。

　行く手に〈いにしえのダストリ帝国亭〉が現われた。〈黒いオベリスク〉本体からさほど遠くない位置である。キューゲルとヴォイノドの双方にとって不満足なことに、宿は完全に満杯であり、ふたりの宿泊は断られた。

「〈清めの儀式〉が、ありとあらゆる敬虔な信徒を惹きよせているんです」と受付係が釈明した。

「どんなところにしろ、泊まる場所が確保できれば御の字ですよ」

　その言葉に嘘はなかった。キューゲルとヴォイノドは旅籠から旅籠へとめぐり、そのたびに門前払いを食わされた。ようやく、都の西はずれ、〈銀の砂漠〉と境を接するあたりで、なんとなくいかがわしい外観の大きな宿屋に部屋がとれた。〈緑灯亭〉である。

「十分前だったら、泊めるわけにはいきませんでしたよ」と亭主がいった。「でも、警吏が現われて、ここに泊まっていたふたりを逮捕したんです。追いはぎと、生まれつきのごろつきだそうで」

「ここの客が、おおむねそういう連中だということはないのだろうな」とヴォイノド。

「なにをおっしゃる」と亭主が答えた。「食べものと飲みものをおだしし、泊まるところをご用意する——それがあっしの仕事です。それ以上じゃありません。悪党やならず者だって、賢人や狂信者とおなじように、食べて、飲んで、眠らなきゃなりません。みんな一度はうちの扉をくぐりましたよ。けっきょく、あっしがおふた方のなにを知っているというんで？」

夕闇が垂れこめており、キューゲルとヴォイノドは、それ以上はつべこべいわず〈緑灯亭〉に泊まることにした。旅のほこりを落としたあと、夕食のために大食堂へと赴いた。かなり奥行きのある広間で、歳月で黒ずんだ梁、暗褐色のタイル張りの床をそなえており、傷だらけの木でできた太さのまちまちな柱が並び、それぞれにランプがかかっていた。亭主がほのめかしたとおり、宿泊客は十人十色で、十種類あまりの服装と肌色を見せていた。蛇のように痩せこけていて、革の上っ張りを着ている砂漠民が一角に陣どっている。反対側には、白い顔をして、すべすべした赤い髪をふさふさと生やした男たちが四人いて、無言をつらぬいている。奥へ伸びるカウンターには茶色いズボン、黒い肩マント、革のベレー帽といういでたちの壮士の一団がすわっており、それぞれが球形の宝石を金の鎖で耳にぶらさげている。

キューゲルとヴォイノドはかなりの量の食事を平らげた。もっとも、こまめに給仕してもらうというわけにはいかなかったが。それからワインを飲みながら、夜の過ごし方を考えた。ヴォイノドは、〈清めの儀式〉で発せられる、情熱と献身を表す熱狂的な叫びの稽古をすることにした。即座にキューゲルは、官能的な刺激をもたらす護符を借してくれと懇願した。

「エルゼ・ダマスの女性たちは、見目麗しいところを見せている。その護符の助けがあれば、彼女らの能力に関する知識をひろげられるだろう」

「滅相もない」ヴォイノドは小物袋を小脇にかかえこんだ。「わしの理性は増幅するにはおよばん」

キューゲルは顔をしかめた。ヴォイノドは、痩せこけている上に陰気な外見のせいで、その仰々しいものの考え方がひどくまわりくどく、不愉快に思える男だった。

ヴォイノドはマグの中身を飲みほし、立ちあがった。その吝嗇なところも、キューゲルには新たないらだちの種だった。

「これで部屋へ引きとることにする」

彼がきびすを返すと同時に、部屋を横切ってきた壮士とぶつかった。ヴォイノドは辛辣な教訓を吐いたが、壮士は聞き捨てにしなかった。

「やつがれに向かってよくもそんな言葉を使ったな！　剣をぬいて身を守れ。さもないと、きさまの顔から鼻を削ぎおとすぞ！」そういうと壮士は剣をぬき放った。

「望みどおりにしてやろう」とヴォイノド。「剣が見つかるまで、しばし待たれよ」キューゲルに片眼をつむってみせると、彼は刀身に軟膏を塗りこみ、それから壮士に向きなおった。「死を覚悟せよ、この無礼者め！」

彼は正面から飛びかかった。ヴォイノドの準備に気づき、相手が魔法を使うことをさとった壮士は、恐怖で棒立ちとなった。ヴォイノドは壮士をひと突きにし、壮士の帽子で刃をぬぐった。

カウンターについていた死者の仲間たちがさっと立ちあがったが、余裕綽々のヴォイノドと向かいあったとたん、動きをとめた。

「用心するがいい、腰ぬけども！　仲間の運命を見ろ！　わしの魔剣の力で命を落としたのだぞ。この剣はたわまない金属でできており、岩や鋼鉄をバターのように切り裂くのだ。見ろ！」

そういうとヴォイノドは柱に打ちかかった。剣は鉄の腕木にぶつかり、粉々に砕けた。ヴォイノドは茫然と立ちつくした。そこへ壮士の仲間たちが殺到してきた。

「魔剣とやらはどうした？　われらの剣はふつうの鋼鉄でできているが、深々と食いこむぞ！」

一瞬にしてヴォイノドは八つ裂きにされた。

壮士たちは、こんどはキューゲルに向きなおった。

「きさまはどうする？　仲間の運命を分かちあいたいか？」

「とんでもない！」とキューゲル。「この男は従僕にすぎん。わたしの小物袋を運んでいたのだ。わたしは魔法使いだ。この管を見ろ！　最初に襲ってくる男に青い濃縮液をお見舞いしてやる！」

壮士たちは肩をすくめ、そっぽを向いた。キューゲルはヴォイノドの小物袋を確保すると、亭主に合図した。

「この死骸をかたづけてくれたらありがたい。それから香辛料のきいたワインのおかわりを」

「お仲間のお支払いはどうなるんで？」と不機嫌そうに亭主がたずねた。

「わたしが全額を払う、心配するな」

死骸は裏の囲い地へ運ばれた。キューゲルはワインの飲みおさめをすると、自分の部屋へ引きとり、ヴォイノドの小物袋の中身をテーブルの上にひろげた。金は彼の財布に移った。護符、魔除け、道具のたぐいは自分の小物袋にしまった。軟膏はわきへ放った。その日の仕事に満足して、彼は寝椅子に身を横たえ、まもなく眠りに落ちた。

あくる日、キューゲルは都をうろつき、八つある丘のうちでいちばん高い丘に登った。眼前にひろがる景観は、荒涼としていると同時に壮麗でもあった。左右には大河スカマンダーが蜿蜒（えんえん）と伸びている。廃墟、がらんとした空き地、貧乏人の化粧漆喰の掘っ立て小屋と富裕層の御殿から成る四角い街区を街路が分けている。エルゼ・ダマスはキューゲルの経験する最大の都市であり、アルメリーやアスコライスのどの都よりもはるかに広大だった。もっとも、いまやその大部分は朽ちはてた廃墟と化していたが。

都の中心部へもどると、キューゲルは地理学上の知識を売りものにしている地理学者の露店を探しあて、料金を支払ったあと、アルメリーへ通じるもっとも安全で無駄のない経路をたずねた。学者は思慮の浅い答えをあわてて返しはしなかった。かわりに何枚かの地図と地名録をとりだした。熟慮を重ねた末に、彼はキューゲルに向きなおった。

「拙者のお勧めはこうだ。スカマンダー川をたどってアスク川まで北上し、アスク川にそって進むと、やがて六本の橋脚のある橋に行きあたる。ここで進路を北にとり、マグナッツの山々を越えて進めば、グレート・アーンとして知られる森が眼前にひらけるだろう。この森をぬけて西へ進めば、北海の岸辺に近づく。ここでコラクル舟（小枝で作った骨組みに獣皮などを張った小舟）を建造し、風と海流の力に運命をゆだねるのだ。たまたま〈崩えの長城〉の地へたどりついたら、南のアルメリーまでは比較的楽に旅ができる」

キューゲルはじれったげにいった。

「つまるところ、それはわたしがきた道だ。ほかに道はないのか？」

「あることはある。向こう見ずな男なら、危険を冒して〈銀の砂漠〉を踏破し、ソンガの海を渡れば、東アルメリーと境を接する人跡未踏の荒野が横たわっている」

「そうか、それならなんとかなりそうだ。どうしたら〈銀の砂漠〉を渡れる？　隊商はあるのか？」

「なんのために？　隊商の運ぶ品を買う者などいない——商品を横どりしたがる山賊がいるだけだ。山賊を撃退するには、最低でも四十人の兵力が欠かせない」

キューゲルは露店をあとにした。近くの居酒屋でワインを飲みながら、どうすればいちばん楽に四十人の兵力を集められるかを思案した。もちろん、巡礼たちは五十六人を数える——いや、五十五人だ、ヴォイノドが他界したので。それでも、これだけの一団ならいうことはない……。

キューゲルはワインをおかわりし、さらに考えをめぐらせた。

ようやく代金を支払い、〈黒いオベリスク〉に足を向ける。〝オベリスク〟という名称は、ひょっとしたら誤りかもしれない。そのしろものは、都市の上空百フィートまでそそり立つ、堅固な黒石の巨大な牙なのである。基部には五体の彫像が刻まれており、それぞれが別方向を向いている。それぞれが特定の宗派の開祖なのだ。ギルフィグは南を向いており、四本の手で象徴をさしだし、恍惚とした嘆願者の首に足をのせている。その爪先は長く伸びて上向きの弧を描き、優雅で繊細なところを示している。

キューゲルはそばにいた参詣者から情報を訊きだそうとした。

「〈黒いオベリスク〉の神官長はどなたで、どこにおられるのでしょう？」

「先駆者フルムがそのお方です」参詣者はそういうと、近くの壮麗な建造物を示した。「あの宝石をちりばめた建物のなかで、彼の私室は見つかるでしょう」

キューゲルは教えられた建物まで行き、何度も激しくやりあったあと、先駆者フルムの御前に案内された。ややずんぐりした体つきで、丸顔の中年男である。キューゲルは、しぶしぶ彼をここまで連れてきた下級司祭を身ぶりで示し、

「はずしてくれ。わたしの伝言は、先駆者おひとりのお耳に入れるものだ」

先駆者が合図した。司祭は立ち去った。キューゲルがすり足で進み出た。

「話を盗み聞きされる心配はございませんでしょうか？」

「心配ない」

「第一に」とキューゲル。「わたしが強力な魔法使いであることを知りおかれたい。ご覧ください。青い濃縮液を発射する管を！　そしてこれ、ラガネト周期の十八相を列挙した巻物を！　そしてこの道具。死者に口をきかせ、べつの使い方をすれば、死者の頭脳に情報を伝えられる角を！　ほかにもたくさんの驚異がありますぞ！」

「じつに興味深い」と先駆者がつぶやいた。

「つぎに申しあげたいのは——かつてわたしは、はるかな国の〈目的論者の神殿〉で薫香の調合師を務めておりました。そこで聖像のそれぞれは、危急のさい、神官が神ご自身に成りかわってふるまえるよう作られていることを学びました」

「危急のさいにはかぎらないのではないか？」と先駆者が鷹揚にいった。「存在のあらゆる様相を意のままにされる神は、そのようにふるまえと神官たちに勧めておる」

キューゲルはその意見に賛成した。

「それゆえ、〈黒いオベリスク〉に刻まれている像は、どことなく見憶えがあるような気がするのですね」

先駆者は口もとをほころばせた。

「五つの像のうち、そなたは特にどれのことをいっておるのだ？」

「ギルフィグの肖像でございます」

先駆者の眼が曇った。考えこんでいるようすだ。

キューゲルはさまざまな護符や道具を示した。

「便宜を図ってくだされば、見返りにこれらの品をいくつかを寄贈いたします」

「その便宜とやらは、いかなるものだ？」

キューゲルは詳細を説明した。すると先駆者が思案顔でうなずき、

「いまいちど、そなたの魔法の品々を見せてはくれまいか」

キューゲルは魔法の品々を見せた。

「そなたの道具はそれですべてか？」

キューゲルは不承不承、官能を刺激する道具を披露し、付属の護符の機能を説明した。先駆者はうなずいた。こんどはきびきびと。

「われらは合意に達することができると信ずる。すべては全能なるギルフィグの思し召しだ」

「では、合意はなったのですね？」

「合意はなったのだ！」

あくる朝、総勢五十五人の巡礼が〈黒いオベリスク〉に集まった。彼らはギルフィグの像の前で平伏し、礼拝を行なう準備をした。と、いきなり像の両眼が火を発し、口が開いたのだ。

「巡礼たちよ！」破鐘（われがね）のような声がとどろいた。「わが命令にしたがえ！　そなたらは〈銀の砂漠〉を越え、ソンガの海の岸辺まで赴くのだ！　そこで聖堂が見つかるであろう。そなたらはその前でぬかずくのだ。行け！　大至急〈銀の砂漠〉を越えるのだ！」

声はやんだ。ガースタングが震え声でいった。

「聞こえました、ギルフィグ！　仰せのとおりにいたします！」

この瞬間、キューゲルが飛びだした。

「この奇跡はわたしにも聞こえました！　わたしもその旅に出ます！　さあ、出発しましょう！」

「そうあせるな」とガースタング。「托鉢修道僧のように飛び跳ねていくわけにはいかん。食料が必要だし、荷を運ぶ動物も必要となる。そのためには資金が入用だ。とすれば、だれが寄付してくれる？」

「二百タースだそう！」「なら、おれは有り金はたいて六十タースだ！」「わたしは、ゲームでキューゲルに九十タース負けたから、四十タースしか持ちあわせがない。ここでそれを寄付するぞ」

ことはそのように運び、キューゲルさえ六十五タースを共有資金に供出した。

「よし」ガースタングがいった。「では、明日わたしが手配をすませ、万事順調なら、明後日、旧西門を通ってエルゼ・ダマスを出発だ！」

4 〈銀の砂漠〉とソンガの海

朝が来るとガースタングは、キューゲルとキャスマイアの助けを借りて、必要な物資の調達に出かけた。行き先はさる旅行用品の店である。旧市街の大通りで区切られた、いまはがらんとしている地区のひとつにあった。石像の破片をまぜた泥煉瓦の塀に囲まれた敷地があり、そこからさまざまな音を発していた。叫び声、呼びかける声、野太い唸り声、しわがれた唸り声、吠えたり、わめいたりする声。そしてアンモニア、嫌気発酵飼料（エンシレージ）、十数種類の糞、古い肉の腐敗臭、その他もろもろの刺激臭の入りまじった強烈な臭気が発散していた。

旅人たちは門を通りぬけ、敷地の中央を見晴らす事務所にはいった。敷地には囲いや檻や柵があり、キューゲルがたまげるほど多種多様な動物が閉じこめられていた。

店の主（あるじ）がやってきた。長身で、黄色い肌の男である。顔は傷だらけで、鼻と片耳が欠けている。

灰色の革のガウンをまとい、腰のところでベルトで留め、朝顔形の耳おおいのついた背の高い円錐形の黒い帽子をかぶっている。

　ガースタングが来訪の目的を述べた。

「われわれは〈銀の砂漠〉を越える旅をしなければならない巡礼団だ。荷を運ぶ動物を借りたい。総勢は五十人あまりで、片道二十日の旅を予想している。ひょっとすると、礼拝に五日を費やすかもしれん。この情報を頭に入れて考えてもらいたい。当然ながら、そちらに融通できる動物のうち、もっとも頑強で、勤勉で、従順なものだけを所望する」

「話はわかった」と主。「だけど、うちの貸し賃は売り値と変わらないから、輸送に使う動物を買いとったほうが、懐が痛まないですむかもしれないぞ」

「では、その値段は？」とキャスマイアがたずねた。

「そちらがなにを選ぶかしだいだ。動物ごとにちがう値段がついてる」

　敷地を眺めていたガースタングが、残念そうに首をふった。

「正直いってとまどっている。それぞれの動物が異なる種類に属している上、既存の分類におさまるものはいないようだ」

　主はそのとおりだと認めた。

「聞く気があるなら、なにもかも説明してやろう。けっして退屈はしないし、あんたたちが動物をあつかうときの役にも立つだろう」

「それなら、話を聞いて二倍の得をしよう」とガースタングが上品にいった。もっとも、キューゲルはじれったげな動きをしていたのだが。

主はある棚まで行き、革装の二つ折り本(フォリオ)をとりだした。

「悠久のむかし、狂王カットがみずからを驚かせ、世界を仰天させるために、前代未聞の動物園を設立した。おかかえの魔法使いフォリネンスは、そのため一群のけものと風変わりな奇形を生みだし、突飛きわまりない原形質とまぜあわせた。その結果がご覧のとおりだ」

「まさか。その動物園はそれほど長く存続しているのか？」と驚きの声でガースタング。

「狂王カットの事績は伝説にしか残っていない。とはいえ、魔法使いフォリネンスの事例集には」——ここで革装の二つ折り本をポンとたたき——「その奇怪な系統学が記されている。たとえば——」二つ折り本を開いて、「ほう……ふむふむ。ほかの項目よりもいくぶん曖昧だが、この記述のなかで彼は亜人間を分析している。せいぜい短い覚書といったところだが——

『ギッド——人間、ガーゴイル、巻貝、跳びはねる昆虫の交雑種。
ディーアダンド——クズリ、バジリスク、人間。
アーブ——熊、人間、ひょろ長いトカゲ、悪魔。
グルー——人間、義眼のコウモリ、異常な与太者。
リューコモーフ——不明。
ベイジル——猫もどき(フェリノドアー)、人間、(雀蜂?)』」

キャスマイアが驚愕のあまり手を打ちあわせた。

「ならば、フォリネンスがそうした生きものを造りだし、人間に仇なす結果となったのか？」

「とんでもない」とガースタング。「むしろ妄想を実現させたように思える。彼は自分も驚いたことを認めている」

「この場合は、おれも同意見だ」と主がいった。「ただし、ほかの記述はこれほど疑わしくはないが」

「ならば、われわれの前にいる生きものと、その動物園にはどういう関係があるのだ？」とキャスマイアがたずねた。

主は肩をすくめた。

「狂王のもうひとつの悪ふざけだ。彼は全部の動物をあたりに解き放ち、世間を混乱におとしいれた。旺盛な繁殖力を授けられていた生きものたちは、奇怪さを減らすどころか増していき、いまはものすごい数でオパロナ平原やブランウォルトの森を徘徊している」

「それで、われわれはどうなるんだ？」とキューゲルが語気を強めた。「われわれがほしいのは荷を運ぶ動物だ。おとなしく、質素な性質で、教訓を授けてくれるのもけっこうだが、奇形や珍種でないほうがいい」

「うちは品揃えが豊富だから、その条件にかなうものがいる」と主が威厳をこめていった。「そいつらには最高の値段がつく。いっぽう、たったの一タースで、首が長く、太鼓腹で、驚くほど大食らいの生きものを所有できるぞ」

「その値段は魅力的だが」と残念そうにガースタング。「あいにく、われわれには食料と水を運んで〈銀の砂漠〉を越える動物が必要なのだ」

「それなら、条件をもっと絞りこまないとだめだな」主は代金の吟味にかかった。「あの二本脚で背の高い動物は、たぶん見かけほど獰猛じゃない……」

最終的に全部で十五頭の動物が選びだされ、代金も折りあいがついた。主がそれらを門まで連れてきた。ガースタング、キューゲル、キャスマイアはてんでんばらばらの生きもの十五頭を受けとり、ゆっくりした歩調でエルゼ・ダマスの通りを歩かせ、西門まで導いていった。ここでキューゲルが見張りに残り、いっぽうガースタングとキャスマイアは食料をはじめとする必需品を買いにいった。

夜のとばりがおりるころには、すべての準備がととのい、あくる朝、栗色の曙光が〈黒いオベリスク〉に射しそめたとき、巡礼たちは出発した。動物たちが食料のはいった籠や水のはいった袋を運んでおり、巡礼たちは全員が新品の靴を履き、つばの広い帽子をかぶっていた。ガースタングは道案内を雇えなかったが、地理学者から一枚の地図を入手していた。もっとも、〝エルゼ・ダマス〟と記された小さな円と、〝ゾンガの海〟と記された大きな広がりくらいしか示されていなかったが。

キューゲルは動物の一頭を引いて歩く役目をあたえられた。全長二十フィートの十二本脚の生きもので、にたにた笑っている子供のような小さな頭と、全身を覆う褐色の毛皮がそなわっていた。その仕事はうんざりするものだと判明した。というのも、動物が鼻の曲がりそうに臭い息を首筋に吹きかけてくる上に、近づきすぎて、たびたび彼の踵(かかと)を踏むからだ。

筏をおりた巡礼五十七人のうち、ソンガの海の岸辺にある聖堂めざして旅立ったのは四十九人。その数字はすぐさま四十八に減じた。トカリンという男が自然の呼ぶ声に応えて道をはずれたとき、怪物蠍に刺されて、しわがれ声で絶叫しながら跳びはねていき、じきに視界から消えたのだ。

その日はそれきりなにごともなく過ぎた。土地は乾いた灰色の荒野であり、火打石がころがっていて、生えているのは鉄草ばかり。南には低い丘陵地帯があり、その頂にひとつかふたつ、じっとしている影があるようにキューゲルには思えた。日没とともに巡礼団は歩みをとめた。キューゲルは、そのあたりに住むと噂される山賊のことを思いだして、ふたりの歩哨を立てるようガースタングを説得した。リッペルトとマーク＝メイセンがその役目を仰せつかった。

朝になると、ふたりは跡形もなく消えており、巡礼たちは疑心暗鬼にとらわれた。彼らは神経質にひとかたまりになり、四方へ眼を配った。夜明けの暗く低い明かりを浴びて、砂漠は平坦にほの暗くひろがっていた。南に丘がちらほらあり、そのなめらかな頂上だけが照らされている。それ以外の場所では、地平線まで真っ平らな土地がつづいていた。

ほどなくして巡礼団は出発した。いまや四十六人しかいなかった。キューゲルは、あいかわらず体が長く脚の多い動物をまかされていた。そいつはいまや、にやにや笑いを浮かべた顔をキューゲルの肩甲骨にぶつけるいたずらにふけっていた。

その日は大過なく過ぎた。前方の道のりが背後へ去った。杖を握ったガースタングが先頭に立ち、ヴィッツとキャスマイア、ほか数人があとにつづいた。そのあとが荷を運ぶ動物で、それぞれが特異な輪郭を見せていた。背が低く、しなやかなもの。背が高く、二本脚で、人体といっても通りそうなもの。ただし、頭はべつで、それは小さく、カブトガニの甲羅のようにずんぐりしていた。背中がでこぼこで、六本のこわばった脚で跳ね踊っているように思えるもの。白い羽毛に覆われた馬に似たもの。荷を運ぶ動物のあとに残りの巡礼がばらばらに歩いていた。ブルナーはいかにも彼らしくしんがりを務めていた。例によって例のごとく大げさに謙遜しているのだ。その晩、野営地でキューゲルは、かつてはヴォイノドの持ちものだった柵をとりだしてひろげ、頑丈な防御柵を一団の周囲にめぐらせた。

あくる日、巡礼たちは低い山岳地帯にさしかかり、ここで山賊の襲撃にあった。しかし、それは偵察を兼ねた前哨戦のようなもので、負傷者は踵に傷を負ったハクストひとりにとどまった。しかし、二時間後、もっと深刻な事件が出来した。ある斜面の下を通りかかったとき、大石がころがり落ちてきて巡礼団を突きぬけ、荷を運ぶ動物一頭に加え、ファナムブラウス派の福音伝道者アンドルと、懐疑論者のロアモーンドの命を奪ったのだ。夜中にハクストも息を引きとった。彼に傷を負わせた武器に毒が塗られていたにちがいない。

巡礼たちは沈痛な面持ちで出発した。そして即座に山賊の待ち伏せにあった。さいわい巡礼たちは警戒していたので、山賊が十人あまりの死者をだしたのに対し、巡礼たちはクレイとマガスゼンを失っただけだった。

いまや不平の声があがりはじめ、エルゼ・ダマスのある東方に焦がれるような視線が注がれた。ガースタングは低下した士気を鼓舞しようとした。

「われわれはギルフィグ教徒だ。ギルフィグのお言葉だぞ！　ソンガの海の岸辺で聖堂を探すのだ！　ギルフィグは賢明にして、慈悲深くあらせられる。彼に仕えて倒れる者は、たちまち楽園のごときガマメアへ移されるのだ！　巡礼たちよ！　西へ！」

　気をとりなおした巡礼団はいまいちど出立し、その日はそれきり大過なく過ぎた。とはいえ、夜中に、荷を運ぶ動物のうち三頭がつなぎ縄からぬけだして遁走した。ガースタングは全員分の食料が不足すると宣告するはめになった。

　七日めの行進のあいだ、シルフォックスがひと握りの毒木苺を食べ、痙攣を起こして絶命した。そのうえ、彼の兄弟である聴聞僧のヴィッツが逆上し、荷を運ぶ動物の列の先頭まで走っていくと、ギルフィグをののしりながら、ナイフで水袋を切り裂いたので、とうとうキューゲルが彼を殺すことになった。

　二日後、やつれ果てた一団は泉に行きあたった。ガースタングの警告にもかかわらず、サヤネイヴとアーロが身を投げだし、水をがぶ飲みした。間髪をいれず、ふたりは下腹部をつかみ、喉を詰まらせた。その唇は砂の色であり、まもなくふたりは死亡した。

　一週間後、十五人の男と四頭の動物が、ソンガの海のおだやかな海面（うなも）を見晴らす小山を乗り越えた。キューゲルは生きながらえていた。ガースタング、キャスマイア、サブキュールも同様だった。彼らの前には、小川の流れこむ沼があった。キューゲルはイウカウヌにもらった例の護符で水を試し、安全を宣言した。全員が心ゆくまで水を飲み、おなじ護符で、味気ないにしろ栄養だけはあるものに変えた葦を食べてから眠った。

　キューゲルは危険を感知して飛び起きた。気がつくと、無気味な揺れが葦のあいだを走っていた。

彼は仲間を起こし、全員が武器をかまえた。しかし、その動きを起こしたものがなんであったにしろ、警戒して退いた。午後もなかばだった。巡礼たちは荒涼とした海岸まで歩いていき、あたりをうかがった。北と南に眼をやったが、聖堂は影も形もない。癇癪が爆発した。口喧嘩がはじまり、ガースタングが泣いて頼んでようやくおさまった。

そのとき、浜辺をぶらぶらと歩いていったバルクが、興奮しきってもどってきた。

「村があるぞ！」

だれもが希望に胸ふくらませて出発した。ところが、巡礼たちが近づくと、その村は見るも哀れなものだとわかった。葦の掘っ立て小屋の集まりであり、住民はトカゲ人間。彼らは歯をむきだし、しなやかな青い尻尾を挑戦的にふりまわした。巡礼たちは浜辺を立ち去り、小高い場所にすわりこんで、ソンガの海の低い波を見まもった。

食料不足で痩せ細り、背中も曲がってしまったガースタングが、最初に口を開いた。彼は陽気な声をだそうとした。

「われわれは到着した。恐るべき〈銀の砂漠〉に勝利をおさめたのだ！ あとは聖堂のありかを突きとめ、礼拝を行なうだけでいい。そうしたらエルゼ・ダマスへ帰れる。至福を約束された未来へ！」

「そいつはけっこう」と唸り声でバルク。「でも、聖堂はどこで見つかるんだ？ 右も左も寒々しい浜辺じゃないか！」

「ギルフィグのお導きを疑ってはならん！」サブキュールが断言した。木片をひっかいて矢印をつけ、聖なるリボンでその木片に触れる。

「ギルフィグ、おお、ギルフィグ！　われらを聖堂へ導きたまえ！　ここにしるしをつけた指針を高々と投げあげます！」大声でそういうと、木片を空中高く放った。それが地面におりると、矢印は南をさした。

「南へ行かねばならん！」ガースタングが叫んだ。「聖堂は南にある！」

しかし、バルクをはじめとする数名は応じようとしなかった。

「おれたちが死ぬほど疲れているのがわからないのか？　おれにいわせりゃ、ギルフィグは聖堂まで導いてくださるべきだった。道もはっきりしないままにしておかずに！」

「ギルフィグはたしかに導いてくださったぞ！」とサブキュールがいい返す。「矢印の方向に気づかなかったのか？」

バルクはしわがれ声で皮肉っぽく笑った。

「高く投げれば、どんな棒だって落ちてきて、北か南をさすものだ」

サブキュールは恐怖に打たれてあとじさった。

「ギルフィグを冒瀆するか！」

「滅相もない。あんたの願いがギルフィグに聞こえたかどうかも怪しいと思ってる。さもなければ、願いに応える時間がなかったのか。棒を百回投げあげろ。もしそのたびに南をさしたら、すぐに南へ進もう」

「よかろう」とサブキュール。彼はいまいちどギルフィグに呼びかけ、木片を投げあげた。しかし、地面を打ったとき、その矢印は北をさした。

バルクはなにもいわなかった。サブキュールは眼をしばたたくと、満面を朱に染めた。

「ギルフィグはゲームにつきあっている暇などなくていらっしゃる。いちど方角をお示しになられたので、それでじゅうぶんだとお考えなのだ」

「納得がいかない」とバルク。

「おれもだ」

「わたしもだ」

ガースタングが哀願するように両腕をかかげた。

「われわれは遠路はるばるきた。ともに苦労し、ともに喜び、ともに闘い、ともに辛酸をなめてきた――いまになって仲たがいするのか！」

バルクとほかの者たちは肩をすくめただけだった。

「むやみに南へ突き進みはしない」

「ならば、どうする？　北へ行くのか？　それとも、エルゼ・ダマスへもどるのか？」

「エルゼ・ダマスだって？　食料もなく、荷を運ぶ動物が四頭しかいないのにか？　ばあっ！」

「ならば、聖堂を探しに南へ行こう」

バルクはまたしても強情に肩をすくめた。その態度にサブキュールが堪忍袋の緒を切らした。

「勝手にしろ！　南へ行く者はこちら側へ、バルクと運命をともにする者はあちら側へ！」

ガースタング、キューゲル、キャスマイアがサブキュールの側に立った。ほかの者たちはバルクの側にとどまり、総勢は十一名を数えた。彼らはいまひそひそと言葉を交わしていた。いっぽう信仰篤き四名の巡礼は、憂慮の面持ちでそれを見つめていた。

十一人がパッと立ちあがった。

「さらばだ」

「どこへ行く？」とガースタング。

「どこでもいい。どうしてもというのなら、あなた方は聖堂を探すといい。われわれは自分たちでなんとかする」

そっけなく別れの挨拶をすると、彼らはトカゲ人間の村へ行き、男たちを虐殺して、女たちの歯をやすりで削った。そして葦の衣服をまとい、みずからを村の貴族に叙した。

そのあいだガースタング、サブキュール、キャスマイア、キューゲルは海岸ぞいに南へ進んだ。夜のとばりがおりると、野営を張り、貝と蟹の食事をとった。朝になると、残っていた四頭の荷を運ぶ動物がいなくなっており、いまや四人が残るだけだった。

「ギルフィグの思し召しだ」とサブキュール。「これで聖堂を見つけて、死ぬだけでいい！」

「勇気を持て！」ガースタングがつぶやいた。「絶望に屈してはならんぞ！」

「ほかになにが残っている？　もういちどフォルガス渓谷を眼にすることがあるだろうか？」

「だれにもわからん。まずは聖堂で礼拝しよう」

それを潮に彼らは歩きだし、その日は日没まで歩きとおした。日が暮れるころには、疲労困憊して砂浜にへたりこむのがやっとだった。

眼前に海がひろがっていた。テーブルのように平坦で、あまりにもおだやかなので、夕陽は尾を引くようには照り映えず正確な似姿を落としているだけだった。いまいちど二枚貝と蟹で粗末な夕食をとり、そのあとは浜辺で眠りについた。

宵の口をすこしまわったころ、キューゲルは楽の音で眼がさめた。上体を起こして海面を見渡すと、幻の都市が出現していた。ほっそりした塔が空に向かってそそり立ち、ゆるやかに上下左右に漂う白い光のきらめく粒に照らされている。遊歩道をきらびやかな群集がそぞろ歩いている。青白く輝く衣服をまとい、繊細な音を奏でる角笛を吹いている。絹の座布団を山積みにした屋形船が、紫がかった青い絹の巨大な帆に風を受けて、漂い過ぎていく。舳先（へさき）と艫（とも）の柱に吊るされたランプが、宴会の客たちのひしめく甲板を照らしている。歌ったり、リュートを爪弾いたりしている者もいれば、酒杯をあけている者もいる。

キューゲルは彼らと喜びを分かちあいたくて胸がうずいた。必死に膝立ちになり、声をかける。宴会の客たちは楽器を置き、彼をまじまじと見たが、屋形船は大きな青い帆に風をはらんで、すぐに通り過ぎてしまった。ほどなくして都市がチラチラとまたたいて消え、あとには暗い夜空だけが残った。

キューゲルは夜の闇に眼をこらした。これまで知らなかった悲しみで喉がズキズキと痛んだ。驚いたことに、気がつくと波打ち際に立っていた。そばにサブキュール、ガースタング、キャスマイアがいた。全員が闇を透かしておたがいを凝視したが、言葉は交わさなかった。全員が浜辺へもどり、じきに砂の上で眠りに落ちた。

翌日は朝から晩まで会話がはずまず、まるで四人それぞれが、ひとりきりで考えごとにふけりたがっているかのように、おたがいを避ける節さえあった。ときおりだれかが気乗り薄に南へ眼をやるが、その場を立ち去ろうという気分の者はいないらしく、出発を口にする者はいなかった。

巡礼たちが腑抜けのような状態で休んでいるうちに、その日は過ぎた。日没となり、夜となった。しかし、だれひとりとして眠ろうとしなかった。

宵闇が深まるころ、幻の都市がふたたび姿を現わした。今宵は宴たけなわとなっていた。驚くほど手のこんだ花火が空に花開く。赤、緑、青、金のレース、網、星形。遊歩道をパレードが練り歩く。光り輝く衣をまとった幻の乙女たち、赤とオレンジのゆったりした衣裳を着こんだ幻の楽士たち、跳ねまわる幻の道化師たち。何時間にもわたり、どんちゃん騒ぎの音が海面ごしに漂ってきた。キューゲルは膝の深さまで海に出て、宴が静まり、都市がおぼろになるまで見まもった。きびすを返したときには、ほかの三人も彼を追って岸にあがった。

あくる日は全員が飢えと渇きで弱っていた。進まなければならない、とキューゲルはしわがれ声でつぶやいた。ガースタングがうなずき、「聖堂へ、ギルフィグの聖堂へ！」と、かすれ声でいった。

サブキュールがうなずいた。かつてはふっくらしていた頬は、げっそりとこけていた。眼はどんよりと膜がかかっている。

「そうだ」彼はか細い声を絞りだした。「われらは休息した。進まねばならぬ」

キャスマイアがのろのろとうなずいた。

「聖堂へ！」

だが、南へ発つ者はいなかった。キューゲルは汀をうろうろし、夜の訪れを待とうとすわりこんだ。右手に視線をやると、彼自身と似ていなくもない姿勢をとった人間の骸骨が眼に飛びこんできた。ぶるっと身震いして左を向くと、第二の骸骨があった。こちらは時と風雨のせいでバラバラになっている。そのまた向こうにべつの骸骨があり、こちらは骨の堆積にすぎなかった。

キューゲルは立ちあがり、よろめく足でほかの者たちのところまで走った。

「早く！」声をはりあげる。「まだ体力が残っているうちに！　南へ！　行こう、命をなくす前に。このままでは、浜の上のほうで骨になっているほかの連中の二の舞だ！」

「そうだ、そうだとも」ガースタングが口のなかでもぐもぐいった。「聖堂へ」そして、ふらふらと立ちあがり、「行こう！」と、ほかの者たちに声をかけた。「南へ行くのだ！」

サブキュールが体を真っ直ぐに起こした。しかし、キャスマイアは、ものうげに立ちあがろうとしたあと、くずおれた。

「小生は残る」とキャスマイア。「聖堂に着いたら、ギルフィグにとりなしてほしい。魔法に体力を絞りとられたのだ、と釈明しておいてくれ」

ガースタングも残りたいと懇願したが、キューゲルが落日を指さし、

「もし暗くなるまで待ったら、おしまいです！　明日は体力がつきるでしょう！」

サブキュールがガースタングの腕をとった。

「夜が来る前に立ち去らねば」

ガースタングはキャスマイアに最後の懇願をした。

「わが友にして僚友よ、力を奮い起こせ。われわれはともにきた、はるかなフォルガス渓谷から、スカマンダー川を筏でくだり、恐るべき砂漠を渡って！　聖堂にたどりつく前に別れなければならないのか？」

だが、キャスマイアは顔をそむけた。キューゲルとサブキュールはガースタングを連れてその場を離れた。ガースタングのしなびた頬を滂沱の涙が伝っていた。三人は浜辺にそってよろよろと南へ向かった。凪（なぎ）でなめらかな海面からは眼をそらして。

「聖堂へ行きましょう！」と、しわがれ声でキューゲル。

　年老いた太陽が沈み、色彩の扇をひろげた。高みに点在するちぎれ雲が、見慣れない赤銅色の空でカワセミを思わす黄色に輝いた。やがて都市が現われた。尖塔が夕陽をとらえており、これほど壮麗に見えたことはなかった。若者たちと、髪に花を飾った乙女たちが遊歩道をそぞろ歩き、ときおり立ちどまって、浜辺を歩いている三人をしげしげと見る。夕陽が色あせた。白い光が都市から輝き、楽の音が海面を越えて伝わってきた。長いあいだ、それは三人の巡礼を追いかけてきたが、ついに遠ざかって聞こえなくなった。海は西へ茫洋とひろがっており、琥珀色とオレンジの残照をチラチラと照りかえしていた。

　このころ巡礼たちは真水のせせらぎを見つけた。近くにベリーと野生の李（すもも）が生えており、ここで彼らは一夜を過ごした。朝になると、キューゲルが魚を罠でとらえ、浜辺で蟹をつかまえた。体力をつけた三人は、つねに聖堂を行く手に探しながら南へ進みつづけた。いまやキューゲルも聖堂のところ存在を信じかけていた。ガースタングとサブキュールの感情は、それほど強烈だったのだ。ところが、日が経つにつれ、絶望におちいり、ギルフィグの命令の正しさに疑問をいだき、ギルフィグ自身の本質的な徳を疑いはじめたのは、敬虔なサブキュールだった。

「こんな苦しみに満ちた巡礼をしてなんになる？　ギルフィグは、われらの信仰心の篤さを疑っているのか？〈清めの儀式〉に出席して、証明したではないか。なぜ彼は、われわれをこんな遠くまで送りだしたのだ？」

「ギルフィグのなさることは不可解だ」とガースタング。「われわれはこれほど遠くまできた。ひたすら探しつづけねばならんのだ！」

サブキュールがぴたりと足をとめ、きた道をふり返った。

「ひとつ提案がある。この場所に石で祭壇を築き、それをわれらの聖堂にしよう。それから儀式をとり行なおう。ギルフィグの要求をかなえたら、北へ向かってもよい。われらの仲間が住んでいる村へな。運がよければ、そこで荷を運ぶ動物をもういちどつかまえ、食料を補充して、砂漠の横断に乗りだし、ひょっとしたらもういちどエルゼ・ダマスにたどりつけるかもしれん」

ガースタングはためらった。

「あなたの提案には長所がたくさんある。とはいえ——」

「船だ！」

キューゲルが叫び、海を指さした。半マイルほど沖合いに一艘の漁船が浮かんでおり、長く、しなやかな帆桁からぶらさがった四角い帆に風を受けていた。漁船は、巡礼たちの立っている場所から一マイルほど南にそびえる岬の裏にまわりこんだ。と、海岸にそった村をキューゲルが示した。

「ありがたい！」ガースタングが叫んだ。「村人はギルフィグ教徒で、この村は聖堂の所在地かもしれん！　進もう！」

サブキュールはいまだに気乗り薄だった。

「聖典の知識が、これほど遠くまで伝わっているだろうか？」

「用心するに越したことはありません」とキューゲル。「念のために偵察しましょう」

そういうと彼は先頭に立ってタマリスクと唐松の森をぬけ、村を見おろせるところまで行った。掘っ立て小屋は黒石を雑に組んだ造りで、住民は見るからに獰猛そうだった。棘になった黒い毛が、丸い粘土色の顔を囲んでいる。黒い剛毛が、たくましい肩に肩章のように生えている。男の口からも女の口からも牙がおなじように突きだしており、全員が吠えるようにして話をしていた。キューゲル、ガースタング、サブキュールは細心の注意を払って後退し、木々のあいだに身を隠すと、小声で話しあった。

とうとうガースタングの気力もくじけ、もはや希望はないと認めた。

「わたしは精も根もつきはてた。精神的にも、肉体的にも。ひょっとしたら、ここで死ぬのかもしれん」

サブキュールは北へ眼を向けた。

「それがしは引きかえして、〈銀の砂漠〉に賭けてみる。万事順調なら、いまいちどエルゼ・ダマスにたどりつくだろう。あるいは、フォルガス渓谷にさえ」

ガースタングはキューゲルに向きなおった。

「きみはどうする？　ギルフィグの聖堂はどこにも見あたらないのだから」

キューゲルは、たくさんの船がもやわれている桟橋を指さした。

「わたしの目的地は、ソンガの海を越えた先のアルメリーです。船を徴発して、西へ船出するよう申し出てみます」

「ならば、お別れだ」とサブキュール。「ガースタング、おぬしも来るか？」

ガースタングは首をふった。

「遠すぎる。わたしは砂漠で命を落とすにちがいない。キューゲルとともに海を渡り、ギルフィグの御言葉をアルメリーの民に伝えることにする」

「ならば、おぬしともお別れだ」とサブキュール。それから顔に浮かぶ感情を隠すためにさっと向きを変え、北へ歩きだした。

その屈強な体が遠のいていき、姿を消すのをキューゲルとガースタングは見送った。それから桟橋の吟味に移った。ガースタングは懐疑的だった。

「船は外海の波浪に耐えられそうだ。しかし、〝徴発する〟というのは〝盗む〟こと。ギルフィグが厳に戒めている行為だ」

「問題はありません」とキューゲル。「桟橋に金貨を置いていきます。船の値段としてはお釣りが来るほどですよ」

ガースタングはしぶしぶ同意した。

「では、食料と水はどうする？」

「船を手に入れたら、食料を確保できるまで岸にそって進みましょう。そのあと西へ船を進めるのです」

　ガースタングは同意し、ふたりは船の物色に移った。一艘一艘をくらべていく。最終的に選んだのは、全長が十から十二ペース（ペースは長さの単位。約七十五センチから一メートル）ほどで、幅がたっぷりあり、小さな船室のついている堅牢な造りの船だった。

　夕闇にまぎれて、ふたりは桟橋に忍びよった。あたりは静まりかえっていた。漁師たちは村へ帰っていたのだ。ガースタングが船に乗りこみ、どこにも不備はないと報告した。キューゲルはもやい綱を解きはじめた。そのとき桟橋の端で野蛮な怒号があがり、十人あまりのたくましい村人がドタドタとやってきた。

「勝ち目はありません！」キューゲルは叫んだ。「命がけで走りなさい。いや、それよりも、泳ぐんです！」

「無理だ」ガースタングがきっぱりといった。「ここで死ぬのなら、できるかぎり威厳をもって死を迎えることにする」そういうと、彼は桟橋にあがった。

　たちまちふたりは老若の村人たちにとり囲まれた。騒ぎを聞きつけてきたのだろう。村の長老らしい男が、いかめしい声でたずねた。

「ここでなにをしておる、桟橋に忍びこみ、船を盗もうとしておったのか？」

「わたしどもの動機は単純そのものです」とキューゲル。「海を渡りたいのです」

「なんだと？」長老が大声をとどろかせた。「どうしたらそんなことができる？　船には食料も水も積まれておらんし、装備もそろっておらん。なぜわしらにかけあって、必要なものを知らせてくれなかったのだ？」

キューゲルは眼をしばたたき、ガースタングと視線を交わした。肩をすくめ、

「正直にいいましょう。みなさんの外見に恐れをなして、そうする気になれなかったのです」

その言葉に群集は、面白がると同時に驚いたようだった。長老がいった。

「みんなとまどっておる。よかったら、説明してくれんか」

「わかりました」とキューゲル。「歯に衣を着せなくてもかまいませんね？」

「もちろんだ！」

「みなさんの外見のいくつかの点が、凶暴で野蛮だという印象をもたらします。その突きだした牙、顔をとり巻く黒いたてがみ、騒々しい話し声――いまのは二、三の例にすぎません」

村人たちは信じかねて笑い声をあげた。

「なんとばかばかしい！」彼らは叫んだ。「われわれの歯が長いのは、主食である硬い魚を噛みちぎるため。髪をこのように伸ばしているのは、ある種の毒虫を避けるため。そしてみんな耳が遠いから、大声をあげる嫌いがあるかもしれん。つまるところ、われわれはおだやかで親切な人間だ」

「まさしく」と長老。「嘘ではない証拠に、明日、村いちばんの船に食料を積み、希望と祈りをこめておふたりを送りだすとしよう。今宵はおふたりに敬意を表して、宴を催すことにする！」

「ここは真に気高い者たちの村だ」ガースタングが断言した。「ときにあなた方は、ギルフィグを

崇めてはいないだろうか？」

「いいや。わしらは魚神ヨブの前にぬかずく者だ。ヨブの霊験はほかのどんな神とも変わらないように思える。それはともかく、村へ行こうではないか。宴の準備をしなければならん」

一同は崖の岩壁に刻まれた段を登った。崖の上では十あまりの松明が赤々と燃えており、あたりを照らしだしていた。長老は、ほかよりも大きな掘っ立て小屋を指さし、

「今夜はあそこで休んでもらいたい。わしはよそで眠るとする」

ガースタングはまたしても心を動かされ、漁民の博愛精神について感想を述べた。これに対し長老がお辞儀した。

「わしらは霊的な統一を達成しようと努めておる。じっさい、この理想を祭典の宴の主菜に象徴させておるのだ」向きを変え、両手を打ちあわせる。「準備にかかれ！」

大鍋が三脚にかけられた。まな板と包丁が用意され、つぎに村人ひとりひとりが、列をなしてまな板の横を通りながら、指を一本切りおとし、鍋に放りこんだ。

長老が説明した。

「この単純な儀式により――当然ながら、おふたりにも参加してもらうが――わしらは共通の遺産を継承し、相互に依存していることを示すのだ。では、わしらも列に並ぼう」

キューゲルとガースタングは、しかたなくほかの者にならって指を切りおとし、鍋に放りこんだ。

宴は深夜まで延々とつづいた。朝になると、村人は約束を違えなかった。とりわけ頑丈な船に食料や備品が積みこまれた。なかには前夜の宴の食べ残しもふくまれていた。

村人たちが桟橋に集まった。キューゲルとガースタングは感謝の言葉を述べ、それからキューゲルが帆をあげ、ガースタングがもやい綱を解き放った。帆が風をはらみ、船はソンガの海の波間に乗りだした。海岸がしだいに遠方の霧と一体となり、四方の水が黒い金属のようにきらめいているのをのぞけば、ふたりのほかにはなにもなくなった。

正午になり、船は広大無辺の海を進みつづけた。下には水、上には空気。八方には静寂。午後は長く、ものうげで、夢のように現実離れしていた。そして憂鬱なまでに壮麗な日没につづいて、水っぽいワインの色をした夕闇が垂れこめた。

風が生きかえったらしく、夜通し彼らは西へ進んだ。夜明けに風がやみ、帆が大儀そうにはためくなか、キューゲルもガースタングも眠りについた。

この周期が八度くり返された。九日めの朝、低い海岸線が前方に見えてきた。午後もなかばのうちに、船の舳先がおだやかな波をかき分けて、幅広い白砂の浜に乗りあげた。

「では、ここがアルメリーなのか?」とガースタングがたずねた。

「そうだと思います」とキューゲル。「しかし、わたしにはなじみのない地方です。アゼノメイは北にあるのかもしれないし、西か南にあるのかもしれません。あちらの森が東アルメリーを覆い隠しているとすれば、迂回したほうがいいでしょう。悪い評判が立っていますから」

ガースタングは海岸の先のほうを指さした。

「ご覧。また村がある。ここの民が海の向こうの民と似ていれば、われわれの旅路を助けてくれるだろう。さあ、われわれの望みを知らせよう」

キューゲルはためらった。

「この前とおなじように、偵察したほうがいいかもしれません」

「なんのために？」ガースタングがたずねた。「あのとき、われわれは誤解して混乱しただけだった」

彼は先に立って浜辺を進み、村へ向かった。近づくにつれ、中央の広場を横切る村人たちが見えてきた。金髪の優雅な人々で、音楽のような声で言葉を交わしている。

ガースタングは喜び勇んで前進した。対岸で受けた歓待よりもさらに盛大な歓待を期待したのだ。しかし、村人たちが殺到してきて、ふたりを網でからめとった。

「なぜこんな目にあわせる？」ガースタングは声をはりあげた。「われわれは異国人だ。危害を加えるつもりはない！」

「まさしく、おまえたちは異国人だ」いちばん背の高い金髪の村人がいった。「われわれはダンゴットとして知られる冷酷無情な神を崇める。異国人はいうまでもなく異教徒であり、したがって聖なる大猿の餌となるのだ」

それを潮に彼らはキューゲルとガースタングを波打ち際の鋭い石の上で引きずりはじめた。いっぽう村の美しい子供たちが、その両側でうれしそうに踊りまわった。

キューゲルは、ヴォイノドからせしめた管をなんとかとりだし、村人めがけて青い濃縮液を発射した。肝をつぶした村人たちは地面に倒れこみ、キューゲルは網からぬけだすことができた。彼は剣をぬいて飛びだし、網を切ってガースタングを自由にしようとしたが、そこへ村人たちが襲ってきた。キューゲルはいまいちど管にものをいわせ、村人たちはほうほうの態で逃げていった。

「行け、キューゲル」ガースタングがいった。「わたしは老人だ、どうせ老い先短いのだ。さっさと行け。安全な場所を探せ。心から幸運を祈っているよ」

「ふつうならそうしたでしょう」とキューゲルは認めた。「しかし、この連中を前にしてあなたを見捨てるわけにはいきません。だから、網から這いだしてください。いっしょに逃げるんです」

いまいちど彼は青い濃縮液で村人の気勢を殺いだ。そのあいだにガースタングが網からぬけだし、ふたりは浜辺を逃げていった。

村人たちは銛を手にして追ってきた。最初の銛がガースタングの背中をつらぬいた。彼は音もたてずに倒れた。キューゲルは身をひるがえし、管のねらいをつけたが、魔力は底をついており、液はちょろちょろと流れ出ただけだった。村人たちが、第二波の銛を投じようと腕を引いた。キューゲルは罵声を発し、身をすくめてよけた。銛は彼を飛び越えて、浜辺の砂に突き刺さった。

キューゲルは捨て台詞のかわりにこぶしをふりたてると、一目散に森のなかへ逃げこんだ。

VI　森のなかの洞穴

一歩また一歩と足を忍ばせ、キューゲルは〈古森〉をぬけていった。頻繁に足をとめ、小枝の折れる音やひそかな足音、さらには息の洩れる音にまで耳をすましながら。遅々として進まないとはいえ、いくら用心してもしすぎではなかった。彼とはまったくべつの望みをいだいた生きものが、森をうろついていたからだ。ある身の毛のよだつ黄昏には、二頭の血祭り（ディーアダンド）から逃げるはめとなり、どうにかこうにか引き離した。べつの機会には、一頭のリューコモーフがもの思いにふけっている林間の空き地に踏みこむ寸前で足をとめた。このときキューゲルは前にもまして息をひそめ、のぞき見したり、耳をそばだてたりしながら木から木へと忍び歩き、足が地面に触れたら痛みが走るかのように、極端なまでの爪先立ちで空き地を駆けぬけたのだった。

午後もなかば、黒いマンダワーの木に囲まれた、小さな湿った空き地に行きあたった。木々は頭巾をかぶった修道士のように背が高く、不吉な雰囲気を漂わせていた。数条の赤い光線が斜めに空き地に射しこんでおり、一本だけ生えている、ねじくれたマルメロの木を照らしていた。そこに一枚の羊皮紙がぶらさがっていた。暗がりにひっこんだまま、キューゲルは長いこと空き地をうかがってから、進み出て羊皮紙を手にとった。判読しがたい筆致で、ある文言が記されていた――

賢者ザライズの大盤振る舞い！　この案内を見つけた方には、無料で一時間の占いと相談に応じます。近くの小山に洞穴あり。賢者はそのなかで見つかるでしょう。

キューゲルはとまどい顔で羊皮紙を調べた。大きな疑問符が空中に浮かんだ。どうしてザライズは、これほど気前よくみずからの知恵を提供するのだろう？　無料の触れこみが、額面どおりのことはめったにない。なんらかの形で〈平衡の法則〉が勝ちをおさめるにちがいない。もしザライズが相談に応じるのなら――純粋な人助けという前提を除外すれば――見返りになにかを期待しているのだ。最低でも自尊心をくすぐられることか、遠方の出来事に関する知識か、頌歌の朗誦につきあってもらうといった奉仕を。そして文言を読みなおすと、キューゲルの疑惑はむしろ深まった。ふだんなら、その羊皮紙をわきに放っていたところだが、いまは喉から手が出るほど情報がほしかった。とりわけ、イウカウヌの館へのもっとも安全な道筋に加え、〈笑う魔術師〉を無力にする方法に関する知識が。

キューゲルは四方を見まわし、ザライズの言及していた小山を探した。空き地の反対側で地面は登り勾配を描いているらしく、視線をあげると、ねじくれた枝や密生した葉むらが高いところにあるのに気がついた。まるで多数のダオバドが盛りあがった地面に生えているかのようだ。

用心に用心を重ねてキューゲルは森をぬけていき、まもなく、いきなり突きだしている灰色の岩のわきで足をとめた。岩は木々とつる植物に覆われていた。問題の小山にちがいない。

キューゲルは顎をひっぱり、疑いのあまり顔をしかめて歯をのぞかせた。耳をすます。あたりは森閑と静まりかえっている。彼は暗がりから出ずに、小山をまわりこんだ。じきに洞穴に行きあたった。アーチ形の口が岩にあいているのだ。高さは人間の背丈ほど、幅は彼が腕をひろげたほど。穴の上には金釘流の文字で記された銘板がかかっていた——

入口——千客万来！

キューゲルはあちこちに眼を配った。森のなかに不審なものの姿や音はない。彼は慎重に数歩を踏みだし、洞穴のなかをのぞきこんだ。暗闇しか見えなかった。

キューゲルは後退した。銘板が愛想よく勧めているにもかかわらず、洞穴へ飛びこむ気にはなれず、しゃがみこんで、洞穴を熱心に見張った。

十五分が経過した。キューゲルはもぞもぞと姿勢を変えた。とそのとき、右手から近づいてくる男があった。キューゲル自身とくらべても遜色ないほどの用心ぶりだ。新来者は中肉中背で、粗末な農民の服装をしていた——灰色のズボン、赤錆色の上着、ひさしの突き出た茶色の三角帽である。

丸顔はなんとなく粗野で、鼻はあぐらをかいており、小さな眼は離れている。がっしりした顎には暗褐色の髭がまばらに生えている。手にはキューゲルが見つけたのと似た羊皮紙を握っていた。

キューゲルは立ちあがった。新来者が立ちどまってから、進み出た。

「あんたがザライズかね？　だとしたら、おらは薬草とりのファベルンちゅう者だ。野ネギのたくさん生えてるとこを探しとる。おまけに、娘がぼんやりして、やつれちまって、もう荷籠を背負おうとせん。それで――」

キューゲルが片手をあげた。

「人ちがいだ。ザライズは洞穴のなかにいる」

ファベルンは狡猾そうに眼を細くした。

「じゃあ、あんた、何者だ？」

「わたしはキューゲル。きみとおなじように、啓発してもらおうとする者だ」

ファベルンは合点がいった顔でうなずいた。

「ザライズに占ってもらったかね？　占いは当たったかね？　ビラにあったみてえに、無料ですんだのかね？」

「答えはすべて『然り』だ」とキューゲル。「ザライズはなんでも知っているらしく、情報を伝えることに純粋な喜びをおぼえるから助言してくれる。わたしの難問は解決した」

ファベルンは横眼で彼をじろじろ見た。

「じゃあ、なんで洞穴のそばで油を売ってるんだ？」

「わたしも薬草とりで、新しい質問をこしらえているのだ。とりわけ、近くに野ネギの豊富な空き地がないかという点に関して」

「なるほど！」ファベルンが大声をあげ、興奮のあまり指をパチンと鳴らした。「しっかりこしらえとくれ。あんたが文句を考えてるあいだに、おらはなかへはいって、娘がぼんやりしてる理由を訊いてみる」

「お好きなように」とキューゲル。「そうはいっても、すこし待ってもらえるなら、あっというまに質問をこしらえるが」

ファベルンは快活に手をふって、

「そのあっというまに、おらは洞穴にはいって出てくるさ。なにをやらせても、カラスの行水なみにさっさとすませるたちだもんで」

キューゲルはお辞儀した。

「それなら、どうぞ」

「すぐにすむさ」そういうとファベルンは洞穴にはいった。「ザライズ？」と声をかける。「賢者ザライズはどこだね？　おらはファベルン。いくつか訊きてえことがある。ザライズ？　出てきておくんなせえ！」

その声がくぐもった。一心に耳をすますと、扉を開け閉めする音が聞こえた。ついで静寂。キューゲルは思案顔で待機の姿勢をとった。

数分が過ぎ……一時間が過ぎた。赤い太陽が午後の空をくだっていき、小山の陰に隠れた。キューゲルはそわそわしてきた。ファベルンはどこだ？　頭をもたげる。またしても扉が開閉したのだろうか？　たしかにそうだ。そしてファベルンが現われた。では、万事がうまくいったのだ！

ファベルンは洞穴から外をうかがった。

「薬草とりのキューゲルはどこだ？」その声はぶっきらぼうで耳ざわりだった。「あんたがきてくれねえと、ザライズは宴の席につかねえし、世間話をするくれえで、野ネギの話はしねえそうだ」

「宴だって？」キューゲルは興味を惹かれた。「ザライズはそこまで気前がいいのか？」

「そうだよ。綴れ織り（タピストリー）のかかった広間や、彫刻のほどこされた杯や、銀のソース壺に気づかなかったのかね？」ファベルンの口調には冷笑的なひびきのようなものがあり、キューゲルをとまどわせた。「まあいい。おらは急いでるから、待っちゃいられねえ。あんたがもう食べちまったんなら、ザライズにそう伝えとくよ」

「そうあわてるな」キューゲルは威厳をこめていった。「ザライズの好意を無にしたら、わたしは恥ずかしくして焼け死んでしまうだろう。案内してくれ。ついていく」

「じゃあ、ついてきな」

ファベルンが向きを変えた。キューゲルはそのあとについて洞穴にはいった。と、胸の悪くなるような悪臭が鼻をついた。彼は足をとめた。

「ひどいにおいがするようだ——嗅ぐと不愉快になるにおいが」

「おらも気がついた」とファベルン。「でも、扉をぬけちまえば、いやなにおいはもうしねえよ！」

「そうだといいが」キューゲルは不機嫌そうにいった。「食欲がなくなってしまう。ところで、いったいどこに――」

そういいかけたとき、すばやく動く小さな体がわっと群がってきた。皮膚はじっとりと湿っていて、鼻の曲がりそうなにおいがしみついている。騒ぎたてるかん高い声。剣と小物袋は奪いとられた。扉が開く。キューゲルは天井の低い巣穴に放りこまれた。ちらちらする黄色い炎の光を浴びて、彼を捕えたものたちが浮かびあがった――背丈は彼の半分ほど。とがった顔と青白い皮膚をそなえ、耳が頭のてっぺんについている生きものである。そいつらはわずかに前かがみになって歩いていた。膝は真正な人間のそれとは反対向きになっているらしく、サンダルを履いた足はぐにゃぐにゃに思えた。

キューゲルは途方に暮れてあたりを見まわした。近くにファベルンがうずくまり、悪意のこもった満足感と嫌悪とが入りまじった眼つきでこちらを眺めていた。キューゲルはいまになって気づいたのだが、ファベルンの首には金属の帯が巻かれており、その帯には長い金属の鎖がつながっていた。巣穴の反対端に白髪を長く伸ばした老人がうずくまっており、同様に首輪と鎖をつけられていた。キューゲルが老人をじろじろ見ているうちにも、ネズミ人間たちが彼自身の首に輪をはめた。

「はずせ！」キューゲルは狼狽して大声をあげた。「これはどういう意味だ？　こんなあつかいを受けるいわれはないぞ！」

ネズミ人間は彼を乱暴にひと押しすると、走り去った。キューゲルの眼に飛びこんできたのは、とがった臀部から生えている、鱗に覆われた長い尻尾だった。それは、彼らの着ている黒いスモックからおかしな具合に突きだしていた。

鉄格子の扉が閉まり、三人の男だけになった。

キューゲルは怒気もあらわにファベルンのほうを向いた。

「騙したな。わたしを罠にかけたな！　これは重大な犯罪だ！」

ファベルンがとげとげしい笑い声をあげた。

「騙したっていうんなら、そっちもおんなじだ！　あんたの口車に乗せられたから、おらはつかまったんだ。だもんで、あんたが逃げられねえようにしてやったのさ」

「それは逆恨みというものだ！」キューゲルは怒鳴った。「きさまが正しい罰を受けるようにしてやる」

「ばあっ」とファベルン。「おらに文句をいってもはじまらねえぞ。とにかく、あんたを洞穴に誘いこんだのは、腹いせだけが理由じゃねえ」

「なんだと？　さらにひねくれた動機があるのか？」

「簡単な話さね。ネズミ人間ども、悪知恵が働くなんてもんじゃねえ！　ほかにふたりの人間を洞穴に誘いこめば、自由にしてくれるっていうんだ。あんたはおらがあげた一点だ。二点めをとりゃあ、おらは自由放免さ。まちがってねえよな、ザライズ？」

「ひろい意味にかぎっていえば」と老人が答えた。「おぬしはこの男を自分の得点に計上してはならん。公正を期すならば、おぬしとこの男でわしの得点は満了だ。おぬしらを洞穴へ連れてきたのは、わしの羊皮紙ではなかったか？」

「でも、洞穴のなかまでじゃねえぞ！」ファベルンがきっぱりといった。「そこんとこははっきり区別しねえと駄目だ！　ネズミ人間もそういってる。だから、おまえさんはつかまったままなんだよ」

「この場合」とキューゲル。「わたしにいわせれば、きさまはわたしのあげた一点だ。なぜなら、わたしがきさまを洞穴に送りこんで、どういう状況に遭遇するかを試させたのだから」

ファベルンは肩をすくめた。

「そいつはネズミ人間にいってくれ」眉間に皺を寄せ、小さな眼をしばたたかせる。「おらがてめえを自分のあげた一点に数えてもいいんじゃねえか？　いうだけいってみても損はねえな」

「ちがう、ちがう」鉄格子の向こうで金切り声があがった。「得点に数えるのは、監禁されたあと連れこんだ人間だけだ。ファベルンはだれの得点にも計上されない。とはいえ、彼は一点をあげたと裁定される。つまり、キューゲルという人間だ。ザライズの得点はゼロだ」

キューゲルは首輪に触れた。

「二点をあげられなかったらどうなるんだ？」

「おまえの持ち時間はひと月だ。それ以上ではない。ひと月以内に得点をあげられなかったら、貪り食われることになる」

ファベルンが冷静に計算する声でいった。

「おらは自由の身も同然だな。そんなに遠くねえところで娘が待ってんだ。娘は急に野ネギがいやでいやでたまらなくなって、おらの家のお荷物になった。娘が身代わりになって、おらが解放されるんなら、万事がうまくおさまるってもんだ」そういうとファベルンは、満足しきった顔でうなずいた。

「きさまのやり方を見せてもらうのは面白いだろうな」とキューゲルがいった。「正確なところ彼女はどこにいて、どうやって呼びよせるんだ？」

　ファベルンの表情が、ぬけ目ないと同時に恨みがましいものとなった。

「なにもいわねえぞ！　得点をあげたかったら、てめえで手段を考えろ！」

　ザライズが帯状にした羊皮紙ののっている板を身ぶりで示した。

「勧誘ビラを翼のある種子に結びつける。そうしたら、ビラを森に放つ。この方法の有効性には疑問符がつく。通りすがりの者を洞穴の入口までおびき寄せても、その先へ誘いこめはしないからだ。あいにく、わしには五日の余命しかない。せめてわしの書巻（リブラム）、わしの二つ折り本（フォリオ）、わしの備忘録さえあれば！　いかなる呪文、いかなる呪文を用いて、このウサギ穴を端から端まで引き裂いてやることか！　人ネズミども一匹一匹をめらめらと燃える緑の炎に変えてくれる。わしを欺いたファベルンを罰してくれる……。ふむむむ。〈旋回の術〉か？　ラグウィラーの〈かゆみ地獄〉か？」

「〈孤絶の包嚢術〉も捨てがたい」とキューゲルはいってみた。

　ザライズはうなずいた。

「その案には多くの長所がある……。だが、これはせんない夢。わしの呪文は奪いとられ、どこか秘密の場所に運ばれた」

　ファベルンは鼻を鳴らし、そっぽを向いた。鉄格子の向こう側で、金切り声が訓戒を垂れた。

「後悔や弁解をしても、おまえたちの得点に加算されたりはしないぞ。ファベルンを見習え！　すでに一点あげているし、明日には二点めをあげる算段をしているんだ。どうせなら、こういう捕虜をつかまえたいもんだ！」

「わたしが彼をつかまえたんだ！」キューゲルが断言した。「どこまで厚かましいんだ。わたしが彼を洞穴へ送りこんだのだ。彼はわたしの得点に計上されるべきだ！」

ザライズが猛然と抗議した。

「とんでもない！　キューゲルは事態をゆがめている！　もし公正な裁きがなされるなら、キューゲルもファベルンもわしの得点に計上されるべきだ！」

「話を蒸しかえすな！」金切り声が叫んだ。

ザライズは絶望のあまり両手をあげ、猛烈な勢いで羊皮紙に書きこみをはじめた。ファベルンは前かがみになって丸椅子にすわり、落ちついて策を練った。キューゲルが忍びより、丸椅子の脚を蹴りとばしたので、ファベルンは床にころげ落ちた。彼は起きあがってキューゲルに飛びかかったが、キューゲルは彼に丸椅子を投げつけた。

「おとなしくしろ！」金切り声があがった。「おとなしくしろ。さもないと、罰をあたえるぞ！」

「キューゲルが椅子を蹴っとばしたんで、おらは床に倒れたんだ」ファベルンが不平をいった。

「罰を受けるのはあいつだ」

「まったくの不運だった」とキューゲル。「わたしにいわせれば、癇癪持ちのファベルンは外部と連絡をとれないようにするべきだ。すくなくとも二週間、より適切には三週間にわたって」

ファベルンがブツブツいいはじめたが、鉄格子の向こう側の金切り声が、三人に等しく沈黙を命じた。

　まもなく食べものが運ばれてきた。いやなにおいのする粗末な粥（かゆ）である。食事が終わると、三人ともすこし低い層にある狭苦しい巣穴まで無理やり這っていかされ、そこで壁に鎖でつながれた。キューゲルは安らかではない眠りに落ちたが、扉ごしにファベルンに話しかける声で眼がさめた。

「伝言は届いたぞ——丹念に読まれた」

「いい知らせだ！」とファベルンの声。「明日は自由の身となって森を歩いてやる！」

「黙れ」暗がりからザライズがしわがれ声でいった。「自分の得にもならんのに、毎日せっせと羊皮紙に文章を書きつけて、あげくの果てに、きさまの下卑た笑い声で夜中に眠らせてもらえんとはな」

「はっはっ」ファベルンが高笑いした。「無能な魔法使いのいい草を聞くがいいや！」

「書巻さえ失われていなければ！」ザライズはうめいた。「きさまは、まるっきりちがう歌を歌っていただろうに」

「それはどの辺で見つかるんだ？」キューゲルが用心深くたずねた。

「それについては、あのけがらわしいネズミどもに訊いてもらうしかない。わしは不意をつかれたのだ」

　ファベルンが首をもたげて文句をいった。

「ひと晩じゅう思い出話をするつもりか？　おらは眠りてえんだ」

　激昂したザライズがファベルンをののしりはじめた。そのあまりの剣幕に、ネズミ人間たちが巣穴へ駆けこんできて、彼を引きずっていった。キューゲルとファベルンだけが残された。

朝になるとファベルンは、大あわてで粥をかきこんだ。

「それじゃあ」と鉄格子に声をかける。「この首輪をはずしてくれ、二点めを呼びにいけるようにな。一点めはキューゲルだぞ」

「ばあっ」キューゲルがつぶやいた。「痛恨のきわみだ！」

ネズミ人間たちはファベルンの抗議にはとりあわず、首輪をますますきつく締めあげ、鎖をとりつけると、四つん這いの彼をひっぱっていった。キューゲルひとりが残された。

彼は背すじを伸ばしてすわろうとしたが、湿った土が首を圧迫するので、背中を丸めて肘をつく姿勢にもどった。

「忌々しいネズミの化けものどもめ！　なんとかして逃げださないと！　ファベルンとはちがって、わたしにはおびき寄せる家族がいないし、ザライズの羊皮紙の効果のほどは疑わしい……。とはいえ、考えてみれば、ファベルンやわたしと同様に、そばをうろついている者がいるかもしれん」彼は鉄格子のほうを向いた。その裏側に鋭い眼をした見張りがすわっているのだ。「割りあてられた二点をあげるために、洞穴の外で待ちたい」

「それは許可される」見張りがいった。「もちろん、監視の眼は厳重だ」

「監視がつくのは理解できる」とキューゲルは同意した。「とはいえ、鎖と首輪をはずしてもらいたい。拘束されているのがこれほどあからさまでは、どんなおめでたい人間も寄りつかないだろう」

「おまえの言葉には一理ある」見張りが認めた。「しかし、おまえが一目散に逃げださないという保証がどこにある？」

キューゲルはわざとらしく笑い声をあげた。

「わたしが信頼を裏切ると思うのか？　おまけに、そんなことをしてなんになる、得点をつぎつぎにあげられるというのに」

「すこし調整をする」

つぎの瞬間、大勢のネズミ人間が巣穴になだれこんできた。首輪がはずされると、右脚がつかまれ、足首に銀色のピンを通された。キューゲルが苦悶のあまりわめくあいだ、このピンに鎖がとりつけられた。

「これなら鎖は目立たない」とキューゲルを捕えた者たちのひとりがいった。「さあ、洞穴の前に立ち、通りがかりの者を精いっぱいおびき寄せるがいい」

なおも苦痛にうめきながら、キューゲルは巣穴から這いだし、洞穴の出口まで行った。そこでは鎖を首に巻いたファベルンがすわり、娘の到着を待っていた。

「どこへ行く？」彼は猜疑心まるだしで訊いた。

「洞穴の前を行ったりきたりする。通りすがりの者をおびき寄せて、なかへ誘いこむのだ！」

ファベルンは不機嫌そうにうめき声を洩らし、木々のあいだを透かし見た。

キューゲルは洞穴の入口の前まで行って立った。四方を見まわしてから、節をつけて呼びかける。

「近くを歩いている人はいませんか？」

返事はない。彼は行ったりきたりをはじめた。鎖が地面にすれてジャラジャラと音をたてた。木立をぬけてくる動きがあった。黄色と緑の布がはためき、籠と斧をさげたファベルンの娘が現われた。キューゲルを眼にして足をとめ、やがてためらいがちに近づいてきた。

「ファベルンを捜してるの。この品を持ってこいって」

「わたしが持っていってあげよう」

キューゲルは斧に手を伸ばしたが、ネズミ人間たちが警戒し、すばやく彼を洞穴に引きこんだ。

「娘はあの遠くの岩の上に斧を置かねばならん」彼らはキューゲルの耳もとでささやいた。「出ていって、あの女にそう伝えろ」

キューゲルは足を引きずって、いまいちど外へ出た。娘がとまどい顔で彼を見つめた。

「なんであんなふうに、いきなりひっこんだの？」

「教えてあげよう」とキューゲル。「おかしな話なんだ。でも、まずその籠と斧をあちらの岩の上に置いてきてくれ。ファベルン本人がじきにあそこへやって来る」

洞穴のなかで怒気のこもった抗議の声があがったが、すぐに黙らされた。

「あの音はなんだったの？」娘がたずねた。

「いわれたとおり斧を置いてきてくれ。そうしたら、なにもかも教える」

娘はとまどい顔で斧と籠を指定された場所へ持っていってから、もどってきた。

「さあ、ファベルンはどこ？」

「ファベルンは亡くなった」とキューゲル。「彼の体はいま悪意に満ちた霊に乗っとられている。

なにをいわれても相手にするな。これがわたしの警告だ」

これを聞いたファベルンがすさまじい唸り声を洩らし、洞穴のなかで声をはりあげた。

「嘘だ、嘘っぱちだ。こっちへ来い、洞穴のなかへ！」

キューゲルは片手をあげて娘を制した。

「早まるな。用心するんだ！」

娘は驚きと不安の入りまじった眼つきで洞穴のほうを見つめた。と、そこにファベルンが姿を現わし、身ぶりで必死になにかを訴えようとした。娘はあとずさりした。

「来い、来るんだ！」ファベルンが叫ぶ。「洞穴にはいれ！」

娘はかぶりをふり、ファベルンが怒りにまかせて鎖を引きちぎろうとした。ネズミ人間たちがあわてて彼を暗がりに引きもどす。そこでファベルンが猛烈に暴れまわったので、ネズミ人間たちはしかたなく彼を殺し、その死体を巣穴へ引きずっていった。

キューゲルは一心に耳をすましていたが、やがて娘に向きなおり、うなずいた。

「これで一件落着だ。ファベルンはいくつかの値打ちものをわたしにあずけていった。もし洞穴にはいってくれるなら、それをきみに渡そう」

娘はひどく困惑してかぶりをふった。

「ファベルンは値打ちものなんか持ってなかった！」

「せめて品物を調べてみてくれ」

キューゲルは丁重に娘を洞穴のほうへ促した。彼女は進み出て、なかをのぞきこんだ。すると、たちまちネズミ人間たちが彼女をつかまえ、巣穴へ引きずっていった。

「この一点はわたしがあげた得点だ」キューゲルは洞穴の内部へ声をかけた。「ちゃんと記録してくれ！」

「得点は正しく記載される」と、なかから声が返ってきた。「あと一点で、おまえは自由の身だ」

その日は夕暮れまで、キューゲルは洞穴の前を行ったりきたりした。木立を透かしてあちこちに眼を配ったが、だれの姿も見かけなかった。夜のとばりがおりると、彼は洞穴へ引きもどされ、前夜を過ごした低い層の巣穴に閉じこめられた。いまそこにはファベルンの娘がはいっていた。裸で、打ち身だらけで、うつろな眼をした彼女は、キューゲルをじっと見つめた。キューゲルは会話を試みたが、彼女は口がきけなくなっているようだった。

夕食の粥がだされた。食べるあいだ、キューゲルは娘をちらちらと盗み見した。いまは泥だらけで薄汚いが、器量が悪いわけではない。キューゲルはにじり寄ったが、ネズミ人間の体臭が強烈すぎて情欲が減退し、すごすごと引きさがった。

夜中に巣穴でごそごそと音がした。こすったり、ひっかいたりする音だ。キューゲルは眠たげに眼をしばたたき、肘をついて体を起こした。床の一部が知らぬまにかたむいて半開きになり、そこから洩れる、くすんだ黄色い光が娘の上でたわむれていた。キューゲルは大声をあげた。巣穴のなかに三叉の矛を握ったネズミ人間たちが飛びこんできたが、手遅れだった。娘はさらわれてしまっていた。

ネズミ人間たちは怒り狂った。石を起こし、隙間に罵詈雑言を浴びせかける。ほかの者たちも巣穴になだれこんできて、さらに悪罵を注ぎこんだ。ひとりが腹立たしげに状況をキューゲルに説明した。

「べつの生きものが下に住んでいる。ことあるごとに、われわれをだしぬくのだ。いつかきっちり復讐してやる。われわれの忍耐にもほどがあるのだ！　あいつらがまた出てこないように、今夜おまえはよそで眠らなければならない」彼はキューゲルの鎖をはずしかけたが、そのとき床の穴をふさいでいる者たちに呼ばれた。

キューゲルは出口までこっそりと移動し、全員の注意がそれたときに、通路へぬけだした。鎖をかき集めて、地表へ通じていると思われる方向へ這っていったが、枝道にぶつかって混乱した。トンネルはくだり勾配になり、狭くなって肩を締めつけるようになった。そのうち天井も低くなり、頭上から圧迫してきたので、体をくねらせるようにして匍匐前進するしかなくなった。

彼の脱走が露見した。背後から怒気をはらんだ金切り声が聞こえてきた。ネズミ人間たちがあちらこちらへ突進しているのだ。

通路は急角度で曲がっていた。キューゲルには体をねじれない角度である。身をくねらせたり、ひねったりして、なんとか新しい姿勢をとったが、そこでにっちもさっちもいかなくなった。息を吐きだし、眼玉が顔から飛びだすほどの勢いでじたばたすると、もっと開けた通路へ出た。ある壁のくぼみで火の玉に行きあたり、彼はそれを持っていった。

ネズミ人間たちが、口々にわめきながら近づいてきていた。キューゲルは枝道へ飛びこんだ。その道は倉庫に通じていた。最初に眼に飛びこんできたものは、彼の剣と小物袋だった。

ネズミ人間たちが、三叉の矛を手にして倉庫へ突入してきた。キューゲルはめったやたらに剣をふるい、金切り声をあげる連中を通路へ押しもどした。ここで彼らは寄り集まり、小走りに行ったりきたりしながら、かん高い声でキューゲルに脅迫の言葉を浴びせかけた。ときおり飛びだしてきて、歯をきしらせ、三叉の矛をふりまわす者がいたが、そのうちのふたりがキューゲルに殺されると、彼らは後退して小声で話しあいをはじめた。

キューゲルはこの機を逃さず、出入口に重い箱をいくつも押しつけ、つかのまの休息をとれるようにした。

ネズミ人間たちが押しよせてきて、箱を蹴ったり押したりした。キューゲルは隙間から剣を突きだし、激痛の悲鳴をあげさせた。

ネズミ人間のひとりがいった――

「キューゲル、出てこい！　われわれは温和な民だ。悪意はこれっぽっちもいだいていない。おまえは一点を計上しているから、すぐにもう一点あげて、自由の身となるにちがいない。なぜわれわれを困らせる？　本来は敵対的な関係であっても、友愛の態度をとってはならない理由はない。だから、出てこい。そうすれば、朝の粥に肉を入れてやる」

キューゲルは丁重な口調でいった。

「いまは心が乱れすぎていて、はっきりとものが考えられません。これ以上は無理難題を押しつけずに、わたしを解放するつもりだとおっしゃったのですか？」

通路でひそひそ声の会話が行なわれ、やがて返事があった。

「たしかにそういう趣旨の発言があった。これよりおまえは自由の身であり、望むまま出ていってかまわない。出入口の封鎖を解き、剣を置いて、出てこい！」

「どういう保証をしてくれますか？」キューゲルはたずね、封鎖された出入口で一心に耳をすました。

小さな金切り声で言葉が交わされ、やがて返答があった。

「保証は必要ない。われわれはいまから撤退する。出てきて、自由に通路を歩くがよい」

キューゲルは返事をしなかった。火の玉を高くかかげ、倉庫を調べにかかる。そこには大量の衣服、武器、道具がおさまっていた。出入口に押しつけた大箱のなかに、革装の書巻がひとまとめにはいっていた。最初の一冊の表紙にはこう記されていた――

魔法使いザライズ
その備忘録――取り扱い注意！

ネズミ人間たちがまたしても声をかけてきた。こんどは猫なで声で――

「キューゲル、キューゲルさんや、どうして出てこないんだい？」

「休んでいるんです。体力を回復させているんですよ」とキューゲル。書巻をとりだし、ページをめくると、索引が見つかった。

「出てこい、キューゲル！」いくぶんいかめしい声が命令した。「有毒の蒸気を発散する壺がここにある。おまえが強情に閉じこもっているその部屋へ、この蒸気を放出するぞ。出てこい。さもないと、もっとひどいめにあわせるぞ！」

「ご辛抱を」キューゲルは声をかけた。「考えをまとめる時間をください！」

「おまえが考えをまとめるあいだ、こちらは酸のはいった壺を用意する。おまえの頭を浸してやるからな」

「どうぞ、どうぞ」キューゲルはうわの空でいい、備忘録を読みふけった。ものがこすれる音がして、管が倉庫に突きだされた。キューゲルは管をつまみ、逆にねじって通路のほうを向くようにした。

「なんとかいえ、キューゲル！」尊大な声が命令した。「出てこないと、大量の有毒ガスを部屋に吹きこむぞ」

「やれるものならやってみろ」とキューゲル。「出ていくもんか」

「眼にもの見せてくれる。ガスを放出しろ！」

管が脈打ち、シューシューと音をたてた。通路で周章狼狽する叫び声があがった。シューシューいう音がやんだ。

備忘録には目当てのものが見つからなかったので、キューゲルは大型本をぬきだした。こちらの表題は――

魔法使いザライズ

その呪文一覧
取り扱い注意！

キューゲルは本を開き、眼を通した。適切な呪文が見つかったので、火の玉を近づける。呪文を発動させる音節を憶えこみやすくするためだ。全部で四行にわたる言葉、三十一の音節があった。キューゲルはそれらを脳に刻みこんだ。音節は石のようにそこへ落ちついた。

背後で音がしたのだろうか？　べつの入口からネズミ人間たちが倉庫へはいってきた。身を低くかがめ、白い顔をぴくぴくさせ、耳を伏せ、三叉の矛をかまえて、じりじりと前進してくる。

キューゲルは剣で彼らを威嚇してから、〈裏返しの術〉として知られる呪文を唱えた。いっぽうネズミ人間たちは仰天して眼をみはった。なにかを引き裂くすさまじい音がして――痙攣するようにせりあがり、ねじれると同時に通路が裏返り、森じゅうに噴きだした。ネズミ人間たちは金切り声をあげながら走りまわり、星明かりのもとでは正体のはっきりしない白いものも走りまわった。ネズミ人間と白い生きものはとっくみあい、獰猛に引き裂きあった。そして森に怒号と歯ぎしりがあふれ、かん高い悲鳴と憤怒のこもった小さな声が湧き起こった。

キューゲルはこっそりとその場を離れ、ビルベリーの茂みで一夜を明かした。

夜明けが訪れると、彼は用心深く小山に引きかえした。ザライズの呪文一覧と備忘録をわがものにしようと思ったのだ。あたりは乱雑をきわめ、小さな死骸がたくさんあったが、目当ての品は見つからなかった。うしろ髪を引かれる思いでキューゲルはきびすを返し、まもなく羊歯（しだ）のあいだにすわっているファベルンの娘に行きあたった。近づくと、娘はキューゲルに金切り声を浴びせた。キューゲルは唇をすぼめ、感心しないといいたげに首をふった。彼女を近くの小川へ連れていき、体を洗ってやろうとしたが、娘は最初の機会をとらえて逃げだし、岩の下に隠れてしまった。

VII　イウカウヌの館

〈裏返しの術〉として知られる呪文は、起源が忘れられるほど古いものだった。第二十一却紀のある無名の雲乗りが、最初期のものに独自の解釈を加えた。なかば伝説的なベイジル・ブラックウェブがその形を磨きあげ、〈温顔〉ヴェロニファーがその仕事を受け継いだ。呪文を強化する共鳴をつけ加えたのである。グラエレのアルケマンドが、その強力呪句（パーヴァルジョン）のうち十四の音に注釈をつけた。ファンダールはその記念碑的な目録の「A評価」、あるいは「完成された」の項目にそれを記載した。この形でその呪文は賢者ザライズの備忘録に到達し、小山の地下に監禁されたキューゲルが、それを見つけて唱えたのだった。

　いまキューゲルは、呪文の余波であるガラクタの山をあらためて漁っていた。ありとあらゆるものが見つかった。新旧の衣服——ジャーキン（袖なしの短胴着）、ヴェスト、外套。古風なタバード（袖なしのゆったりした肩（マント））。カウチークの新しい好みに合わせて朝顔形にひろがっている、あるいは古ロマースの様式で房飾りがついた、あるいは極端なアンドロマック様式でまだらに色分けされ、まちのはいった半ズボン。ありとあらゆるブーツとサンダルと帽子があった。羽根飾り、前立て、紋章、兜飾り。古い道具と壊れた武器。飾り輪と細々（こまごま）とした装飾品。光沢を失った金銀線細工、古めかしいカメオ。キューゲルが集めずにはいられず、ひょっとすると探しものを見つけるのに手間どる原因となったのかもしれない宝石の数々。ちなみに探しものとは、ほかのものにまじって散乱しているザライズの備忘録である。

キューゲルは長いあいだ探しまわった。銀の鉢、象牙のスプーン、陶器の瓶、かじられた骨、いろいろな種類のピカピカ光る歯が見つかった。これらは木の葉のあいだで真珠のようにきらめいていた――しかし、〈笑う魔術師〉イウカウヌを打倒するのに役立ちそうな大型本と二つ折り本（フォリオ）はどこにもなかった。イウカウヌの意向を汲んだお目付け役のフィルクスが、いまも鋸歯状の肢でキューゲルの肝臓を締めあげていた。キューゲルはとうとう声をはりあげた。

「アゼノメイへの最短経路を探しているだけだ。もうじきイウカウヌの槽（おけ）にいる仲間のもとへもどしてやる！　それまでは気を楽にしろ。そんなに急いで苦しくないのか？」

これを聞いてフィルクスは、不機嫌そうに圧力をゆるめた。

キューゲルは枝のあいだや根の下に眼を配ったり、森の小道を見透かしたり、羊歯や苔を蹴ったりしながら、悄然と行ったりきたりした。やがてある切り株の根元に探しものが見えた――大量の二つ折り本と書巻（リブラム）が、整然と積みあがっていたのだ。その切り株にザライズがすわっていた。

キューゲルは失望で口をとがらせながら前進した。ザライズがおだやかな顔つきで彼をしげしげと見た。

「なくしものをお探しのようだ。それほど大事なものでなければよいのだが」

キューゲルはそっけなくかぶりをふった。

「つまらないものが二、三どこかへ行ってしまった。落ち葉のあいだで朽ちるにまかせるとしよう」

「それはいかん！」ザライズが断言した。「なくしものを説明したまえ。捜索の波動を送りだして進ぜよう。おぬしの財産はすぐにもどって来るだろう！」

キューゲルは異議を唱えた。

「そんなケチな仕事をあんたにさせたくない。ほかのことを考えよう」彼は大型本の山を指さした。いまはその上にザライズが足をのせていた。「あんた自身の財産が無事でよかった」

ザライズはうなずいて、おだやかな満足を示した。

「万事が丸くおさまった。わしの関心は、わしらの関係をゆがめる不均衡にかぎられる」キューゲルがあとずさると、彼は片手をあげた。「警戒しなくてもよい。じつをいえば、その正反対だ。おぬしの行動で、わしは死を免れた。〈平衡の法則〉が乱されており、わしは互恵の状態を作らねばならん」指で顎鬚を梳き、「不幸にして、返礼はおおむね象徴的でなければならん。おぬしの望みを一から十までかなえてもよいが、それでもおぬしが——たとえ無意識にであっても——わしのためにしてくれたことの重みを考えれば、天秤はぴくりとも動かんのだ」

キューゲルはいくらか気分が上向いてきた。しかし、またしても痺れを切らしたフィルクスが、いま新たな意思表示をした。下腹部をつかみながら、キューゲルは叫んだ。

「真っ先に、わたしの内臓を締めつける生きものをぬきとってくれたらありがたい。フィルクスというやつだ」

ザライズは眉毛を吊りあげた。

「それはいったいどういう生きものだ?」

「遠い星からきた忌まわしいしろものだ。似ているものをあげれば、茨の茂みか、白い棘と逆棘と鉤爪をもつれさせた網だろう」

「さしてむずかしい問題ではない」とザライズ。「その生きものは、かなり初歩的な摘出方法で処理が可能だ。来るがいい。わしの住まいはさほど遠くないところにある」

ザライズは切り株からおりて、呪文一覧をかき集めると、空中に放った。高々と舞いあがった書物は、すべてがあっというまに樹冠を越えて見えなくなった。キューゲルはそれを悲しげに見送った。

「驚いたか?」ザライズがたずねた。「なんでもない。盗賊や追いはぎの意気をくじくのには、あれがいちばん単純なやり方だ。では、出発しよう。おぬしをひどく苦しめるその生きものを追いださねばならん」

彼は先に立って木立をぬけていった。キューゲルがあとにつづいたが、事態が意に染まぬ方向へ進んでいるのを遅ればせながら察知したフィルクスが、いま猛然と抗議した。キューゲルは体をふたつ折りにし、横へ飛びのくと、よろける足で必死に走り、うしろをちらっとふり向きもせずに進んでいくザライズを追った。

ザライズはダオバドの巨木の枝に住まいをかまえていた。重たげに垂れさがった枝まで階段が伸びており、その先は丸太作りの柱廊に通じていた。キューゲルは階段を這いあがり、枝を伝って、大きな四角い部屋にはいった。調度は簡素であると同時に贅沢だった。四方に開けている窓が森を見晴らしている。黒、茶、黄で模様の描かれた分厚い絨毯が床を覆っている。

ザライズはキューゲルを仕事部屋に招き入れた。

「すぐにそのわずらわしいものを除去しよう」

キューゲルはよろよろと彼のあとについていき、勧められたガラスの台に腰をおろした。

ザライズは亜鉛の帯でできた衝立を持ってきて、キューゲルのうしろに置いた。

「これは、修業を積んだ魔法使いがすぐ近くにいるとフィルクスに知らせるためのものだ。彼のような生きものは、極度に亜鉛を嫌うのだよ。では、単純な薬を――硫黄、アクアステル、ザイチェのチンキ。ある種の薬草――ボーネイド、ヒルプ、キャッサス。もっとも、こちらは必要不可欠ではないもしれんが。飲みたまえ、その気があれば……。フィルクス、出てこい！　いますぐだ、この地球外の害虫め！　失せろ！　さもないと、キューゲルの内臓全体に硫黄をまぶし、亜鉛の棒でつらぬくぞ！　出てこい！　なんだと？　アクアステルで洗い流してやらないといけないのか？出てこい。帰れるものなら、アケルナルに帰ってみろ！」

これを聞いてフィルクスは、腹立たしげに締めつけをやめ、キューゲルの胸から出てきた。白い神経と触手がもつれあい、それぞれに鉤爪か逆棘が生えている。ザライズはその生きものを亜鉛の盥で捕獲し、亜鉛の網をかぶせた。

気絶していたキューゲルが意識をとりもどすと、ザライズはにこやかな顔で彼の回復を待っていた。

「おぬしは運のいい男だ」ザライズが告げた。「きわどいところで処置が間にあった。体じゅうのいたるところに爪を伸ばし、ついには脳を締めあげるのが、この有害な寄生動物の性質だ。そうなったら、おぬしとフィルクスは一心同体。どういう経緯でこの生きものにはいりこまれたのだね？」

キューゲルは小さく顔をしかめて嫌悪を表わした。

「〈笑う魔術師〉イウカウヌの仕業だった。やつを知っているのか？」

というのも、ザライズの眉が高いアーチを描いたからだ。

「もっぱらユーモアとグロテスク好みの評判でな」と賢者は答えた。

「やつはただの道化だ！」キューゲルが声をはりあげた。「わたしに侮辱されたと勘ちがいして、このわたしを北の地へ放りだしたのだ。太陽が低い空をめぐり、せいぜいランプほどの熱しかあたえてくれない場所へ。イウカウヌは冗談のつもりだったにちがいない。だが、こんどはわたしが冗談を仕掛ける番だ！　あんたは心から感謝するといってたな。それなら、本格的にわたしの望みをかなえる前に、イウカウヌに当然の報いを受けさせてやろう」

ザライズは思案顔でうなずき、顎鬚を指で梳いた。

「ひとつ忠告しよう。イウカウヌは虚栄心と感受性が強い男だ。彼の最大の弱点は自尊心なのだよ。彼に背中を向け、べつの方面へ行きたまえ！　そうして誇りを傷つけてやれば、おぬしに考えつけるほかのどんな虐待よりも鋭い痛みとなるだろう」

キューゲルは眉間に皺を寄せた。

「その報復はいささか抽象的すぎるようだ。もし妖魔を呼びだしてくれたら、わたしがイウカウヌに関する指示をあたえる。そうすれば一件落着で、われわれはべつの問題を話しあえる」

ザライズはかぶりをふった。

「話はそれほど単純ではない。ぬけ目のないイウカウヌの不意を突くのは、容易な業ではないのだ。彼は攻撃を仕掛けた者をたちまち見ぬくだろう。そうなったら、われわれが結んできた協力関係はおしまいだ」

「ぱあっ！」キューゲルがあざけった。「賢者ザライズともあろう者が、正義をつらぬいたせいで正体を知られるのが怖いのか？　眼をしばたたいて、身を引くのか？　イウカウヌのように臆病で優柔不断な者を相手に」

「ひとことでいえば——そうだ」とザライズ。「太陽はいつ暗くなっても不思議はない。その最後の時間をイウカウヌと冗談のやりとりをして過ごしたくない。あやつのユーモアは、わし自身のユーモアよりはるかに手がこんでいるのだ。そういうわけで、聞くがいい。わしはいますぐある重要な義務を果たさねばならん。感謝の最後のしるしとして、おぬしの選ぶ場所ならどこへでも送りとどけてやる。どこがいい？」

「それで精いっぱいなら、アゼノメイへ送ってくれ。キザン川とスコーム河が合流する地点へ！」

「仰せのとおりに。すまぬが、この壇にあがってもらえぬか。両手をこのようにさしだして……。深呼吸しろ。移動中は息を吸っても吐いてもならんぞ……。用意はいいか？」

キューゲルは同意した。ザライズが後退し、呪文を叫ぶ。キューゲルはぐいっと上へひっぱられた。つぎの瞬間、足が地面に触れ、気がつくと彼はアゼノメイの目ぬき通りを歩いていた。

キューゲルは深呼吸した。

「あれだけの試練をくぐりぬけ、あれだけの浮沈を経験したあと、おれはアゼノメイに帰ってきたぞ！」

そういうと、驚きのあまりかぶりをふりながら、周囲を見まわした。古色を帯びた建造物、川を見晴らす高台、市場――なにもかも以前のままだ。さほど遠くないところにフィアノスサーの店があった。顔を見られないように背中を向けると、キューゲルはぶらぶらと歩み去った。

「さて、どうする？」彼は思案をめぐらせた。「まず新しい服。つぎに旅籠でくつろごう。そこで現在の状況をあらゆる角度から検討するのだ。イウカウヌとともに笑いたければ、細心の注意を払って計画にとりかからなければならん」

二時間後、風呂を浴びて髭を剃り、生まれ変わった気分のキューゲルは、黒、緑、赤の新しい服をまとい、香辛料のきいたソーセージの皿と緑ワインの瓶を前にして、〈河畔亭〉の大食堂にすわっていた。

「正義を遂行するというこの問題は、とうていひと筋縄ではいかん」彼はひとりごちた。「用心してかからねば！」

彼は瓶からワインを注ぎ、ソーセージを何本か食べた。それから小物袋をあけ、やわらかな布に丁寧にくるまれた小さなものをとりだした。イウカウヌがすでに所有している分と対にしたいと願った菫色の尖頭である。彼は尖頭を眼にあてようとしたが、思いとどまった。それは非常に好ましい幻影として周囲を映しだすから、二度とはずしたくなくなるかもしれない。と、そのつややかな表面を凝視しているうちに、ある計画が心に浮かびあがってきた。それはあまりにも巧妙で、あまりにも理論上は効果的でありながら、たいした危険もないので、彼はもっと優れた計画を探すのをたちまち放棄した。

つまるところは単純な計略だ。イウカウヌのところへ出向き、尖頭を渡す。あるいは、より正確を期すなら、見た目のそっくりな尖頭を。イウカウヌは対になった尖頭の効力を試すために、すでに所有している尖頭とそれをくらべるだろう。そして当然ながら、両方を通して見るだろう。本物と偽物との不一致に頭脳をゆさぶられ、彼は無力になる。そうなれば、こちらは利益にかなうと思われる手を打てばいいのだ。

この計画のどこに欠点がある？　キューゲルにはひとつも見つからなかった。もしイウカウヌに代用品だと見破られたら、謝罪して本物の尖頭をとりだし、イウカウヌの疑惑を晴らせばいいだけの話。おおむね、成功の確率は非常に高いように思われる。

キューゲルはくつろいだ気分でソーセージを平らげ、ワインのおわかりを注文し、愉快な気持ちでキザン川の対岸の風景を眺めた。急ぐ必要はない。それどころか、すでに身をもって知ったように、イウカウヌを相手にするとき、衝動的に行動するのは重大な過ちなのだ。

　あくる日、依然として計画に欠陥が見つからないので、キューゲルはスコーム河の岸辺に仕事部屋をかまえるガラス吹きを訪ねた。アゼノメイの東一マイルほどのところで、風にそよぐ黄色いビリボブの林に囲まれていた。

　ガラス吹きは尖頭をためつすがめつした。

「形も色もそっくりの正確な複製だって？　簡単な仕事じゃないな、これほど純粋でゆたかな菫色だと。こういう色はいちばんガラスでだしにくいんだ。特別な染料はない。一から十まで勘と偶然に頼らなけりゃならん。それでも——溶けたガラスを用意しよう。うまくいったらおなぐさみだ」

　何度も試行錯誤をくり返した末に、彼は必要な色合いのガラスを作りだし、表面的には魔法のレンズと見分けのつかない尖頭をこしらえた。

「すばらしい！」キューゲルは断言した。「では、料金はいかほどだ？」

「こういう菫色の尖頭に値段をつけるなら、百三時貨（タース）だ」とガラス吹きがさりげない口調で答えた。

「なんだと？」キューゲルは激昂した。「わたしがそれほどお人好しに見えるのか？　その料金は法外だ！」

　ガラス吹きはキューゲルの憤りを気にかけるそぶりも見せず、るつぼや金敷などの道具類を元にもどした。

「宇宙に真の安定というものはない。あらゆるものが変動し、循環し、満ち干する。あらゆるものに可変性が浸透しているんだ。おれの料金は、その宇宙のなかにあるから、おなじ法則にしたがって、客のほしがりように応じて変化する」

キューゲルは不愉快そうに後退した。それを見てガラス吹きは手を伸ばし、両方の尖頭を手中にした。キューゲルが大声をあげた。

「どうするつもりだ？」

「ガラスをるつぼにもどすのさ。ほかにどうしろっていうんだ？」

「それなら、わたしの財産である尖頭はどうなる？」

「この会話の記念にとっておくよ」

「待て！」キューゲルは深呼吸した。「新しい尖頭が古いのとおなじくらい透明で完璧だったら、法外ないい値を払ってもいい」

ガラス吹きは順番に尖頭を調べた。

「おれの眼にはまったくおなじに見えるがね」

「焦点はどうだ？」とキューゲル。「両方とも眼にあてて、両方を通して見てからいえ！」

ガラス吹きは両方の尖頭を眼にあてた。片方は天界の景色を見せ、もう片方は現実の景色を映しだす。その不一致に衝撃を受けて、ガラス吹きが体を泳がせた。尖頭を守るためにキューゲルが彼を支え、長椅子まで連れていかなかったら、ぶっ倒れていただろう。

尖頭を手にすると、キューゲルは仕事台の上に三タースを放った。

「あらゆるものが変化する。したがって、あんたの百タースは三タースに変わった」

ガラス吹きは、めまいがひどくて、まともな返事ができないらしく、口のなかでもごもごいって必死に手をあげようとしたが、キューゲルは仕事場から大股に歩み去った。

彼は旅籠にもどった。乱暴なあつかいのせいで破れたり、しみがついていたりする古い服にここで着替え、キザン川のほとりを歩きだした。

歩きながら、目前に迫った対決のようすを思い描き、不測の事態をできるだけ予想しようとした。行く手では、陽光が螺旋形をした緑のガラス塔をぬけてきらめいていた。イウカウヌの館だ！

キューゲルは足をとめて、風変わりな建造物をじっと見あげた。旅のあいだ、いったい何度この場面を思い描いただろう。〈笑う魔術師〉イウカウヌがすぐそばにいるここに立つ場面を！

暗褐色のタイルを敷きつめた、曲がりくねった道を登っていく。一歩ごとに神経の緊張がいやました。玄関扉に近づくと、前は気づかなかったものが、どっしりした羽目板の上に見えた。古木に刻まれた顔である。頬がこけ、顎はちぢみ、眼は怯えの色を浮かべ、唇はまくれあがり、口は大きく開いて、絶望か、あるいはひょっとすると反抗の叫びをあげているやつれた顔。

扉をたたこうと手をあげたところで、キューゲルの魂に悪寒が走った。彼はやつれた木の顔から身を引き、向きを変えて、見えない眼の視線を追った――キザン川の対岸、その彼方で眼路のかぎり起伏しながら伸びている、ほの暗い丸裸の丘陵の向こうへ。彼は作戦計画を見なおした。欠陥はあるだろうか？　自分の身におよぶ危険はあるだろうか？　あるようには思えない。もしイウカウヌに代用品だと見破られたら、過ちを謝罪して、本物の尖頭をとりだせばいい。些細な危険で大きな利点が得られるのだ！　キューゲルはふり返り、どっしりした羽目板を軽くたたいた。

しばしの時が経過した。玄関扉がゆっくりと開く。冷気が吹きだしてきて、キューゲルには特定できない、つんと鼻をつくにおいが運ばれてきた。彼の肩ごしに斜めに射しこむ陽光が玄関を通りぬけ、石床に落ちる。キューゲルはおそるおそる玄関広間をのぞきこんだ。はいれといわれずに足を踏み入れる気にはなれなかった。

「イウカウヌ！」彼は声をはりあげた。「出てきてください、お宅にはいりますよ！　これ以上は不当な非難に甘んじたくありません！」

内部で動きがあり、ゆっくりと足を運ぶ音がした。ある部屋からとなりの部屋へイウカウヌがやってきた。その顔つきに変化がある、とキューゲルは思った。やわらかな黄色い大頭は前よりたるんでいるように思える。頬は垂れさがり、鼻は鍾乳石のようにぶらさがり、顎はピクピク動く大きな口の下にあるおできも同然だ。

イウカウヌは、それぞれの角が上向いている四角い褐色の帽子をかぶり、茶色と黒の菱形模様のはいった上着を着て、暗褐色の厚ぼったい素材で作られ、黒い刺繍をほどこした半ズボンをはいていた——端正な衣裳だが、イウカウヌはそれをだらしなく着ていた。まるで自分にはなじみがなく、着心地が悪いかのように。それればかりか、キューゲルにおかしな挨拶をした。

「おや、お仲間か、なにが目的だ？　おぬしは逆立ちして天井を歩く方法をおぼえないだろう」そういうとイウカウヌは、にやにや笑いを隠すために両手で口を覆った。

キューゲルは驚きと疑いのあまり眉毛を吊りあげた。

「それはわたしの目的ではありません。たいへん重要な用件で参りました。すなわち、あなたにかわって行なった使命を無事に果たしたとご報告するために」

「それは重畳!」イウカウヌが叫んだ。「それでは、パン庫の鍵をさしだしてもいいぞ」

「パン庫ですか?」キューゲルは驚きのあまり眼をみはった。イウカウヌは気でも狂ったのだろうか? 「わたしはキューゲル、ある使命を課せられて、あなたに北へ送りこまれた者です。天界をのぞきこませてくれる魔法の尖頭を持って帰って参りました!」

「そうだった、そうだった!」イウカウヌが叫んだ。「〝ブルズム・スズズス〟。正反対の状況が多すぎて、頭がぼんやりしているようだ。しかし、いまは歓迎するぞ。もちろん、キューゲルだ! なにもかもはっきりした。おぬしは出かけていき、帰ってきた! 友なるフィルクスは息災か? もちろん、そうであろう。彼との再会を待ちこがれておった。すばらしい仲間だ、フィルクスは!」

キューゲルはおざなりに相槌を打った。

「はい、フィルクスはたしかに友であり、絶えずはげましてくれました」

「それは重畳! はいるがいい! 軽い食事を用意しよう! どちらがいいかな――〝スズ・ムズスム〟と〝スズク・ズスム〟の?」

キューゲルはイウカウヌに猜疑の眼を向けた。イウカウヌのふるまいは、風変わりではすまなかった。

「いまおっしゃられたどちらにもなじみがありませんので、両方ともご好意だけいただいておきます。それより、ご覧ください! 魔法の菫色の尖頭を!」そういうとキューゲルは、ほんの数時間前に手に入れたガラスのまがいものを示した。

「でかした！」イウカウヌがきっぱりといった。「よくやった。これによっておぬしの罪は――さまざまな状況を整理しおわったので、ようやく思いだしたが――帳消しになったと宣言する。だが、その尖頭をよこせ！　つけて試さねばならん！」

「当然です」とキューゲル。「天界の壮麗さを存分に理解するために、あなたご自身の尖頭を持ってきて、同時に両方を通して見ることをお勧めします。これが唯一の正しい方法です」

「そう、まったくそのとおり！　わしの尖頭。あの強情な悪党は、いったいどこへ隠しおったのだ？」

「『強情な悪党』ですか？」キューゲルはたずねた。「何者かがあなたの貴重な品をまちがった場所に置いたのですか？」

「そういえないこともない」イウカウヌはヒッヒッヒッと笑い、両方の足を思いきり横へ蹴りあげて、床にどさっと倒れると、驚いているキューゲルにその体勢で話しかけた。「おなじことだ。そしてもはや重要ではない。なぜなら、いまやすべてが〝ムンツ〟の様式で起こらねばならないからだ。そう、ただちにフィルクスの意見を聞こう」

「この前は」キューゲルが辛抱強い口調でいった。「あちらのあの部屋にある飾り戸棚から尖頭をとりだしておいででした」

「黙れ！」イウカウヌがいきなり不興もあらわに命令した。体を引きあげるようにして立ちあがり、「〝スズズ〟！　尖頭をしまってある場所くらい、いわれなくてもわかるわ！　なにもかも完全に協調しておる。ついてこい。ただちに天界の真髄を学ぶのだ！」

彼はゲラゲラ笑いだし、それを聞いてキューゲルは驚きも新たに眼をみはった。

イウカウヌはとなりの部屋へのろのろとはいっていき、魔法の尖頭をおさめた箱を持ってもどってきた。キューゲルに向かって横柄な身ぶりで、

「正確にこの地点に立て。動いてはならん、フィルクスを尊ぶなら」

キューゲルは素直にお辞儀した。イウカウヌが自分の尖頭をとりだした。

「さあ——新しい品を！」

キューゲルはガラスの尖頭をさしだした。

「眼にあててください、両方いっしょに。そうすれば天界の栄光を存分に楽しめるでしょう！」

「そうだ！　そうあらねばならん！」

イウカウヌはふたつの尖頭をかかげ、両方を眼にあてた。彼が眼に映るものの不一致に麻痺を起こして倒れることを予想したキューゲルは、昏倒した碩学を縛るために持ってきた紐に手を伸ばした。ところが、イウカウヌは気絶するそぶりを見せなかった。妙な具合に高笑いしながら、あちらこちらを凝視する。

「すばらしい！　みごとだ！　純粋な悦楽の光景だ！」

彼は尖頭をはずし、注意深く箱にしまった。キューゲルはむっつりと見まもった。

「わしは大いに満足した」イウカウヌが両手両腕をくねくねと動かし、キューゲルをますますとまどわせた。「そうだ」イウカウヌは言葉をつづけた。「おぬしは立派に使命を果たした。その功によって、おぬしの犯した愚かな罪は免じられる。あとは、わしにとって不可欠のフィルクスを渡して

くれるだけでいい。そのためには、おぬしを槽に入れねばならん。おぬしはおよそ二十六時間にわたり適切な液体にひたされるであろう。そうすればフィルクスを首尾よく誘いだせるのだ」

キューゲルは顔をしかめた。冗談好きで短気なだけではなく、正気を失った魔術師をどうしたら説得できるだろう？

「そのように液体に浸かれば、わたしは害を受けるかもしれません」彼は慎重に指摘した。「フィルクスにはもっと長い期間、世間を漫遊してもらうほうが、はるかに賢明です」

イウカウヌはその提案をたいそう好ましいものと受けとったらしく、極端に複雑なジグを踊るという手段で喜びを表わした。イウカウヌのように手足が短く、肥満気味の男にしては驚くほど俊敏な動きだった。締めくくりに、彼は空中に高々と飛びあがり、首と肩から着地して、ひっくり返った甲虫のように腕と脚をじたばたさせた。キューゲルは魅せられたように見つめた。イウカウヌは生きているのだろうか、死んだのだろうか。

しかし、イウカウヌは眼をしばたたくと、すばやく立ちあがった。

「正確な圧力と推力を見きわめなければならんな」と彼はひとりごちた。「さもないと、衝撃がある。ここのエルクタンスは〝ススズプンツ〟とは状態がちがっておる」

彼はまたしても首をのけぞらせて高笑いした。その開いた口のなかをのぞいたキューゲルの眼に、舌ではなく白い鉤爪が映った。彼にはピンときた。イウカウヌの奇矯なふるまいの理由が、フィルクスのような生きものが、なんらかの方法でイウカウヌの体内にはいりこみ、頭脳を乗っとってしまったのだ。

キューゲルは興味を惹かれて顎をこすった。驚くべき状況だ！　ひたすら考えに没頭する。なにより知りたいのは、その生きものがイウカウヌの魔術の技を失わずにいるかどうかだ。キューゲルはいった。

「あなたの英知には驚くばかりです！　賞賛の念を抑えられません！　まじないに関する蒐集品を新たに加えましたか？」

「いや。手もとにたっぷりある」イウカウヌの口を通して、その生きものがきっぱりといった。「ところで、いまは休息が必要な気分だ。先ほど行なった旋回のせいで静養しなければならなくなった」

「単純な問題です」とキューゲル。「その目的にかなうもっとも効果的な手段は、〈指示的な意志作用の突出部〉を極端なまでの強さで締めあげることです」

「本当か？」生きものがたずねた。「できるだけやってみよう。どれどれ――これは〈対照の突出部〉で、こちらは〈閾下形態の渦巻き〉……〝スズズム〟。ここでは大いに困惑させられる。アルケナルとは大ちがいだ」

その生きものは、口がすべったのを気づかれたかどうかたしかめようと、鋭い視線をキューゲルに注いだ。キューゲルは退屈しきっている態度を装った。生きものはイウカウヌの頭脳のさまざまな要素の分類整理をつづけた。

「ああ、ここにあった――〈指示的な意志作用の突出部〉。さあ、いきなり圧力を高めるぞ」

イウカウヌの顔がこわばり、筋肉がたるんだ。そして肥満体が床へくずおれた。キューゲルは飛びだして、イウカウヌの両腕と両脚を瞬時に縛りあげ、大きな口に粘着性の猿轡をかませた。

いまやキューゲルは得意の絶頂だった。万事うまくいったぞ！　イウカウヌも、彼の館も、魔法道具の厖大な蒐集品も自分の思うがままなのだ！　キューゲルは無力な肥満体をどうしようかと考え、戸外へ引きずりはじめた。外へ出れば、大きな黄色い頭を切りおとすのに都合がいい。だが、イウカウヌのせいでこうむった無数の屈辱や不快や恥辱を思いだして立ちどまった。イウカウヌがなにも知らないまま、後悔もせずにあっさりと忘却の淵に沈んでいいものだろうか？　いいわけがない！

キューゲルは動かなくなったイウカウヌの体を広間へひっぱりだし、近くにあった長椅子に腰かけて考えをめぐらせた。

じきに体はピクリと動き、眼をあけて、起きあがろうとしたが、無理だとわかると首をめぐらし、最初は驚き、ついで憤怒の表情でキューゲルをじろじろ見た。口から断固たる調子の音が出てきたが、キューゲルはどっちつかずの手真似で応じた。

まもなくキューゲルは立ちあがり、縛めと猿轡を調べ、念のため二重にしてから、館内を用心深く調べはじめた。侵入者をだしぬいたり裏をかいたりするために、気まぐれなイウカウヌが仕掛けていそうな罠や、囮や、落とし格子を警戒しながら。イウカウヌの仕事部屋を調べるあいだはとりわけ慎重になり、長い棒でいたるところを探った。しかし、イウカウヌが罠が仕掛けていたとしても、なにも見つからなかった。

イウカウヌの棚にそって見ていくと、硫黄、アクアステル、ザイチェのチンキ、薬草が見つかり、キューゲルはそれらから粘り気のある黄色い霊液を調合した。弛緩した体を仕事部屋へ引きずっていき、薬を投与して、命令したり説得したりすると――イウカウヌは摂取した硫黄のためにますます黄色が濃くなり、耳からアクアステルの蒸気を立ちのぼらせており、キューゲルは大仕事をしたせいで息が荒く、汗を流していた――ようやくアルケナルからきた生きものが、胸を波打たせている体から鉤爪を離した。キューゲルはそれを捕えて大きな石の乳鉢のなかに入れ、鉄の乳棒ですりつぶし、濃硫酸で溶かすと、芳しい香りのメルナウンスを加え、できあがったドロドロしたものを排水溝に流した。

まもなくイウカウヌが意識をとりもどし、噛みつきそうな勢いでキューゲルをにらみつけた。キューゲルが恍惚剤(ラプトゲン)の気体を嗅がせると、〈笑う魔術師〉は、白眼をむいて人事不省の状態に逆もどりした。

キューゲルはふたたび腰をおろして、ひと休みした。問題が存在する――申し立てをするあいだ、イウカウヌをどういうふうに拘束するのが最善だろう。一、二冊の手引書にざっと眼を通したあと、けっきょく膠(にかわ)でイウカウヌの口をふさぎ、あまり複雑ではない呪文で彼の生命力を確保してから、背の高いガラスの筒に閉じこめ、鎖で玄関広間にぶらさげた。

この作業が終わると、イウカウヌがふたたび意識をとりもどし、キューゲルは愛想笑いを浮かべて後退した。

「やっとだな、イウカウヌ、ものごとがおさまるところへおさまりはじめた。あんたがわたしに加えた屈辱を憶えているか？　どれほどひどい屈辱だったことか！　あんたに後悔させてやる――わたしはそう誓ったんだ！　いまからその誓いを成就する。いいたいことは伝わったかな？」

イウカウヌの顔がゆがんだ。その表情は、この場にふさわしい反応だった。

キューゲルはイウカウヌの秘蔵品である黄色いワインの杯を手にして腰をおろした。

「こんな具合にことを進めるつもりだ――わたしがなめた辛酸を合計する。それには悪寒、冷たい隙間風、侮辱、胸を締めつけるほどの憂慮、不安、わびしい絶望、恐怖、嫌悪といった筆舌につくしがたい艱難辛苦、つまり、おなじ基準では測れない苦労がふくまれる。口のきけないフィルクスの援助はいうにおよばずだ。この合計から、わたしが最初に犯した過ちをさし引き、そしてひょっとしたらさらにひとつかふたつの調整をほどこした上で、残った分のお返しをする。さいわい、あんたは〈笑う魔術師〉イウカウヌだ。この状況から超然とした態度でひねくれた楽しみを引きだすにちがいない」

キューゲルはもの問いたげにイウカウヌをちらっと見あげたが、返ってきたのは、面白がっているとはいえない視線だった。

「最後の質問だ」キューゲルはいった。「わたしが命を落とすか、動けなくなるような罠か囮を仕掛けたか？『仕掛けていない』ならまばたきを一度。『仕掛けた』なら二度してくれ」

イウカウヌは筒のなかから蔑みの眼差しをくれただけだった。

キューゲルはため息をついた。

「やはり、用心してやるしかないわけか」

彼はワインを大広間へ持っていき、魔法の道具、出土品、護符、骨董の蒐集品に親しみはじめた。

いまや、実質的に、すべてが彼の所有物である。熱い期待のこもったイウカウヌの視線が、どこまでも追ってきたので、気の休まる暇がなかった。

　日々が過ぎ、イウカウヌの罠は――かりに存在するとしても――閉じられないままだった。とうとうキューゲルは、罠は存在しないと信じるようになった。この期間を通じて、彼はイウカウヌの大型本や二つ折り本（フォリオ）に読みふけったが、失望する結果となった。書物のなかには古代言語や、判読不能の走り書きや、秘密の専門用語で書かれているものがあった。理解を超える現象を記述したものもあり、さし迫った危険のにおいを強烈に発散しているのですぐさま表紙を閉じるはめになったものもあった。

　見つけた備忘録のうち一、二冊は、彼にも理解できることがわかった。キューゲルはこれらの研究に没頭し、ねじれた音節をつぎつぎと精神に詰めこんだ。そこで音節は回転し、彼のこめかみを圧迫して膨張させた。じきに、もっとも単純で初歩的な呪文をいくつか憶えこめるようになり、その一部をイウカウヌ相手に試してみた。とりわけラグウィラーの〈かゆみ地獄〉を。しかし、たいていは生まれつきの素質が欠けているので失望することになった。熟達した魔術師は、もっとも強力な呪文を三つ、場合によっては四つも憶えられる。キューゲルにすれば、たったひとつの呪文を記憶することさえ、途方もない困難をともなう仕事だった。ある日など、繻子織りの座布団に空間転移の術をかけようとしているあいだに、ある種の強力呪句（パーヴァルジョン）を逆に唱え、うしろ向きに玄関広間へ放りだされた。イウカウヌのせせら笑いに腹を立て、キューゲルは筒を館の正面まで運んでいくと、腕木を二本とりつけてランプを吊りさげた。その後ランプは夜中に館の前を照らすようになった。

ひと月が経過し、キューゲルは館に居すわっていることに多少の自信がついてきた。近くの村の農民たちが作物を運んできて、お返しにキューゲルは、自分にできるささやかな術をほどこしてやった。あるとき、ジャニス――彼の寝室の世話係を務める娘――の父親が深い溜池で大事な留め金を失くし、回収してくれとキューゲルに泣きついてきた。キューゲルは気軽に応じ、イウカウヌのはいっている筒を溜池におろした。イウカウヌがなんとか留め金のありかを突きとめ、留め金はひっかけ鉤で回収された。

この出来事でキューゲルは、イウカウヌのべつの使い道を考えついた。アゼノメイの市で〝グロテスクなものの競争〟が計画されていた。キューゲルはイウカウヌを競争にだし、優勝は逃がしたものの、イウカウヌの渋面は忘れがたく、多くの評言を引きだした。

その市でキューゲルはフィアノスサーと出会った。最初にキューゲルをイウカウヌの館へさし向けた護符や魔法の品の商人である。フィアノスサーは、おどけた驚きの表情でキューゲルからイウカウヌのはいっている筒に視線を移した。キューゲルはその筒を荷車にのせて館へ帰るところだった。

「キューゲル！　切れ者キューゲル！」フィアノスサーが大声をあげた。「では、噂は本当だったのか！　いまはきみがイウカウヌの館の主人で、道具や骨董の厖大な蒐集品の持ち主なんだね！」

はじめのうちキューゲルは、フィアノスサーに見憶えがないふりをし、つぎにこの上なく冷ややかな声でいった。

「まさしく。ご覧のとおり、イウカウヌは世俗のことがらにあまりかかわらないことにしたのだ。

にもかかわらず、館は罠の巣窟だ。夜中には腹をすかせたけものが何頭も敷地をうろつくし、わたしはそれぞれの入口を守るために、強力きわまりない呪文をかけておいた」

フィアノスサーはキューゲルのよそよそしい態度に気づかないようだった。ぽっちゃりした手をこすり合わせて、

「いまやきみが厖大な蒐集品を意のままにできるのだから、価値の低い品をいくつか売ってくれないかな？」

「売る必要もなければ、売る気もない」とキューゲル。「イウカウヌの金庫には、太陽が暗くなるまでつきないほどの黄金がおさまっている」

この時代の習慣で、ふたりとも死に瀕している星の色をたしかめようと天を仰いだ。

フィアノスサーが愛想よく手をふった。

「それならしかたない。ごきげんよう。あなたにも、ごきげんよう」

最後の言葉はイウカウヌに向けられたもので、彼は苦虫を嚙みつぶしたような顔でにらみ返しただけだった。

館へ帰ると、キューゲルはイウカウヌを玄関広間へ運びいれた。それから、屋上へあがり、手すり壁に寄りかかって、海原の波濤のように連なっている丘陵のひろがりに眼をこらした。これで百度めになるだろうか、イウカウヌが奇妙にも先を見通せなかったことについて思いをめぐらす。この自分、キューゲルは、なんとしてもおなじ轍を踏んではならない。そして彼は周囲の防御態勢に眼を配った。

頭上には螺旋形をした緑のガラスの塔がそびえている。眼下には、イウカウヌが審美的に正しいと考えた急峻な棟と破風が斜めに伸びている。館に容易に近づく方法は、古めかしい砦の表面を伝うことだけだ。キューゲルは、傾斜した外側の迫台（せりだい）に石鹸石の板を並べた。手すり壁によじ登ろうとする者がいれば、この板に足をのせ、破滅に向かってすべり落ちること必定である。手のこみすぎた水晶の迷路をこしらえるかわりに、イウカウヌが同様の措置を講じていたら――とキューゲルは思った――いまごろは背の高いガラスの筒から外を見ていなくてもすんだはずだ。

ほかの防御術も完璧にしなければならない。すなわち、イウカウヌの棚に由来する資産の活用だ。大広間へもどると、彼はジャニスとスキッヴィー――見目麗しいふたりの小間使い――がだしてくれた食事を平らげてから、すぐさま研究に没頭した。その夜の研究は、〈孤絶の包嚢術〉――現在よりは何却紀も前のほうが好まれていたらしい報復行為――と、イウカウヌが彼を北方の荒れ地へ移送するのに用いた〈遠隔急派の術〉にまつわるものだった。どちらの呪文もたいへんな力を秘めていた。どちらも大胆かつ正確無比に制御しなければならず、最初のうちキューゲルは、とても手に負えないのではと心配だった。にもかかわらず彼はあきらめず、とうとう必要ならどちらかいっぽうを憶えられるような気がしてきた。

二日後、キューゲルの予想が的中した。玄関扉をたたく者がおり、キューゲルが扉を大きく開くと、招かれざる客フィアノスサーの姿があったのだ。

「こんにちは」キューゲルはそっけない声でいった。「体調がよくないので、ただちにお引きとり願いたい」

フィアノスサーがあたりさわりのない身ぶりをして、

「きみが病に苦しんでいるという話が伝わってきた。心配のあまり、鎮静剤を持って急いで参上したしだいだ。なかへ入れてもらえれば」――そういいながら、肥満体を押しこんで、キューゲルのわきをすりぬけようとする――「特別な薬を処方してあげよう」

「わたしの病気は不定愁訴だ」キューゲルは意味ありげにいった。「それは癇癪の破裂という形で表われる。どうかお引きとり願いたい。さもないと、発作を抑えきれずに、あなたを剣で三つに切りわけてしまうか、もっと悪いことに、魔法を働かせてしまうだろう」

フィアノスサーは不安げにたじろいだが、楽天的なひびきを隠さない声で言葉をつづけた。

「その不調に効く薬も持ってきている」黒い瓶をとりだし、「ひと口飲めば、きみの不安は解消だ」

キューゲルは剣の柄頭を握った。

「どうやら、はっきりいわないと駄目らしい。きさまに命令する――失せろ、二度ともどって来るな！　きさまの魂胆はお見通しだ。警告しておくが、わたしはイウカウヌより与しやすい敵ではないぞ！　だから、立ち去れ！　さもないと、〈足指肥大化の術〉をかけるぞ。かけられた指が家の大きさまで腫れあがってもいいのか」

「あんのじょうだ」フィアノスサーが激昂して叫んだ。「化けの皮がはがれたな！　切れ者キューゲルとやらが聞いて呆れる。恩知らずの正体が露見しおった！　自分の胸に手をあてて訊いてみろ――だれがイウカウヌの館の略奪を勧めた？　このわたしだ。したがって、正直な行ないというものの基準に照らして、わたしにはイウカウヌの富を分配される権利があるのだ！」

キューゲルは剣を鞘走らせた。

「聞くだけ聞いたぞ。いまから行動だ」

「待て！」そういうとフィアノスサーは、黒い瓶を高くかかげた。「この瓶を床へ投げつけるだけで、わたしには効かない膿をぶちまけられるのだぞ。だから、さがれ！」

しかし、怒り狂ったキューゲルは突進し、かかげられた腕に剣を突き刺した。フィアノスサーが痛みに絶叫し、黒い瓶を空中に放る。キューゲルはとっさに跳躍して、瓶をつかみとった。しかし、その隙に飛びだしたフィアノスサーが彼に一撃を食らわせたので、キューゲルはよろよろと後退し、イウカウヌのはいっているガラスの筒に衝突した。筒は石床にひっくり返って、砕け散った。イウカウヌが破片の山から苦労して這いだしてきた。

「はっはっ！」フィアノスサーが哄笑した。「これで成り行きが変わったな！」

「おあいにくさまだ！」キューゲルは大声をあげると、イウカウヌの道具のあいだに見つけておいた青い濃縮液を発射する筒をとりだした。

イウカウヌはガラスの破片で必死に猿轡を切ろうとしていた。キューゲルが青い濃縮液を吹きつけると、イウカウヌは口をふさがれたまま大きな苦痛のうめき声を洩らした。

「ガラスを落とせ！」キューゲルは命じた。「壁のほうを向け」フィアノスサーを威嚇し、「きさまもだ！」

細心の注意を払って、彼は敵ふたりの腕を縛りあげてから、大広間へはいって、研究していた備忘録を手にとった。

「さあ――ふたりとも外へ！」彼は命じた。「きびきび動け！　これで事態にはっきりした決着がつくだろう！」

彼は館の裏手にある平地までふたりを歩かせ、すこし離れて立たせた。

「フィアノスサー、きさまには当然の報いを受けてもらう。きさまのずるさ、欲深さ、唾棄すべきやり口のお返しに、これから〈孤絶の包嚢術〉をかけてやる！」

フィアノスサーが泣きわめき、がっくりと膝をついた。キューゲルは気にも留めなかった。備忘録と首っぴきで呪文を憶えこむ。それから、フィアノスサーを指さして名前を呼び、恐るべき音節を口にした。

しかし、フィアノスサーは大地に沈みこむかわりに、うずくまったままだった。キューゲルはあわてて備忘録を確認し、一対の強力呪句の位置を誤って入れ替えてしまい、その結果、呪文の性質を逆転させたことに気づいた。じっさい、過ちをさとったときには、四方八方で小さな音がしていた。数却紀にわたるこれまでの犠牲者たちが、いまや四十五マイル下の地中から噴出してきて、地表へ吐きだされていたのだ。ぼんやりした驚きで眼をしばたたきながら、彼らはそこに横たわった。もっとも、ひと握りの者は硬直したままだったが。体液の循環が緩慢すぎて反応できないのだ。彼らの衣服は塵と化していた。ただし、包嚢にくるまれてからさほど時間がたっていない者は、まだぼろをまとっていた。じきにもっとも激しいめまいを起こしていて、体がこわばっている者以外は、全員がおずおずと動きはじめた。空気に触れ、空に向かって手探りし、太陽に驚嘆する。

キューゲルは耳ざわりな笑い声をあげた。

「どうやら術のかけ方を誤ったようだ。しかし、問題はない。おなじ過ちは二度とくり返さない。イウカウヌ、きさまの罪にきっちりと見合う罰をくだしてやる！　きさまはわたしを無理やり北の荒れ地へ、太陽が南の空を低くめぐる土地へ飛ばした。きさまにおなじことをしてやる。きさまはわたしにフィルクスを押しつけた。きさまにフィアノスサーを押しつけてやる。ふたりそろって凍土(ツンドラ)を歩き、グレート・アーンの森をぬけ、マグナッツの山々を越えるがいい。泣きついても無駄だ。いいわけをするな。この場合、わたしの意志は固いぞ。青い安酒をこれ以上浴びせられたくなければ、おとなしくしろ！」

そういうわけで、こんどキューゲルは〈遠隔急派の術〉にとり組み、術を発動させる音声を慎重に心に刻みこんだ。

「覚悟しろ！」彼は声をはりあげた。「さらばだ！」

そういうと呪文を唱えはじめた。いいよどんだ強力呪句はひとつだけで、そこでは不安に襲われた。しかし、万事がうまくいった。高みからバサッという音としわがれた叫び声が降ってきたのだ。通りがかった妖魔が飛翔を中断させられたのである。

「姿を見せろ、姿を見せろ！」キューゲルは声をはりあげた。「目的地は前とおなじだ。北海の岸辺だ。そこへ荷物を生きたまま、無事に送りとどけろ！　姿を見せろ！　名指しされた人物をつかみ、命令にしたがって運んでいけ！」

大きな羽ばたきが空気を打った。おぞましい顔をつけた黒い影が、こちらを見おろす。そいつは鉤爪をおろした。キューゲルがさらいあげられ、北へ運ばれていった。入れ替わった強力呪句に裏切られるのは、これが二度めだった。

丸一昼夜、妖魔はブツブツいったり、うめいたりしながら飛びつづけた。夜明けを過ぎたころ、キューゲルは浜辺へ放りだされ、妖魔は羽ばたきの音を残して去っていった。

静寂がおりた。左右には灰色の浜辺がひろがっている。背後には塩生草や棘草の茂みが点在する丘がそびえている。浜辺を二、三ヤード行ったところに、ばらばらになった鳥籠がころがっていた。かつてキューゲルはその鳥籠に入れられて、このおなじ場所へ送りとどけられたのである。うなだれ、膝をかかえて、キューゲルはすわったまま沖を見つめた。

訳者あとがき――〈滅びゆく地球〉シリーズのこと

美徳の話など読みたがる者はいないだろう。その点に留意すべきだ。
――ジャック・ヴァンス

ここにお届けするのは、《ジャック・ヴァンス・トレジャリー》第二弾、『天界の眼――切れ者キューゲルの冒険』である。

副題どおり、「切れ者」と自称する小悪党が行く先々で巻き起こす騒動を綴ったサイエンス・ファンタシーの連作だが、まずは本書がその一環をなす〈滅びゆく地球(ダイング・アース)〉シリーズの説明からはじめたい。

〈滅びゆく地球〉とは、科学が衰退し、魔法が復活して、奇怪な動植物や亜人間が跳梁跋扈する遠い未来の地球のこと。これを舞台にした一連の作品が〈滅びゆく地球〉シリーズであり、第一作の題名 *The Dying Earth* に由来する。

その第一作だが、一九五〇年にヒルマンという小さな出版社からペーパーバックで刊行された。四五年に作家デビューを飾ったヴァンスにとって、初の著書に当たる。

この時系列から、同書がデビュー後に書かれたものであり、それまで宇宙SF(主に〈マグナス・リドルフ〉シリーズ）を書いていた作家が、突如として魔法の通用するファンタシーを書いたと思われがちなのだが、じっさいはちがっていた。ヴァンスをデビューさせた編集者サム・マーウィン・ジュニアによれば、一九四一年ごろからヴァンスが投稿してきた「魅力的だが、掲載できない疑似キャベル風ファンタシー」を読んでは没にしていたというのだ。後年ヴァンス自身が、この時期に書いた一連のファンタシーをヒルマンに売り、同社が『終末期の赤い地球』という題名のもとに上梓したと証言している。つまり、ヴァンスは最初からファンタシー志向だったのである。

マーウィンのいうキャベルは、アメリカの幻想文学者ジェイムズ・ブランチ・キャベル（一八七九～一九五八）。〈マニュアル伝〉と総称される中世風ファンタシーの連作で知られる作家だ。その典雅な文体や皮肉なユーモアは、たしかにヴァンスに通じるものがある。しかし、ヴァンスに直接の影響をあたえたのは、一九三〇年代に活躍したアメリカの幻想文学者クラーク・アシュトン・スミス（一八九三～一九六一）だ。とりわけ、地球最後の大陸ゾティークを舞台にした一連の作品は、魔法が復活したはるかな未来という設定といい、魔術師や盗賊を主人公にした連作形式といい、異国情緒豊かなネーミング・センスといい、綺語を多用した装飾過多の文体といい、『終末期の赤い地球』との共通点が多い。この点については、ヴァンス自身がつぎのように述べている――

「わたしは早熟で、頭がよすぎるタイプの子供だった。兄弟姉妹はたくさんいたが、ある意味で周囲から孤立していた。わたしは読んで読んで読みまくった。愛読していたもののひとつが往時の〈ウィアード・テールズ〉で、クラーク・アシュトン・スミスの作品が載っていた。彼は多産なファンタシーの天才のひとりだった……スミスはすこし不器用なときもあるが、すくなくとも彼の散文はつねに面白く読める。

はじめてファンタシーを書いたとき、わたしはもはやスミスを意識していなかった――影響は潜在意識にまで沈みこんでいたのだ。しかし、そう指摘されたとき、影響はやすやすと見てとれた」

つい話が先走ったが、『終末期の赤い地球』は、ゆるやかにつながった六つの中短篇から成っている。いずれも廃墟趣味にいろどられた疑似中世風のファンタシーだが、ときどきSF的な事物や発想がはさまってくる。こうしたSFとファンタシーの狭間にある作品は、のちにサイエンス・ファンタシーと呼ばれて隆盛を見るのだが、ヴァンスはその先駆者として認められており、〈マジプール年代記〉のロバート・シルヴァーバーグ、〈新しい太陽の書〉のジーン・ウルフ、〈氷と炎の歌〉のジョージ・R・R・マーティンといった大物たちから最大限の敬意を払われている。

さらにいえば、ヴァンスが同書に導入した設定が、のちにゲームの世界を変えることになった。魔法が万能では話にならないので、その制約に知恵を絞るのが作家のつねだが、ヴァンスは「呪文は脳にあたえる負担が大きいので、かぎられた数しか暗記できず、使うたびに憶えなおさなければならない」という設定を編みだしたのだ。このシステムがテーブル・トーク・ロールプレーイング・ゲームの金字塔〈ダンジョンズ&ドラゴンズ〉にとりこまれたわけだ。

こうした事情もあって、いまでは名作として評価が定着している『終末期の赤い地球』だが、当初はあまり評判にならなかった。ヒルマンはもともと小規模だったうえ、朝鮮戦争にともなう用紙の不足や配本の混乱もあって、そもそも本が出まわらなかったのだ。編集も杜撰で、第一話と第二話が入れ替わるというミスまで起きていた。しかも、ヒルマンはこの後すぐに出版から撤退したため、同書は最初から稀覯本となる運命にあった。

　時代もよくなかった。じつは第二次世界大戦後のアメリカは、極端なまでに実利志向、科学志向の社会となっており、非合理を尊ぶファンタシーは受け入れられる余地がなかったのだ。このような状況で、運良く同書を手に入れた読者の多くは熱心なSFファンであり、肩すかしを食らった気分になったらしい。たとえば前述のシルヴァーバーグは、H・G・ウェルズ「タイム・マシン」（一八九五）に描かれたような、科学的予測から生まれた地球の終末図を期待していたので、中世的なファンタシーであった同書には失望したという体験を語っている（もちろん、ティーンエイジャーだったころの話である）。ともあれ、ヴァンスはこの後『大いなる惑星』（雑誌掲載一九五二）、*To Live Forever*（1956）、*The Languages of Pao*（1958）といったSF長篇で名をあげていく。

　とはいえ、五〇年代の末になるとSFの洗練化が行きづまり、新しい道が模索されはじめる。それにはふたつの方向性があった。ひとつは〈新しい波（ニュー・ウェーヴ）〉運動に代表される、従来のSFを否定して前衛文学に近づく道。もうひとつは、原初的なエネルギーに満ちたスペース・オペラやファンタシーを復活させる道。後者の流れに乗って、『終末期の赤い地球』が一九六二年にランサー・ブックスから再刊され、一躍その名を高からしめた（このとき第一話と第二話の入れ替わりも解消された）。同じ年、SF誌〈ギャラクシー〉八月号に発表されたサイエンス・ファンタシー「竜を駆る種族」は高い評価を受け、翌年のヒューゴー賞短篇部門を制した。ヴァンスに追い風が吹きはじめたのである。

　そしてJ・R・R・トールキンの〈指輪物語〉がアメリカでペーパーバック化され、一大ベストセラーとなった一九六五年、ヴァンスの新しいファンタシーがSF誌〈ファンタシー&サイエンス・フィクション〉に登場した。十五年ぶりの〈滅びゆく地球〉シリーズであったばかりか、その続篇がつぎつぎと同誌の誌面を飾ったことでも読者を驚かせた。というのも、ほぼ独立した中短篇の集合体であった前作とはちがい、今回は縦糸になるストーリーがあり、出ずっぱりの主役がいたからだ。その主役こそ、「切れ者と呼ばれるのは伊達じゃない」が口癖の小悪党キューゲルだった。つまり、〈滅びゆく地球〉という魅力的な設定に、アモラルな無頼漢という魅力的な人物が加わったのである。

参考までに〈F&SF〉掲載時のデータを記しておこう——

「天界」"The Overworld" 一九六五年十二月号
「マグナッツの山々」"The Mountains of Magnatz" 一九六六年二月号
「魔術師ファレズム」"The Sorcerer Pharesm" 同年四月号
「巡礼たち」"The Pilgrims" 同年六月号
「イウカウヌの館」"The Manse of Iucounu" 同年七月号

本文をお読みになった方はすでにお気づきだろうが、第二話「シル」"Cil"と第六話「森のなかの洞穴」"The Cave in the Forest"が抜けている。じつは、アメリカでは執筆と同時進行の形で小説が雑誌に連載されることはめったにない。完成している原稿を分載し、そのさい多少の省略をほどこすのが通例である。雑誌連載版はあくまでもサンプルであり、気に入ったら完全版の単行本を買ってくれというわけだが、この場合もそれに当たる。「シル」が掲載されなかったせいで、そのつぎのエピソード「マグナッツの山々」は、辻褄を合わせるための改稿が甚だしいというし、雑誌掲載版の「イウカウヌの館」は、「森のなかの洞穴」を無理やりつなぎ合わせたものだった。さらに、第一作以外は、前作の内容を思いださせるための加筆がなされている。

完全版である単行本 *The Eyes of the Overworld* は、一九六六年の後半にエース・ブックスからペーパーバックで上梓された。本書はその全訳である。

ところで、冒頭で本書を「サイエンス・ファンタシー」と評したが、これは内容に注目したうえでの発言。形式に目を向ければ「ピカレスク・ロマン」となり、本書はその魅力を最大限に発揮している。

「悪漢小説」という訳語が災いして、わが国ではいろいろと誤解されているが、ピカレスク・ロマンとは本来「諷刺小説の一類型――十六世紀スペインに起源をもち、主人公は愉快な浮浪者、あるいは無頼漢で、自分の生活と冒険をかなり自由に挿話的(エピソディク)な形で語っていく小説」(バーバラ・A・バブコック)を意味する。つまり、騎士道ロマンの裏返しという成立事情から、卑しい生まれの社会のはみ出しものを主人公に、その行動をエピソードの羅列で綴っていく文学形式なのだ。

本書がこの定義にピタリと当てはまることがおわかりだろう。エピソードの羅列を通して、善悪や美醜といった概念を相対化していくところは、ピカレスクの醍醐味といえる。もちろん、それを支えるのがキューゲルというキャラクターだ。こむずかしい理屈をこねるよりは、いっそのこと

「無責任男のスチャラカ珍道中もの」といったほうが話は早いかもしれない。いずれにしろ、本書は一夜にしてファンタシーの古典となり、前作『終末期の赤い地球』ともども後続の作家たちに絶大な影響をあたえていく。すでにあげた名前に加えれば、マイクル・ムアコック、ロジャー・ゼラズニイ、テリー・ダウリング、ダン・シモンズらがヴァンスに感化された面々である。

当然ながら続篇を望む声は絶えなかったが、ほかのプロジェクトが忙しかったのか、〈滅びゆく地球〉シリーズの執筆はしばらく間があく（そのため別の作家が新作を書くという事態が生じるのだが、この点については後述する）。待望の新作は一九七三年に発表された。ヴァンスに心酔していたリン・カーターに口説き落とされ、彼が編集するオリジナル・アンソロジー *Flashing Swords !* *#1* に "Morreion" を寄せたのだ。これはリアルトという名の魔術師を主人公とする中篇であり、前二作とは設定が共通するだけで直接のつながりはない。したがって、〈滅びゆく地球〉シリーズの新たな展開かと思われたのだが、つづいて〈F&SF〉一九七四年十月号に掲載された「十七人の乙女」は、うれしいことにキューゲルものの新作だった。キューゲルは、カーター編のオリジナル・アンソロジー *Flashing Swords ! #4*（1977）に発表された "The Bagful of Dreams" にも登場し、健在ぶりを見せつけた。

この後しばらく間があくのだが、キューゲルが主役を張る長篇 *Cugel's Saga* が一九八三年にタイムスケープ・ブックスから刊行された。本書が終わった時点から話がはじまる直接の続篇であり、前記二作はほぼそのままの形でとりこまれている。あくる八四年には、魔術師リアルトが主役を務める *Rhialto the Marvellous* がブランドウィン・ブックスから出版された。既発表の一篇に書き下

ろしの二篇 "The Murthe" と "Fader's Waft" を合わせた連作集であり、魔術師同士の駆け引きに焦点を合わせていた。

ヴァンスが書いた〈滅びゆく地球〉シリーズはこれですべてなので整理しておくと、設定を共有する作品群が大きな意味で〈滅びゆく地球〉シリーズと呼ばれ、そのなかに同じ主人公をいただくサブ・シリーズがふたつ――〈キューゲル〉と〈リアルト〉――があるということになる。

だが、話はこれで終わらない。〈滅びゆく地球〉シリーズに惚れこむあまり、自分で書いてしまった作家たちがいるからだ。

一番手をたまわるのはマイクル・シェイだ。シェイは世界幻想文学大賞を受賞したサイエンス・ファンタシー『魔界の盗賊』（一九八二）で知られるアメリカの作家だが、最初の著書 *A Quest of Simbilis* (1974) は、ヴァンスの許可を得て創作された本書の直接の続篇だった。もちろん、主人公はキューゲルである。このときヴァンスは、印税の一部を支払いたいというシェイの申し出を鷹揚にも断ったという話も伝わっている。ただし、その後ヴァンス自身が〈キューゲル〉シリーズのつづきを書いたせいで、シェイの長篇は外伝となってしまったが。

晩年のヴァンスはSF界の巨匠として揺るぎない地位を築いたが、二〇〇九年には豪華なトリビュート・アンソロジーが出版された。ジョージ・R・R・マーティン&ガードナー・ドゾワ編の *Songs of the Dying Earth: Stories in Honor of Jack Vance* がそれで、ディーン・クーンツの序文、ヴァンスの謝辞のあと、二十三人の作家がオマージュ作品を寄せている。そのうちの三篇は正式に〈滅びゆく地球〉シリーズと認められるものだった。掲載順にジェフ・ヴァンダーミアの

“The Final Quest of Wizard Sarnod”、ルーシャス・シェパードの“Sylgarmo's Proclamation”、ダン・シモンズの“The Guiding Nose of Ulfänt Banderōs”だ。シモンズの作品は〈リアルト〉シリーズからの派生だが、本書でひどい目にあわされる薄幸のヒロイン、ダーウェ・コレムが生まれ変わった姿を見せている。酒井昭伸氏による麗訳が、「ウルフェント・バンデローズの指南鼻（しなんばな）」の題名で〈SFマガジン〉二〇一六年八月号と十月号に分載されているので、お見逃しなく。

ちなみに、シモンズの作品にはヴァンスの用語や固有名詞がそのまま出てくるので、酒井氏と本書の訳者とのあいだで調整が図られた。といっても、大半は訳者が酒井氏の訳に合わせただけだが。たとえばLand of the Falling Wallという地名を「〈崩（く）えの長城〉の地」と訳すといった具合だ。訳者の頭では、こんな訳語は逆立ちしても出てこないので、酒井氏に感謝するばかりである。

ここで話題を変えて、わが国における〈滅びゆく地球〉シリーズの翻訳状況について触れておこう。

嚆矢は〈SFマガジン〉一九七一年六月号に掲載された「ミール城の魔法使」。訳者は熱心なファンタシー・ファンとして知られていた佐藤正明である。ランサー版 *The Dying Earth* 第一話の翻訳で、〈暮れゆく地球の物語〉第一話となっていた。トールキン〈指輪物語〉とロバート・E・ハワード〈コナン〉シリーズの爆発的成功に端を発する英米のファンタシー・ブームがわが国に波及し、ヒロイック・ファンタシーの名のもとに関連作品が続々と紹介されていた時期である。つづいて第二話「魔法使と謎の美女」が、同じ佐藤正明訳で同年十月号に掲載されたが、なぜかここで紹介が中断してしまう。

待望の全訳は、一九七五年に日夏響訳『終末期の赤い地球』（久保書店）として実現した。こちらはヒルマン版に基づく翻訳で、新書版の叢書《Q―TブックスSF》の一冊だった。スペース・オペラが主体だった同叢書においては異色のタイトルであり、解説を担当した福島正実は、同書を「伝奇小説風SF」あるいは「グラン・ギニョールな怪奇小説風のSF」と評している（現在はグーテンベルク21発行の電子書籍として入手可能）。

とはいえ、それ以後はなかなか紹介が進まず、つぎの〈滅びゆく地球〉シリーズの翻訳は、〈SFマガジン〉一九八〇年七月号に載った「十七人の乙女」ということになる。訳者はヴァンス紹介の第一人者・浅倉久志で、じつはこのとき同誌は三カ月連続で浅倉訳のヴァンス作品を掲載し、ファンに快哉を叫ばせたのだった。参考までにほかの二作を記しておけば、「月の蛾」（五月号）、「無因果世界」（六月号）である。

――余談だが、「十七人の乙女」のキャプションでキューゲルは「快男児」と呼ばれており、本文のどこを探しても「切れ者」という言葉は出てこない。Cugel the Clever を「切れ者キューゲル」と訳したのはだれかと疑問が湧くのだが、まず思いあたるのは一九八六年にハヤカワ文庫SFから出た《魔王子》シリーズ第四作『闇に待つ顔』に付された酒井昭伸氏の解説だ。ヴァンスに関する文章は極力目を通すようにしていた訳者だが、ここではじめてこの言葉を見た。とすれば、酒井氏の発案である可能性が高い。と思って本人にお尋ねしたところ、「記憶は定かではないが、たぶんそうだろう」とのお答えだった。では、話をもどして――

そのつぎはだいぶ飛んで、二〇〇三年に本書の第一話が「天界の眼」の題名でアンソロジー『不死鳥の剣――剣と魔法の物語傑作選』(河出文庫)に収録されたとき。同書はいわゆるヒロイック・ファンタシーの歴史を概観できるように筆者が編んだもので、愛着のある作品を拙訳でおさめたのだった。

さいわい、この翻訳は好評を得て、*The Eyes of the Overworld* の全訳を望む声も聞こえてきた。訳者もそのつもりで各方面に働きかけ、ようやく国書刊行会の理解を得て実現した。大げさにいえば感無量である。

最後に私事を書かせてもらえば、本書の翻訳は訳者にとって悲願だった。なにしろ中学生のとき〈SFマガジン〉のバックナンバーで〈暮れゆく地球の物語〉を読み、高校生のとき自転車通学途中に立ち寄っていた小さな書店で『終末期の赤い地球』を見つけて狂喜乱舞し、大学生のときリアル・タイムで読んだ「十七人の乙女」に痺れた身である。ローラリアスというヒロイック・ファンタシーのファン・グループに参加し、同人誌活動をはじめたころからヴァンス、ヴァンスとわめきつづけ、〈SFマガジン〉一九八七年三月号にヴァンスの短篇「五つの月が昇るとき」を載せてもらって翻訳家デビューしたあとも、ことあるごとにヴァンスと〈滅びゆく地球〉シリーズの魅力を喧伝してきた。その悲願がかなったのだから、もう思い残すことはないといいたいが、そうはいい切れないところがある。

というのも、「十七人の乙女」に感激して以来、心待ちにしていた浅倉久志訳の〈キューゲル〉

シリーズを読めなかったからだ。氏が“The Bagful of Dreams”を特に気に入られていることは伺っており、いつか浅倉訳が読めるものと思っていたし、アンソロジーという形でその機会を作ろうとしていた。しかし、その機会が来ないまま氏は鬼籍にはいられてしまった。自分の力不足を呪ったものである。本書にしても浅倉訳で読みたかった人が多いにちがいない。
ひとつだけ救いがあるとしたら、アンソロジー『不死鳥の剣』に本書第一話を訳出したとき、氏にかけてもらった言葉だろう。〈キューゲル〉シリーズは「べつにぼくのものじゃないし、好きな人がやればいいんですよ」という言葉だ。この言葉を胸に刻んで、僭越ながら、本書を浅倉久志氏の霊前に捧げたい。

二〇一六年十月　　訳者識

追記
ヴァンスの経歴や作風に関しては、浅倉久志編の傑作集『奇跡なす者たち』（二〇一一／国書刊行会）に付された酒井昭伸氏の詳細な解説に当たっていただきたい。同書にはヴァンスの全著作リストも収録されており、本書におさめられた全中短篇リストと合わせれば興味倍増である。

＊ジャック・ヴァンス全中短篇リスト

凡例　順番に通し番号（黒丸数字は中篇［ノヴェラ、ノヴェレット］、それ以外は短篇［ショート・ストーリー］）、題名、初出雑誌／初出単行本（ゴチック斜体）、刊行年月、シリーズ名、邦訳情報を掲載。別題やのちに長篇化された作品は随時記した。なお本リストは酒井昭伸氏作成資料を基に国書刊行会編集部が作成した。主な参考資料＝*The Work of Jack Vance : An Annotated Bibliography & Guide* (Jerry Hewett & Daryl F. Mallett, 1994) *The Internet Speculative Fiction Database* http://www.isfdb.org/

❶ **The World-Thinker**　Thrilling Wonder Stories（1945/Sum）「世界捻出者」中村融訳「SFマガジン」二〇一三年十二月号

② **Planet of the Black Dust**　Startling Stories（1946/Sum）

③ **Phalid's Fate**　Thrilling Wonder Stories（1946/12）

④ **I'll Build Your Dream Castle**　Astounding Science Fiction（1947/09）別題 **Dream Castle**

⑤ **Hard-Luck Diggings**　Startling Stories（1948/07）〈マグナス・リドルフ〉「呪われた鉱

脈」酒井昭伸訳『宇宙探偵マグナス・リドルフ』（国書刊行会、二〇一六年）

⑥ **Sanatoris Short-Cut** Startling Stories（1948/09）〈マグナス・リドルフ〉「数学を少々」酒井昭伸訳『宇宙探偵マグナス・リドルフ』（国書刊行会、二〇一六年）

⑦ **The Unspeakable McInch** Startling Stories（1948/11）〈マグナス・リドルフ〉「禁断のマッキンチ」酒井昭伸訳『宇宙探偵マグナス・リドルフ』（国書刊行会、二〇一六年）

⑧ **The Sub-Standard Sardines** Startling Stories（1949/01）〈マグナス・リドルフ〉「ユダのサーディン」酒井昭伸訳『宇宙探偵マグナス・リドルフ』（国書刊行会、二〇一六年）

⑨ **The Howling Bounders** Startling Stories（1949/03）〈マグナス・リドルフ〉「蛩鬼（キョウキ）乱舞」酒井昭伸訳「ＳＦマガジン」二〇一二年四月号→『宇宙探偵マグナス・リドルフ』（国書刊行会、二〇一六年）

⑩ **The King of Thieves** Startling Stories（1949/11）〈マグナス・リドルフ〉「盗人（ぬすびと）の王」酒井昭伸訳『宇宙探偵マグナス・リドルフ』（国書刊行会、二〇一六年）

⑪ **The Potters of Firsk** Astounding Science Fiction（1950/05）「フィルスクの陶匠」酒井昭伸訳「ＳＦマガジン」一九九九年二月号→『奇跡なす者たち』（国書刊行会、二〇一一年）

⑫ **The Spa of the Stars** Startling Stories（1950/07）〈マグナス・リドルフ〉「馨（かぐわ）しき保養地（スパ）」酒井昭伸訳『宇宙探偵マグナス・リドルフ』（国書刊行会、二〇一六年）

⓭ **New Bodies for Old** Thrilling Wonder Stories（1950/08）別題 **Chateau d'If**

⓮ **Cosmic Hotfoot** Startling Stories（1950/09）別題 **To B or Not to C or to D** 〈マグナス・

リドルフ〉「暗黒神降臨」酒井昭伸訳「SFマガジン」二〇一三年十二月号→『宇宙探偵マグナス・リドルフ』（国書刊行会、二〇一六年）

⑮ **Ultimate Quest** Super Science Stories (1950/09) ＊ジョン・ホルブルック名義

⓰ **The Five Gold Bands** Startling Stories (1950/11) 別題 **The Space Pirate** ＊のちに長篇化 *The Five Gold Bands* (1963)

⓱ **Mazirian the Magician** *The Dying Earth* (1950) 〈ダイング・アース〉「魔法使と謎の美女〈暮れゆく地球の物語〉」佐藤正明訳「SFマガジン」一九七一年十月号／「魔術師マジリアン」日夏響訳『終末期の赤い地球』（久保書店Q－TブックスSF、一九七五年）

⑱ **Turjan of Miir** *The Dying Earth* (1950) 〈ダイング・アース〉「ミール城の魔法使〈暮れゆく地球の物語〉」佐藤正明訳「SFマガジン」一九七一年六月号／「ミール城のトゥーリャン」日夏響訳『終末期の赤い地球』（久保書店Q－TブックスSF、一九七五年）

⓳ **T'sais** *The Dying Earth* (1950) 〈ダイング・アース〉「怒れる女ツサイス」日夏響訳『終末期の赤い地球』（久保書店Q－TブックスSF、一九七五年）

⑳ **Liane the Wayfarer** *The Dying Earth* (1950) 別題 **The Loom of Darkness** 〈ダイング・アース／ライアーン〉「無宿者ライアーン」日夏響訳『終末期の赤い地球』（久保書店Q－TブックスSF、一九七五年）

㉑ **Ulan Dhor Ends a Dream** *The Dying Earth* (1950) 別題 **Ulan Dhor** 〈ダイング・アース〉「夢の冒険者ウラン・ドール」日夏響訳『終末期の赤い地球』（久保書店Q－Tブックス

SF、一九七五年）

㉒ **Guyal of Sphere** *The Dying Earth*（1950） 別題 **Guyal of Sfere**〈ダイング・アース〉「スフェールの求道者ガイアル」日夏響訳『終末期の赤い地球』（久保書店Q－TブックスSF、一九七五年）

㉓ **Brain of the Galaxy** Worlds Beyond（1951/02） 別題 **The New Prime**「新しい元首」浅倉久志訳「SFマガジン」二〇〇四年四月号→『スペース・オペラ』（国書刊行会、近刊）

㉔ **Overlords of Maxus** Thrilling Wonder Stories（1951/02） 別題 **Crusade to Maxus**

㉕ **Men of the Ten Books** Startling Stories（1951/03） 別題 **The Ten Books**

㉖ **Golden Girl** Marvel Science Stories（1951/05）

㉗ **Son of the Tree** Thrilling Wonder Stories（1951/06）「宇宙の食人植物」森川かおる訳（ジョン・W・キャンベル・ジュニア『太陽系の危機』［久保書店SFノベルズ、一九七九年］所収）

㉘ **Temple of Han** Planet Stories（1951/07）

㉙ **The Masquerade on Dicantropus** Startling Stories（1951/09）

㉚ **The Plagian Siphon** Thrilling Wonder Stories（1951/10） 別題 **The Planet Machine**

㉛ **Dover Spargill's Ghastly Floater** Marvel Science Fiction（1951/11）

㉜ **Winner Lose All** Galaxy Science Fiction（1951/12）

㉝ **Seven Exits from Bocz** The Rhodomagnetic Digest #21（1952） ＊ファンジンに掲載

㉞ **Telek** Astounding Science Fiction (1952/01)

㉟ **Abercrombie Station** Thrilling Wonder Stories (1952/02) 〈ジーン・パーリアー〉「アバークロンビー・ステーション」中村融訳「SFマガジン」一九九三年三月号

㊱ **Sabotage on Sulfur Planet** Startling Stories (1952/06) 別題 **Sabotage on Sulphur Planet**

㊲ **Cholwell's Chickens** Thrilling Wonder Stories (1952/08) 〈ジーン・パーリアー〉

㊳ **Noise** Startling Stories (1952/08) 別題 **Music of the Spheres** 「音」浅倉久志訳『奇跡なす者たち』(国書刊行会、二〇一一年)

㊴ **Big Planet** Startling Stories (1952/09) 〈大いなる惑星〉 ＊のちに長篇化 *Big Planet* (1957)『大いなる惑星』浅倉久志訳(ハヤカワ・SF・シリーズ 3148、一九六七年)→ハヤカワ文庫SF 395(一九八〇年)

㊵ **The Kokod Warriors** Thrilling Wonder Stories (1952/10) 〈マグナス・リドルフ〉「ココドの戦士」米村秀雄訳「SFマガジン」一九八九年二月号／「ココドの戦士」酒井昭伸訳『宇宙探偵マグナス・リドルフ』(国書刊行会、二〇一六年)

㊶ **Planet of the Damned** Space Stories (1952/12) ＊のちに長篇化 *Slaves of the Klau* (1958)

㊷ **Three-Legged Joe** Startling Stories (1953/01)

㊸ **DP!** ドナルド・A・ウォルハイム編 *Avon Science Fiction and Fantasy Reader Vol.2* (1953)

別題 **DP**

㊹ **Ecological Onslaught** Future Science Fiction (1953/05) 別題 **The World Between** 「保護色」酒井昭伸訳「SFマガジン」一九八六年四月号→『奇跡なす者たち』(国書刊行会、二〇一一年)

㊺ **The Mitr** Vortex Science Fiction Vol.1 #1 (1953/Sum) 「ミトル」浅倉久志訳『奇跡なす者たち』(国書刊行会、二〇一一年)

㊻ **Four Hundred Blackbirds** Future Science Fiction (1953/07)

㊼ **Sjambak** Worlds of If (1953/07)

㊽ **Shape-Up** Cosmos Science Fiction and Fantasy Magazine (1953/11)

㊾ **The Houses of Iszm** Startling Stories (1954/Spr)

㊿ **First Star I See Tonight** Malcolm's (1954/03) ＊ジョン・ヴァン・シー名義 別題 **Murder Observed**／**The Absent-Minded Professor**

51 **When the Five Moons Rise** Cosmos Science Fiction and Fantasy Magazine (1954/03) 「五つの月が昇るとき」中村融訳「SFマガジン」一九八七年三月号→中村融編『影が行く ホラーSF傑作選』(創元SF文庫、二〇〇〇年)

52 **The Enchanted Princess** Orbit Science Fiction (1954/12) 別題 **The Dreamer**

53 **The Devil on Salvation Bluff** フレデリック・ポール編 *Star Science Fiction Stories no.3* (1955) 「悪魔のいる惑星」深谷節(浅倉久志)訳「SFマガジン」一九六七年十月号→

『スペース・オペラ』（国書刊行会、近刊）

54 **Meet Miss Universe** Fantastic Universe（1955/03）「ミス・ユニバース誕生！」酒井昭伸訳「ＳＦマガジン」二〇一三年十二月号

55 **The Gift of Gab** Astounding Science Fiction（1955/09）「海への贈り物」浅倉久志訳「ＳＦマガジン」一九六六年四月号→中村融編『黒い破壊者　宇宙生命ＳＦ傑作選』（創元ＳＦ文庫、二〇一四年）→『スペース・オペラ』（国書刊行会、近刊）

56 **The Phantom Milkman** Other Worlds Science Fiction no.15（1956/02）

57 **Where Hesperus Falls** Fantastic Universe（1956/10）

58 **The Men Return** Infinity Science Fiction（1957/07）「無因果世界」浅倉久志訳「ＳＦマガジン」一九八〇年六月号→『奇跡なす者たち』（国書刊行会、二〇一一年）

59 **A Practical Man's Guide** Space Science Fiction Magazine（1957/08）

60 **The House Lords** Saturn Science Fiction（1957/10）

61 **The Languages of Pao** Satellite Science fiction（1957/12）＊のちに長篇化 *The Languages of Pao*（1958）

62 **Worlds of Origin** Super Science Fiction（1958/02）別題 **Coup de Grace**〈マグナス・リドルフ〉「とどめの一撃（クー・ド・グラース）」浅倉久志訳『ＳＦ九つの犯罪』（新潮文庫、一九八一年）→『宇宙探偵マグナス・リドルフ』（国書刊行会、二〇一六年）

63 **The Miracle Workers** Astounding Science Fiction（1958/07）「奇跡なす者たち」酒井昭

伸訳「ＳＦマガジン」一九八五年十月号・十一月号→『奇跡なす者たち』（国書刊行会、二〇一一年）

64 **Parapsyche** Amazing Stories（1958/08）

65 **Ullward's Retreat** Galaxy Magazine（1958/12）

66 **Dodkin's Job** Astounding Science Fiction（1959/10）

67 **The Moon Moth** Galaxy Magazine（1961/08）「月の蛾」浅倉久志訳「ＳＦマガジン」一九八〇年五月号→「ＳＦマガジン」一九九〇年十月号（再録）→中村融・山岸真編『20世紀ＳＦ3　一九六〇年代・砂の檻』（河出文庫、二〇〇一年）→『奇跡なす者たち』（国書刊行会、二〇一一年）

68 **I-C-a-BeM** Amazing Stories（1961/10）別題 **The Augmented Agent**

69 **The Dragon Masters** Galaxy Magazine（1962/08）『竜を駆る種族』浅倉久志訳「ＳＦマガジン」一九六六年九月号→ハヤカワ文庫ＳＦ 220（一九七六年）→ハヤカワ文庫ＳＦ1590（新装版、二〇〇六年）

70 **Gateway to Strangeness** Amazing Stories（1962/08）別題 **Sail 25**／**Dust of Far Suns**「光子帆船二十五号」中村融訳「ＳＦマガジン」一九九二年十一月号

71 **Green Magic** The Magazine of Fantasy & Science Fiction（1963/06）「緑魔術」米村秀雄訳「別冊奇想天外⑩　ＳＦファンタジイ大全集」（一九八〇年三月号）

72 **Tha Star King** Galaxy Magazine（1963/12）〈魔王子〉＊のちに長篇化 *The Star King*

（1964）『復讐の序章』浅倉久志訳（ハヤカワ文庫ＳＦ 631、一九八五年）

(73) **The Kragen**　Fantastic Stories（1964/07）　＊のちに長篇化 *The Blue World*（1966）

(74) **Alfred's Ark**　New Worlds（1965/05）「アルフレッドの方舟」中村融訳『街角の書店　18の奇妙な物語』（中村融編、創元推理文庫、二〇一五年）

(75) **The Overworld**　The Magazine of Fantasy & Science Fiction（1965/12）〈ダイング・アース／キューゲル〉「天界の眼」中村融訳『不死鳥の剣　剣と魔法の物語傑作選』（中村融編、河出文庫、二〇〇三年）→改題「天界」『天界の眼　切れ者キューゲルの冒険』（国書刊行会、二〇一六年）

(76) **The Mountains of Magnatz**　The Magazine of Fantasy & Science Fiction（1966/02）〈ダイング・アース／キューゲル〉「マグナッツの山々」中村融訳『天界の眼　切れ者キューゲルの冒険』（国書刊行会、二〇一六年）

(77) **The Secret**　Impulse #1（1966/03）

(78) **The Last Castle**　Galaxy Magazine（1966/04）「最後の城」浅倉久志訳『世界ＳＦ大賞傑作選２』（講談社文庫、一九七九年）→『奇跡なす者たち』（国書刊行会、二〇一一年）

(79) **The Sorcerer Pharesm**　The Magazine of Fantasy & Science Fiction（1966/04）〈ダイング・アース／キューゲル〉「魔術師ファレズム」中村融訳『天界の眼　切れ者キューゲルの冒険』（国書刊行会、二〇一六年）

(80) **The Pilgrims**　The Magazine of Fantasy & Science Fiction（1966/06）〈ダイング・アー

ス／キューゲル〉「巡礼たち」中村融訳『天界の眼　切れ者キューゲルの冒険』（国書刊行会、二〇一六年）

81 **The Cave in the Forest**　The Magazine of Fantasy & Science Fiction（1966/07）〈ダイング・アース／キューゲル〉「森のなかの洞穴」中村融訳『天界の眼　切れ者キューゲルの冒険』（国書刊行会、二〇一六年）

82 **The Manse of Iucounu**　The Magazine of Fantasy & Science Fiction（1966/07）〈ダイング・アース／キューゲル〉「イウカウヌの館」中村融訳『天界の眼　切れ者キューゲルの冒険』（国書刊行会、二〇一六年）

83 **Cil**　*The Eyes of the Overworld*（1966）〈ダイング・アース／キューゲル〉「シル」中村融訳『天界の眼　切れ者キューゲルの冒険』（国書刊行会、二〇一六年）

84 **The Brains of Earth**　*The Brains of Earth*（1966）＊のちに長篇化 *Nopalgarth*（1980）『ノパルガース』伊藤典夫訳（ハヤカワ文庫ＳＦ 1722、二〇〇九年）

85 **The Narrow Land**　Fantastic Stories（1967/07）「エルンの海」浅倉久志訳「ＳＦマガジン」一九九〇年九月号→『スペース・オペラ』（国書刊行会、近刊）

86 **The Man From Zodiac**　Amazing Stories（1967/08）

87 **Sulwen's Planet**　ジョセフ・エルダー編 *The Farthest Reaches*（1968）

88 **Morreion**　リン・カーター編 *Flashing Swords! #1*（1973）〈ダイング・アース／リアルト〉

89 **Rumfuddle**　ロバート・シルヴァーバーグ編 *Three Trips in Time and Space: Original Novellas*

of Science Fiction (1973)

90 **Assault on a City** テリー・カー編 *Universe 4* (1974)

91 **The Seventeen Virgins** The Magazine of Fantasy & Science Fiction (1974/10)〈ダイング・アース／キューゲル〉「十七人の乙女」浅倉久志訳「SFマガジン」一九八〇年七月号

92 **The Dogtown Tourist Agency** ロジャー・エルウッド&ロバート・シルヴァーバーグ編 *Epoch* (1975)〈マイロ・ヘッツェル〉

93 **The Bagful of Dreams** リン・カーター編 *Flashing Swords! #4: Barbarians and Black Magicians* (1977)〈ダイング・アース／キューゲル〉

94 **Freitzke's Turn** ロバート・シルヴァーバーグ編 *Triax: Three Original Novellas* (1977)〈マイロ・ヘッツェル〉

95 **Flutie** *Cugel's Saga* (1983)〈ダイング・アース／キューゲル〉

96 **The Inn of the Blue Lamps** *Cugel's Saga* (1983)〈ダイング・アース／キューゲル〉

97 **Aboard the Galante** *Cugel's Saga* (1983)〈ダイング・アース／キューゲル〉

98 **Lausicaa** *Cugel's Saga* (1983)〈ダイング・アース／キューゲル〉

99 **The Ocean of Sighs** *Cugel's Saga* (1983)〈ダイング・アース／キューゲル〉

100 **The Columns** *Cugel's Saga* (1983)〈ダイング・アース／キューゲル〉

101 **Faucelme** *Cugel's Saga* (1983)〈ダイング・アース／キューゲル〉

102 **On the Docks** *Cugel's Saga* (1983)〈ダイング・アース／キューゲル〉

❶⓪③ **The Caravan** *Cugel's Saga* (1983)〈ダイング・アース／キューゲル〉

⑩④ **The Four Wizards** *Cugel's Saga* (1983)〈ダイング・アース／キューゲル〉

⑩⑤ **Spatterlight** *Cugel's Saga* (1983)〈ダイング・アース／キューゲル〉

❶⓪⑥ **Fader's Waft** *Rhialto the Marvellous* (1984)〈ダイング・アース／リアルト〉

❶⓪⑦ **The Murthe** *Rhialto the Marvellous* (1984)〈ダイング・アース／リアルト〉

⑩⑧ **Cat Island** *Light from a Lone Star* (1985)

⑩⑨ **From Life, Volume 1, by Unspiek, Baron Bodissey** *Magicon Original Bookmark Anthology #7* (1989) ＊ファンジンに掲載

⑪⓪ **The Genesee Slough Murders : Outline for a Novel** ジェリー・ヒューエット＆ダリル・F・マレット編 *The Work of Jack Vance : An Annotated Bibliography & Guide* (1994) ＊ジョン・ホルブルック・ヴァンス名義

⑪① **Wild Thyme and Violets** テリー・ダウリング＆ジョナサン・ストラーン編 *Wild Thyme, Green Magic* (2009)

⑪② **Phalild's Fate** *Chateau d'If and Other Stories* (2012)

著者　ジャック・ヴァンス　Jack Vance

1916年、サンフランシスコ生まれ。カリフォルニア大学バークリー校を卒業後、商船員の職につき航海中に小説を執筆、45年短篇「世界捻出者」でデビュー。その後、世界中を旅しながら作品を発表、奇怪な世界と異様な文化を活写する唯一無比な作風で息の長い活動を続け、80冊以上の著書がある。主な作品に『終末期の赤い地球』(50)、『竜を駆る種族』(63、ヒューゴー賞受賞)、〈魔王子〉シリーズなど。ミステリ作家としても『檻の中の人間』(60) でエドガー賞新人長篇賞を受賞。84年には世界幻想文学大賞生涯功労賞、97年にはアメリカSF・ファンタジー協会が授与するグランド・マスター賞を受賞、殿堂入りを果たしている。2013年逝去。

訳者　中村融（なかむら　とおる）

1960年生まれ。中央大学法学部卒。英米文学翻訳家、アンソロジスト。訳書にブラッドベリ『万華鏡』（創元ＳＦ文庫)、クラーク『宇宙への序曲［新訳版]』（ハヤカワ文庫ＳＦ)、オールディス『寄港地のない船』（竹書房文庫）など多数。編書に『街角の書店』（創元推理文庫)、『黒い破壊者』（創元ＳＦ文庫)、『ワイオミング生まれの宇宙飛行士』（ハヤカワ文庫ＳＦ）などがある。

〈ジャック・ヴァンス・トレジャリー〉

天界の眼

切れ者キューゲルの冒険

2016年11月25日初版第1刷発行

著者　ジャック・ヴァンス

訳者　中村融

発行者　佐藤今朝夫

発行所　株式会社国書刊行会

〒174-0056　東京都板橋区志村1-13-15

電話03-5970-7421　ファックス03-5970-7427

http://www.kokusho.co.jp

印刷製本所　中央精版印刷株式会社

装幀　鈴木一誌＋桜井雄一郎

装画　石黒正数

ISBN978-4-336-05921-5

落丁・乱丁本はお取り替えいたします。

ジャック・ヴァンス・トレジャリー

全３巻

『竜を駆る種族』、〈魔王子〉シリーズなど、独特のユーモアに彩られた魅力あふれる異国描写、壮大なスケールの作品世界で知られ、ダン・シモンズやジョージ・Ｒ・Ｒ・マーティンらに多大な影響を与えたアメリカＳＦ・ファンタジーの名匠ジャック・ヴァンス。ヴァラエティ豊かなヴァンス世界を厳選した本邦初の選集。

宇宙探偵マグナス・リドルフ　浅倉久志・酒井昭伸訳

ある時は沈毅なる老哲学者、ある時は知謀に長けた数学者、しかしてその実体は宙を駆けるトラブルシューター、その名もマグナス・リドルフ！　傑作宇宙ミステリ連作全10篇。

天界の眼――切れ者キューゲルの冒険　中村融訳

快男児キューゲルのゆくところ、火のないところに煙が立つ！　行く先々で大騒動を引き起こす小悪党キューゲルが大活躍する無責任ヒロイックファンタジーシリーズ。

スペース・オペラ　浅倉久志・白石朗訳

惑星を渡り歩く歌劇団の珍道中を描く傑作長篇、そして浅倉久志訳ヴァンス短篇（「新しい元首」「悪魔のいる惑星」「海への贈り物」「エルンの海」）を集成。

*

奇跡なす者たち　浅倉久志編訳・酒井昭伸訳　〈未来の文学〉

代表作「月の蛾」からヒューゴー／ネビュラ両賞受賞作「最後の城」まで、ヴァンスの魅力を凝縮した本邦初のベスト・コレクション、全８篇。

国書刊行会
〒174-0056　東京都板橋区志村 1-13-15
電話 03-5970-7421　ファックス 03-5970-7427

【責任編集者紹介】

若島正

1952年京都市生まれ。英米文学者・翻訳家・詰将棋、チェス・プロブレム作家。京都大学大学院文学部修士課程修了。現在、京都大学大学院文学研究科教授。日本ナボコフ協会会長、チェス・プロブレム専門誌「Problem Paradise」編集長。著書に『乱視読者の冒険 奇妙キテレツ現代文学ランドク講座』(自由国民社)、『ロリータ、ロリータ、ロリータ』(作品社)、『乱視読者の英米短篇講義』(研究社)、『乱視読者の帰還』(みすず書房)、『乱視読者のSF講義』(国書刊行会)など、訳書にウラジーミル・ナボコフ『ロリータ』(新潮社)、『ローラのオリジナル』『記憶よ、語れ 自伝再訪』(共に作品社)、G・カブレラ=インファンテ『煙に巻かれて』(青土社)、編訳書にシオドア・スタージョン『海を失った男』(晶文社)、チェス小説アンソロジー『モーフィー時計の午前零時』、サミュエル・R・ディレイニー他『ベータ2のバラッド』、トマス・M・ディッシュ『アジアの岸辺』(いずれも国書刊行会)などがある。

横山茂雄

1954年大阪府生まれ。英文学者・作家。京都大学大学院文学部修士課程修了。博士(文学)。現在、奈良女子大学教授。稲生平太郎の名で小説を執筆。横山名義の著書に『聖別された肉体—オカルト人種論とナチズム』(書肆風の薔薇)、『異形のテクスト—英国ロマンティック・ノヴェルの系譜』(国書刊行会)、『神の聖なる天使たち—ジョン・ディーの精霊召喚 1581-1607』(研究社)、訳書にマーヴィン・ピーク『行方不明のヘンテコな伯父さんからボクがもらった手紙』、ヒレア・ベロック『子供のための教訓詩集』(共に国書刊行会)、マーガニータ・ラスキ『ヴィクトリア朝の寝椅子』(新人物往来社)、編著に『遠野物語の周辺』(国書刊行会)、『危ない食卓— 十九世紀イギリス文学にみる食と毒』(新人物往来社)など。『日影丈吉全集』(国書刊行会)の編集、全巻解説も手がける。稲生名義の著書に『アクアリウムの夜』(書肆風の薔薇)、『アムネジア』(角川書店)、『定本　何かが空を飛んでいる』(国書刊行会)、『映画の生体解剖』(高橋洋と共著、洋泉社)がある。

こからシリーズ名を拝借したという。実は第二期で考えているものでデイヴィット・マークソンの『ウィトゲンシュタインの愛人』という小説があって、それはそのドーキー・アーカイヴから出ていましてね。その紹介文をアン・ビーティが書いていて「この本は実に五十以上の出版社から拒否に遭った、ギネスブック級の記録保持者である」とある（笑）。それ以前の記録保持者はベケットで、『モロイ』の四十四社だそうです。そういうものを刊行する出版社なんです。実は『ウィトゲンシュタインの愛人』も以前日本のある出版社の人が検討してやはり躊躇して、結局出ませんでした。

横山　まあ、今回のシリーズは、常識ある出版社なら（笑）手を出さない、出せない作品がほとんどですが、遂に陽の目を見ることになりました。こんなものが実現するとはいまだに信じられないけれども、皆様も全冊読んでみられて、是非ともこの驚きを分かち合い、文学の妖しい力を実感していただきたいと思います。

若島　知られざる傑作、忘れ去られた作家というものは、なんとなく自分の胸の内にしまっておきたい、自分だけのものにしておきたい、という気持ちもあるんですが、今回の企画では思い切ってそれを大放出することにしました。ごく少数の熱狂的な読者に迎え入れられれば、と思う一方で、そういう読者が実は思いがけないほど多数いたんだ、とわかれば、それがこのシリーズを第二期、第三期と続けていくブーストになります。どうぞご支援のほどをよろしく！

う作品がある。

若島　本シリーズの中で一番まともなのはマイクル・ビショップでしょうね。彼のＳＦ評論集を読んだことがあるんですが、まともというかバランスが取れて健全な作家だということがよくわかる。

横山　そうですね、ジャクスンは病んでいるし……エイクマンやサーバンになると、病んでいるというより、むしろ腐敗している（笑）。ただし、病んでいること、腐敗していることは文学にとっては重要でしょう。私たちの世界には、病んだ精神、腐敗した精神、逸脱した精神にしか捉えられない相というのが確実にあるわけで、それを言語によって顕現させるというのはやはり文学の使命のひとつではないでしょうか。

若島　ラムジー・キャンベルがエイクマンのことを「私が会ったことのある人の中で一番歯が汚い」と言ってますね（笑）。

横山　うーん、凄い発言（笑）。

若島　まあ、そういう変な作家をこの〈ドーキー・アーカイヴ〉では出し続ける、ということですね。

横山　ドーキー・アーカイヴというのは勿論フラン・オブライエンの小説のタイトルだけど、そういう名前の出版社もあるんだよね。

若島　アメリカの小出版社で、それこそどこも出さない小説を引き受ける前衛出版社です。そ

は、『多次元』（一九三二）という、根本のテーマにおいてトールキンの『指輪物語』に似ているのではないかと思える作品もありまして、そちらも最初の数章は訳しています。

若島　では第二期で刊行ということで（笑）。

横山　ウィリアムズの小説は「形而上学的ショッカー」と称されるくらいだから、やはりジャンルを越えており、たとえば長篇第一作の『天上の戦い』（一九三〇）の場合、出だしの雰囲気は黄金期の英国探偵小説そのものなんですよ。ところが、いつのまにか、聖杯をめぐる宇宙的規模の善と悪の闘争の話になってしまう（笑）。『ライオンの場所』だって、最初は、移動動物園から逃げ出したライオンに遭遇する場面から始まるという分かりやすさ（笑）。どうか、神学や形而上学という言葉に恐れをなさないでくださいね。ただし、ウィリアムズは本質的に神秘主義者、幻視者（ヴィジョナリー）なので、世間一般の基準からすると変なのかもしれないけれど、メトカーフやジャクスンが変だというのとはまた違いますね。

若島　変な人の変な小説、というのは最近よく読まれているでしょう。ミュリエル・スパークとか。

横山　スパークも頭が変だよなあ（笑）。スパークはイギリス小説の主流作家として評価が高かったけれど、『運転席』なんて典型的で、わけがわからない、なにこれ？とい

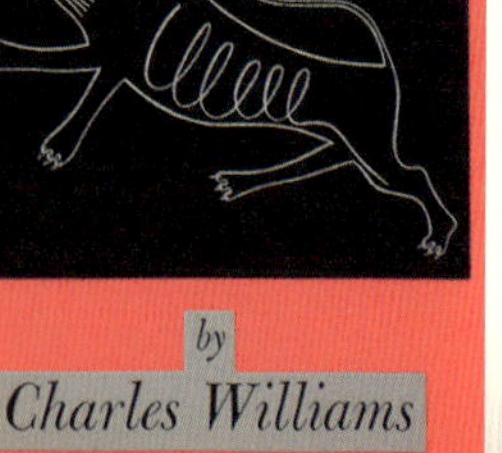

『ライオンの場所』
原書カバー

実に懐が深いシリーズだなあ（笑）。まあ、単に無茶苦茶ともいえるか。

若島　最後に横山さん訳の**チャールズ・ウィリアムズ『ライオンの場所』**（一九三一）。これはもう翻訳が完成しているんでしたっけ？

横山　いや、二十代の頃に半分ぐらい訳したけれど、大昔にやったものなので……話せば長くなるんですが（笑）、何と四十年近く前にある出版社でチャールズ・ウィリアムズ選集という企画が、奇蹟のごとくいったん通った。そのときのために翻訳しかけたものが手元に残っている、ということです。ウィリアムズも日本では知る人はごく僅かでしょうね。翻訳は国書の幻想文学大系で一冊出ているきりで（『万霊節の夜』）、しかもあのシリーズで一番売れなかったらしい（笑）。チャールズ・ウィリアムズという人は本来は詩人で、C・S・ルイスやJ・R・R・トールキンたちのグループ、いわゆるインクリングズに途中から参加しますが、非常にカリスマ性があった。ルイスの場合、彼にとんでもなく強烈な影響を受けてしまい、そのため、トールキンが嫉妬したほどです。ウィリアムズは全部で七冊の長篇を残していますが、「神学的スリラー」、「形而上学的ショッカー」と呼ばれたりしました。でも、「形而上学的ショッカー」といわれても、何だかわからないですよね（笑）。いずれも、オカルティズムや魔術を題材に、独自のキリスト教神学を展開する小説で、鮮烈なヴィジョンに彩られています。この『ライオンの場所』にしても、なかなか説明がむずかしいけれど、ごく簡単に言えば、プラトンのいう〈イデア〉は実在するという物語です。イデア界が現実世界に侵入してくる。彼に

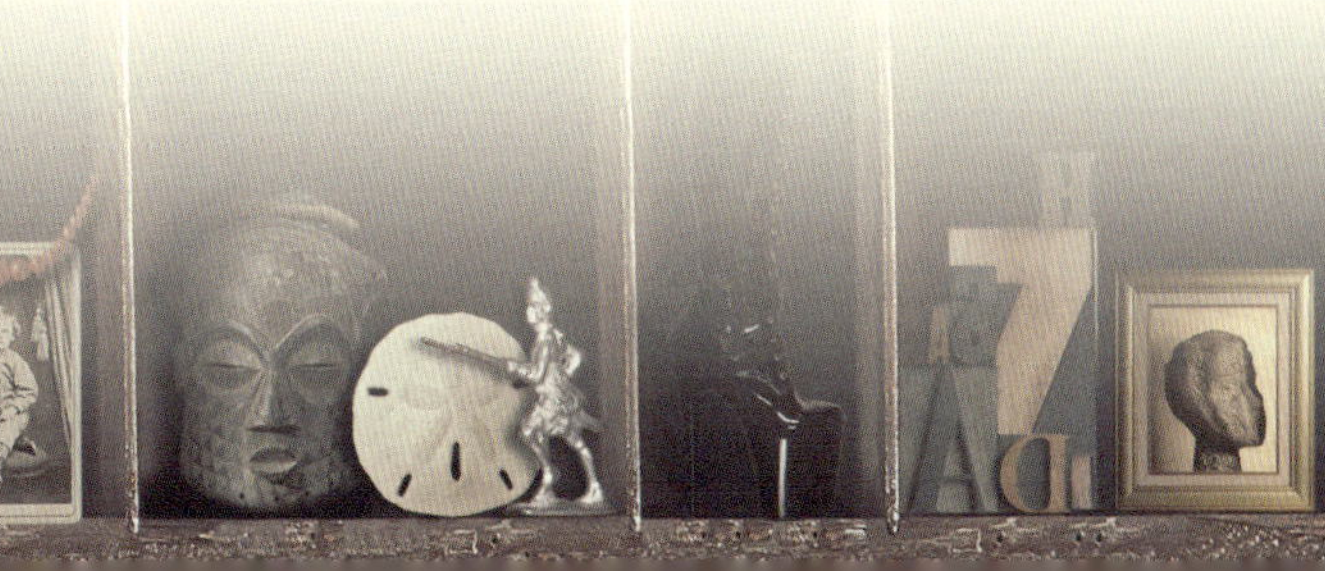

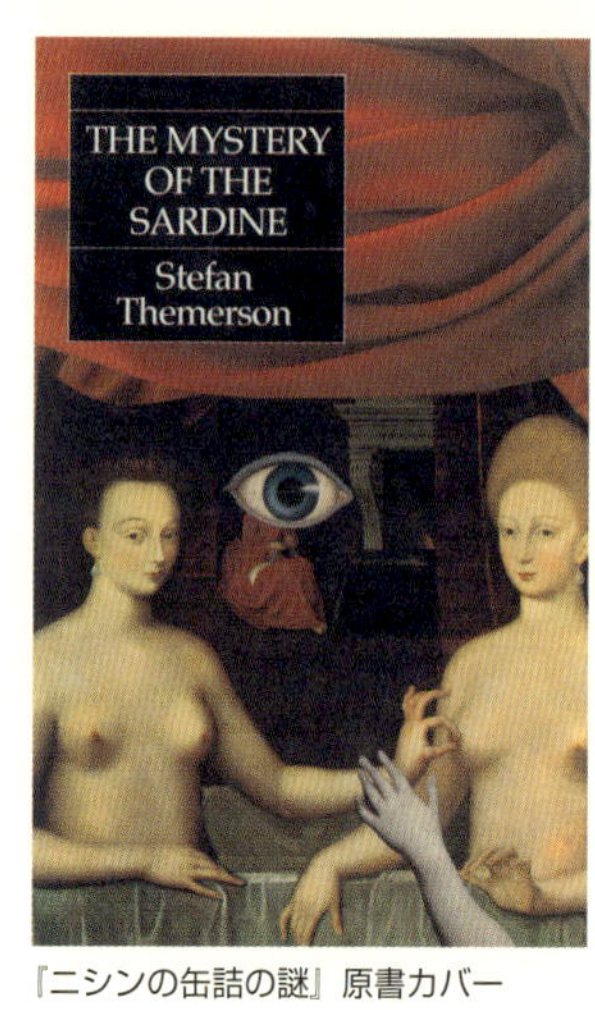

『ニシンの缶詰の謎』原書カバー

すが。テメルソンの奥さんはフランチェスカという画家でアルフレッド・ジャリ『ユビュ王』の挿絵なんか書いてまして、日本でも翻訳が出てます(『ユビュ王　comic』宮川明子訳、青土社)。

横山　前衛夫婦なのか(笑)。ポーランドには独自の前衛文化がありますよね。ゴンブロヴィッチとかさ。映画ではポランスキーがもちろんポーランド人だけれど、ロバート・グレイヴスの傑作短篇「叫び」を長篇映画にしちゃったスコリモフスキもそうだ。

若島　テメルソンもかなり変な作家です。この『ニシンの缶詰の謎』はハチャメチャな内容なんで物語の筋を紹介するのが難しいんですが……爆弾テロの場面から始まるんだけど、爆発するのがなんとプードル犬(笑)。主人公というのがいなくて、誰一人まともじゃない登場人物たちが章ごとにドタバタする、でもその関係も出来事もランダムのように見えて実はつながっている、という不思議な構造をもつ小説。それで『虚構の男』同様に、最後はええーッと驚く終わり方をする、SFでもあり幻想小説でもありユーモア小説でもあり……とにかくヘンな作品です(笑)。

横山　あらためてラインナップを見ていくと、タバコ屋の親父から前衛映画作家まで揃えて、

バック化されたけども今までは忘れられた作家ですからね。

横山　**ステファン・テメルソン**という作家も知らなかった。**『ニシンの缶詰の謎』**（一九八六）、これはどういう作品なんですか。

若島　これを選んだ理由が一つありまして。我々が扱う作品は基本的に英米系なのでアメリカ・イギリスの作家が多くなる傾向があるので、それ以外の国のものも入れといたほうが後々間口が広がるだろうと、それでこのポーランド人作家のこれを選んだんです。といっても、彼はもともと前衛映画作家で、作品自体がとんでもないものなので、出身国なんてあまり関係ないといえば、ない。ポーランド人だけどイギリスに渡ってからは英語でも書いたという作家です。

横山　コンラッドみたいですね。

若島　まったくそう。クリスティーン・ブルック＝ローズという、英国産のヌーボー・ロマンみたいな作品を書く前衛小説家がいるけども、彼女の夫もそうだよね。ポーランドからイギリスに渡る作家の系譜。テメルソンなんていう人は、私もちょっと前まで全然知らなかったけれど、あるとき沼野充義さんにテメルソンが撮った実験映画の話を聞いたんです。それで色々探っていったら、イギリスに行ってから自分でギャバーボッカス・プレスという小出版社を作って、訳のわからない作品の英訳版を出して、ということを知りましてね。面白いのは、数学者のバートランド・ラッセルが友達らしくて彼が序文を書いていたりするのね、不思議な人脈で

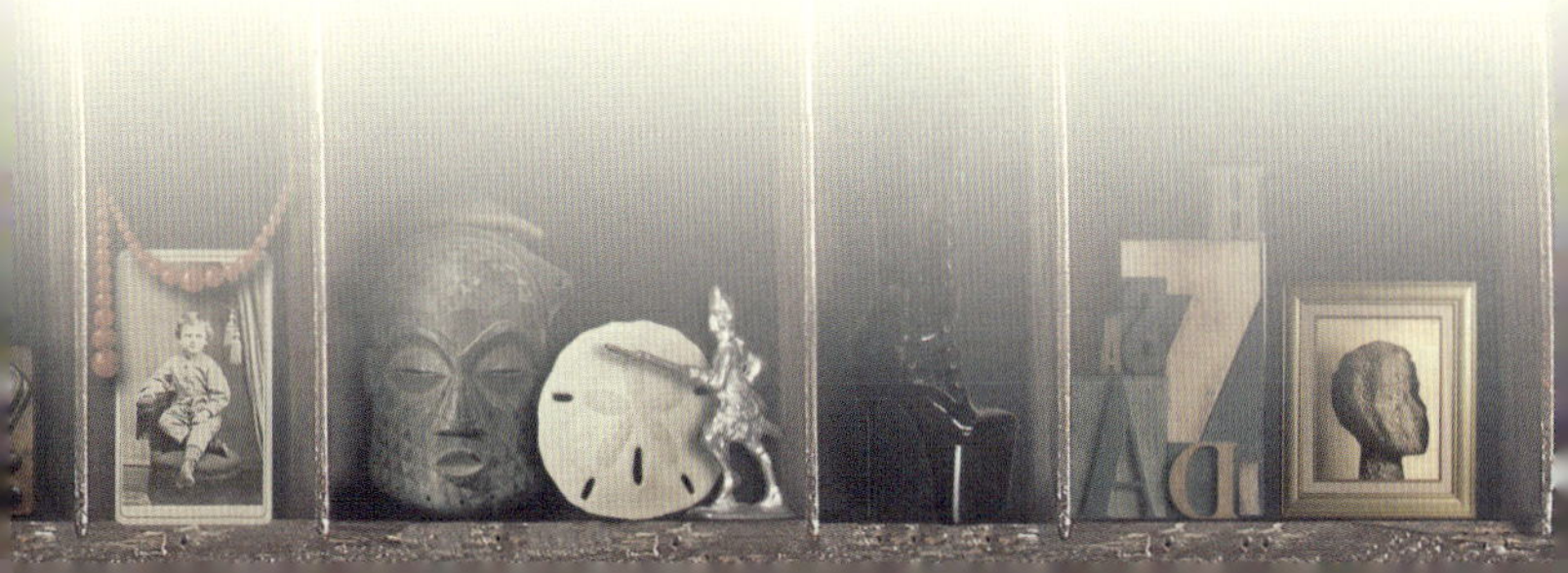

が有名な *Best American Short Stories* という年間傑作選にも選ばれたことがあるほど、メインストリームからの評価も得ています。彼の多彩なキャリアの中でも、『誰がスティーヴィ・クライを造ったのか?』は突出して異常な作品に映りますね。

横山　しかし、『誰がスティーヴィ・クライを造ったのか?』にしても、メトカーフにしても、出版社が見つからず、果たしてどれだけ読者がいるのかという状態で刊行された作品なのに、やはり突出したものというのは、時が経つと必ず読む人が現れるんですよね。それが文学の力だと思う。

若島　それは本当にそうです。だから、気が早いけどこの叢書の第二期ラインナップを考えると(笑)、紹介したい同じような作家がたくさんいますね。例えばトマス・リゴッティ。彼の作品なんてマイナー出版社から極小部数しか出てなくて、市場に出ているものはすべて彼のサイン入り、みたいな状態ですが、そんなリゴッティでも最近大手のペンギン・ブックスから短篇選集が出たんですよね。

横山　そもそもの話、たとえばエミリー・ブロンテの『嵐が丘』がそうでしょう。刊行されたときはほとんど無視されて、作者本人もほどなくして死んじゃってという状態だったのが、二十世紀には大古典ですものね。ジェイムズ・ホッグの『悪の誘惑』もスケールは違うが似たようなもんだな。

若島　アイリス・オーウェンズの『アフター・クロード』も最近になってアメリカでペーパー

ということで、大手はもちろん中堅からも断わられて、やはり、救いの主は弱小出版社アーカム・ハウスしかなかった（笑）。ビショップは今はあまり人気がないようですが、『誰がスティーヴィ・クライを造ったのか？』は秀作です。SF作家が余技で書いたホラーみたいなかたちで、見逃されているのならば勿体ない。アメリカ南部の小都市に住むヒロイン、スティーヴィの愛用するタイプライターが故障して、修理から戻ってくるとひとりでに文章を綴り始める、それはスティーヴィ自身の不安と恐怖から織り上げられた「フィクション」に他ならず、中身を読むうちに彼女は現実と虚構の区別ができなくなる……という物語。スティーヴィ自身が書いた小説まで挿入されて、複雑な入れ子構造が採用されている。その点では一種のメタフィクションですが、同時に、当時量産されていた「モダン・ホラー」のパロディの側面もあります。ただし、決して頭でっかちの作品ではなくて、純然たるホラー・ノヴェルとしても怖い。

若島　『誰がスティーヴィ・クライを造ったのか？』は二〇一四年に〈三十周年記念版〉という著者が序文を書いて、本文を修正した版が出ましたね。ビショップはアメリカSF界の中ではジャンルの枠にはなかなか収まりきらない、知的で地味な作風の作家で、短篇

『誰がスティーヴィ・クライを造ったのか？』
原書カバー

ジャクスンと同じく、「書く」しかない人だったような。小説家としてしか存在できない人。ただし、ジャクスンとは異なって、彼の作品はほとんど売れなかったし、一般には評価されなかった。かなり年をとってから、かのアーカム・ハウスに拾ってもらって久々に刊行できた中篇が『死者の饗宴』（一九五四）。これは傑作なんだけれど、とにかく売れないからね、悲惨な末路だったようです。

若島　メトカーフは奥さんがイーヴリン・スコットという当時は有名な作家なんですよね。彼女も今ではすっかり忘れ去られた作家になっていますが、アメリカのヴァージニア・ウルフ的な位置の人で。ウィリアム・フォークナーの『響きと怒り』が刊行されたときに、出版社が彼女の書評を販促に使ったぐらいに影響力もあったそうです。

横山　そんな有名な女性だとは知らなかった。メトカーフの魅力はやはり謎めいた作品にあり、その中でも「ブレナーの息子」（一九三二）というのが頂点に立つ。何が起きているのか分からないところはエイクマンに似ているけれど、この作品は読んでいて頭がおかしくなりそう。たぶん、本人も頭がおかしくなりながら書いたんだと思いますけど（笑）。

若島　『死者の響宴』も怪奇小説系出版社の総本山であるアーカム・ハウスから出ていますが、そういえば**マイクル・ビショップ**のモダン・ホラー**『誰がスティーヴィ・クライを造ったのか？』**（一九八四）、これもアーカム・ハウスで刊行されたものですね。

横山　ビショップはＳＦ界ではネビュラ賞までもらった作家ですけれど、この作品は分類不能

凄いものは必ずある。そういった作品を本シリーズでは揃えた、ということになるんでしょうか。実は、わたしは五、六年前に、〈二〇世紀イギリス小説個性派コレクション〉という五冊の翻訳シリーズ（新人物往来社刊）を、佐々木徹さんと共同編集しており、そのときはあまり無茶はしないように（笑）自制心を発揮したんですが、今回はもう全開ということで。

若島　かつて早川書房で出ていたシリーズ〈異色作家短篇集〉というのも、そういうジャンルを超えたところを〈異色作家〉〈奇妙な味〉という言葉でくくっていましたね。私が二〇〇七年に〈異色作家短篇集〉のアンソロジーを三冊（アメリカ篇・イギリス篇・世界篇）新たに編んだときに、イギリスの作家**ジョン・メトカーフ**の短篇「煙をあげる脚」（一九二五）を選びまして、横山さんに翻訳をお願いしました。メトカーフも幻想怪奇もののアンソロジーで何篇か訳されているけれど、単行本は出ていない作家です。本シリーズの唯一の短篇集『**煙をあげる脚**』は横山さん編でメトカーフの傑作を厳選した内容になりますね。

横山　「煙をあげる脚」はビルマの神秘的な宝石をめぐる話で、この宝石を狂った外科医が船乗りの脚に何と埋め込んでしまうという奇譚。メトカーフもほんとうに独特な作家でして……

メトカーフ短篇集成 *Nightmare Jack* カバー

に有名ではなかったのに、よく自伝なんか出版できたなあと。出版社にコネがあったのかしら。

若島　最近タータラス・プレスみたいに、エイクマンが書いたものは全部刊行するという出版社もありますからね。こないだはドキュメンタリーDVD付きの作品集なんてのが出て驚いた。そのDVDを一時間観て、すっかり堪能しました。さらにはフェイバー・アンド・フェイバー社がエイクマンの短篇集をまとめてペーパーバックで再刊している。エイクマン再評価のきざしがあちらでも起こっているのでしょうか。

横山　エイクマンは現在の英米では一部に熱狂的な愛読者がいる作家でしょうね。とはいえ、こんなマイナーな作家のよりによって自伝を選んだのは、われながら「快挙」あるいは「暴挙」だと自負しております（笑）。エイクマンの未訳の優れた短篇群は今後も翻訳紹介する機会はあるでしょうが、自伝となると、今回を逃せばまず無理だろうという判断からです。このシリーズの選択の基本方針は、もちろん面白いというのが一番だけど、文学は何でもありなんだ、というのを示すということもある。フィクションだけを考えてみても、いわゆるメインストリーム・フィクション、純文学の他に、ジャンル・ゲットーといいますか、ミステリ、ホラー、SF、ファンタジー……といろんなジャンル分けがなされているわけですが、これには明らかに意味がないでしょう。また、自伝や日記、書簡だって文学以外の何物でもないし、面白ければ何でもいいじゃないかと。既成のジャンルに収まらない作品、越境する作品は、わけがわからないということで見落とされがちだし、読者も敬遠する傾向がありますが、面白いもの、

『救出の試み』はなんと小説ではなくてエイクマンの自伝。

横山　いやあ、思い切ってやってしまいました（笑）。これも稀少本で長いこと手に入らなかったけれど、正直なところ、自伝だから別に読まなくてもいいかと思っていた。ところが、ようやく入手できて大して期待もせず読みだしたら、驚くべきことに異常に面白い。こんな面白い自伝があったのか、ある意味では、エイクマンの小説よりも面白いんじゃないかと。

若島　内容としてはエイクマンの幼少期から作家になるまでの自伝ですね。面白いというのは、やはりエイクマンの父親のくだりですか。

横山　この自伝は「父はいまだに私の知るうちで最も奇矯な人物である」という文章から始まります。エイクマンの父親は建築家だったそうですが、出自を語らず年齢も不詳で、見た目がとんでもなく若く見える容貌で、母親（『黄金虫』を書いたリチャード・マーシュの娘）は結婚後に夫が実は五十代だと知って衝撃を受けたという（笑）。ともかく異様な家族なんですよ。あと本人の恋愛話も出てくるんだけど、過激な恋愛観でね。やっぱりエイクマンも病んでいる……というか、もう一家ごと病んでいる（笑）。さらに言えば、一九二〇年代英国中産階級の一家族を描いた書物としても傑出した出来です。しかし、エイクマンは小説家として別

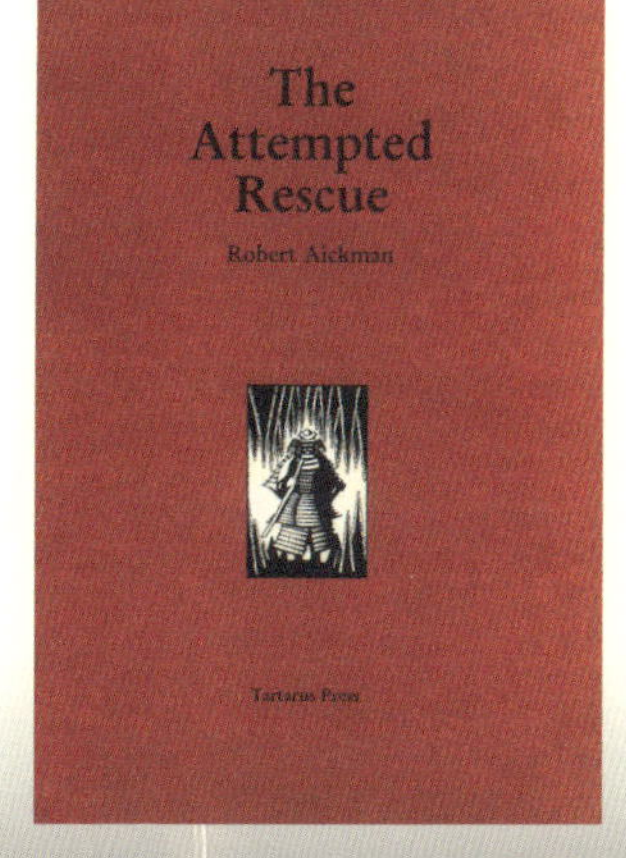

『救出の試み』
原書カバー

サリー』というような例もあるわけですが、実を言うとジャクスンの『鳥の巣』はそうした作品群に先立つ、多重人格ものの枠組みをこしらえてしまった作品です。L・P・デイヴィスの場合だと、多重人格というネタをあくまでもストーリーの牽引力として使っていて、その意味でエンターテインメントに徹していますが、ジャクスンの『鳥の巣』はそれよりはるかに病んでいる、真に恐ろしい小説になっています。

横山　短篇「くじ」と幽霊屋敷ものの長篇『山荘綺譚』（恐怖映画の傑作『たたり』の原作）があまりに有名になったので、ジャクスンには一般的にホラー作家というイメージがつきまといがちですが、女性の心理の暗黒面、深淵にこだわって、その挙句にとんでもないところまで辿り着いた人ですよね。ホラーという言葉で括ってしまうのには、違和感を覚える。彼女の作品には明らかに深く病んでいる部分があって、現在に至るまで一定数の読者を惹きつけるのもそのためかなとも思います。

若島　ジャクスンは最近伝記も出て、本国でも再評価が進んでいますね。日本でも新しい短篇集や、未紹介だった長篇も出始めている。ジャクスンの短篇は訳がわからないやつ、何が起きているのか困惑する作品がたくさんあって、今でも読み応えがあるものが多い。そこはロバート・エイクマンに似ているところがありますね。ということで、横山さんが選んだ**ロバート・エイクマン『救出の試み』**（一九六六）。怪奇小説の巨匠エイクマンは、つい最近でも短篇集『奥の部屋』が〈モダン・ホラーの極北〉という惹句でもって文庫にも入りました。ただし

はディックの『時は乱れて』に似ているとも言われてますが、どこが似ているのか判らない。いくらなんでも、ディックはここまでハチャメチャじゃない（笑）。彼の作品はどれもとにかく変としか言いようがないけれど、一応ジャンル小説の体裁をとっていて、だいたい二百頁足らず、ということで明らかに職業的なエンターテインメントを意識しているのが面白いですね。

横山　さっきもいったけれど、デイヴィスやブラックバーンはおそらく生活の安定のために書き始めたので、そのあたりのフォーマットは常に意識している。いわば職人気質。いっぽうで、世の中には、精神の安定というか崩壊を防ぐために書かざるをえないというタイプの作家もいますよね。たとえば、**シャーリイ・ジャクスン**なんかそうじゃないかな。まあ、書いているうちに逆に「悪化」するような気もしますが（笑）。

若島　シャーリイ・ジャクスンは**『鳥の巣』**（一九五四）という初期の長篇、これは多重人格ものなんですが、なぜ今まで訳されていなかったのか不思議なほどの傑作です。本シリーズで、一番知名度が高いのはジャクスンかな。あまりにも知らない作家ばかりだと読者も戸惑うだろうと思いまして（笑）選びました。多重人格ものと言えば、先ほどのL・P・デイヴィスも何冊か書いているし、我が国ではよく知られたダニエル・キイスの『五番目の

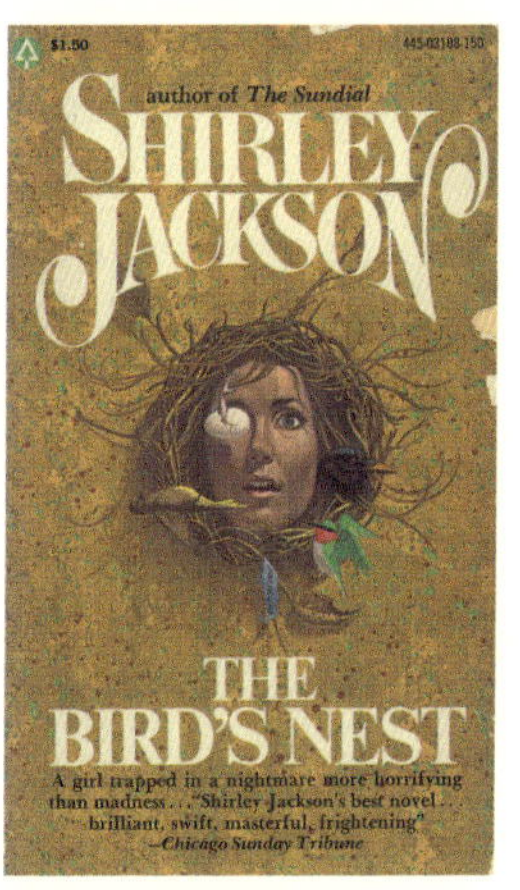

『鳥の巣』原書カバー

横山　結構読んでましたね。変な小説を探していると、ひっかかってくる作家（笑）。ブラックバーンと同様、ＳＦ、ミステリ、ホラーといったジャンルのひとつに分類するのが困難な作家でしょう。

若島　関係ないけど、ブラックバーンは古本屋の親父で、デイヴィスはタバコ屋の親父なんだよね。

横山　どちらも暇そうだ（笑）。店内でこつこつ小説を書いて、むしろそちらで金を稼いでいたんじゃないかな。ブラックバーンには古書業界を舞台にした作品もありましたよ。

若島　デイヴィスの本のカバーに載ってる著者近影は大体タバコ屋の店内にいる写真を使ってます（笑）。『虚構の男』は映画化もされてて、かのギミック映画の巨匠ウィリアム・キャッスルが監督していますね。日本では劇場未公開で、タイトルは“Project X”（ＴＶ放映邦題『危機一髪！西半球最後の日』）。

横山　これは意外にもキャッスルにしてはケレンがない（笑）。とはいえ、キャッスルが映画化したということは、デイヴィスも鬼面人を驚かす類の作品を書く人という扱いだったのかな。

若島　そうかもしれない。でも映画のほうは最初からＳＦ寄りで原作の形をほとんどとどめていませんね。この『虚構の男』

Ｌ・Ｐ・デイヴィス

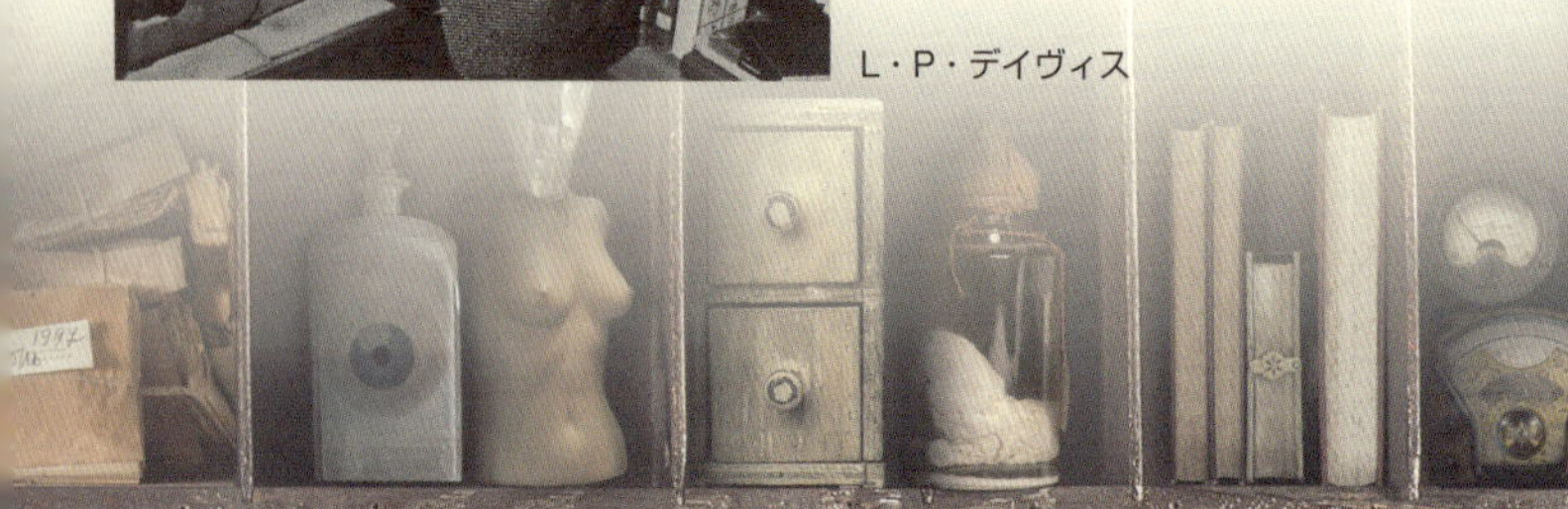

行されるL・P・デイヴィス、彼も日本ではまだ『忌まわしき絆』の一冊しか翻訳が出ていなくて（論創社刊）、忘れ去られた作家、今ではほとんど知られてない作家ですが、実は凄い人です。ミステリとSFあるいはホラーのボーダーラインに位置する作家ということで、ジョン・ブラックバーンと似た感じがあって、それこそ作品数の多さでも良い勝負をしている印象がある。

横山　デイヴィスはSFの世界では評価されているんですか？

若島　いや全然（笑）。なんの評価もない、というかSF作家として認知されてないですね。デイヴィスもたくさん作品がありまして、本シリーズではスタートを飾る作品として、一番ぶっとんでるやつを選びました。この『**虚構の男**』（一九六五）は国際謀略スパイ小説という具合に始まるけども実際はSFでもあって、途中でどんでん返しを何度もやって読んでいてハラハラするんですね、大丈夫なのかなこの小説は？と（笑）。それで、最後には唖然とするしかない結末を迎える、実に驚くべき作品です。一九六五年刊行作ですが物語の設定が一九六六年とその五十年後の二〇一六年、ということで、今年翻訳刊行されるのが決まっていたような作品ですね。横山さんはデイヴィスはどうですか。

『虚構の男』原書カバー

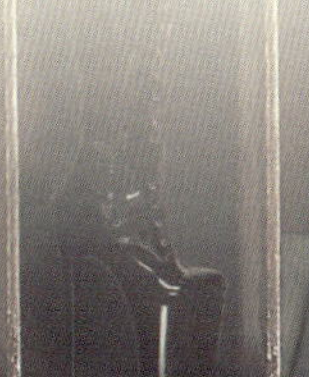

若島　サーバンは拘束具が好きなんですよね（笑）。サハラ砂漠を舞台にした、生前未発表の中篇「湖の王」にも、やはり奇妙な拘束具が出てきます。彼は覆面作家で、本職が真面目なイギリスの外交官なんですね。中近東に勤務していたこともあるんで、そのときの異文化に接した体験が彼のエキゾチックな作風に影響していると思います。

横山　生来の性癖に非西欧圏での体験が混淆して、異様な妄想世界が広がっていく。「人形つくり」（一九五三）は田舎の女子寄宿舎学校が舞台で、少女が人形つくりが趣味の青年と出会って、彼の人形のモデルになるけれど、その青年の真の目的は……という話。いっぽう、「リングストーンズ」（一九五一）は大きなお屋敷でアルバイトの家庭教師として雇われた女子大生の手記で、屋敷の子供たちと過ごす夏休みがだんだん奇怪な様相を帯びてくる……というお話。以前に私が書いたエッセイから引用すると、

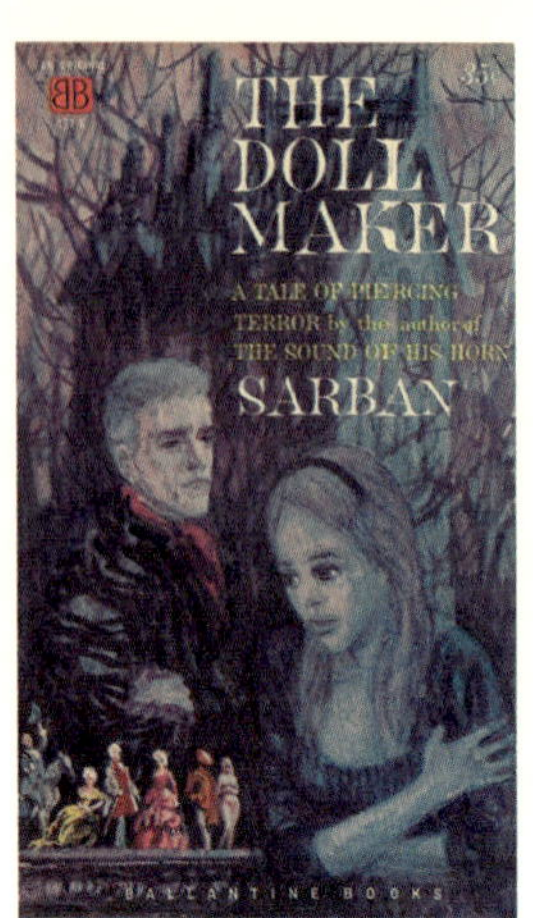

『人形つくり』原書カバー

> 繊細で喚起力が強い文体を通じて「徹底した被支配関係から生じる魅惑と恐怖のないまざった荒々しいマゾヒズム的快感」が描写されるわけです。

若島　英国領事館での勤務を黙々とこなしながら、奇怪なＳＭ幻想に浸っていた静かな男。そういう不思議な、忘れ去られた作家の作品がシリーズの冒頭を飾るのもなかなか凄いですが、インパクトはありますよね。もう一人、サーバンとともに刊

か読んでみたら、全然インチキ（笑）。翻訳ではなく完全な創作で、ダイムラーの原書とは関係ないものでしたね。このあたりの出鱈目さは有名で、ヘンリー・チェームズ著の『巨大なベッド』というのもやはり清水正二郎訳ということで浪速書房から出ています（笑）。ヘンリー・ジェイムズがポルノを書くわけないだろ、と当時の読者は思わなかったんでしょうかね。実はこれ、オリンピア・プレスで出ていたもので、作者の正しい名前はヘンリー・ジョーンズ（笑）。では、ポルノからSMという流れで**サーバン**に行きましょうか。

横山　誤解を避けるためにいっておくと、サーバンはイギリスの団鬼六というわけではありません（笑）。独特のエロティシズムに溢れる幻想的な作品をごく少数だけ遺した作家です。六〇年代にハヤカワSFシリーズで彼の『角笛の音の響くとき』（一九五二）が邦訳されて、中学生のときに読みましたが、単純に小説として面白かった。まあ、沼正三あたりはすごく興奮したんだろうな（笑）。日本での紹介は『角笛』のみに終わり、大学生になってから他の作品を探しても入手困難でね。『角笛』は、ディックの『高い城の男』と同じく、ナチスが勝利した世界という歴史改変あるいはパラレルワールドものSFと解釈できなくもない。とはいえ、作者自身は特にSFを書いたつもりはなかったでしょう。サーバンは性的支配や拘束というテーマに取り憑かれた人なんですよ。ナチスが絡めてあるので『角笛』は普通の読者にもとっつきやすくなっていますが、今度出る**『人形つくり』**に収められたふたつの作品では、そのテーマがもっと濃いかたちで展開されています。

ズや、リチャード・スターク名義の〈悪党パーカー〉シリーズをはじめとして、ほとんど訳されているけど、この本が未訳なのはそういう特殊な造りのせいかもあるかもしれない。『さらば、シェヘラザード』を読むきっかけになったのも、やっぱり小鷹さんです。小鷹さんが雑誌連載で紹介していて面白そうだなと。小鷹さんの影響は大きいですね。

横山 ぼくは人間がお上品なもんで（笑）、ポルノは読まないからなあ。若島さんがポルノ小説を読むのは、映画だったら裸さえ出しておけばアナーキーなことが許されるという場合もあるでしょう、それに似た感覚で追っておられるわけですか。

若島 もともとジャンル小説は好きですし、ナボコフの『ロリータ』も最初はオリンピア・プレスから出たということもあります。ジャンル小説に特有のくだらない本が圧倒的に多い中で、稀にハリエット・ダイムラーのようにおおっと思うような作家を発見することもあり、その砂中に金を探すような快感がたまらない（笑）。

横山 日本での海外ポルノ小説の紹介はもちろん戦前からあるけれど、その頃はまだ一部の好事家向けという感じ。「大衆化」するのは一九六〇年代後半くらいでしょうか、胡桃沢耕史が浪速書房から乱発していたシリーズとかね。

若島 そうそう、清水正二郎という名義でね。そういえば先ほど話題に出したハリエット・ダイムラーのアンチ・ポルノ小説は実は日本で翻訳が出ているんです。『淫蕩な組織』という題名で、訳者が清水正二郎。元の小説は造語とかもあって翻訳が難しそうなんで、どういうもの

ってるけど、アイリス・オーウェンズとかハリエット・ダイムラーなんて名前、誰も聞いたことがないでしょう（笑）。こんな凄い作品を書いているのに、ちょっと可哀想じゃないか、ということでセレクトしたんですね。

横山　そういえば、若島さんが選んだ**ドナルド・E・ウェストレイク『さらば、シェヘラザード』**（一九七〇）もポルノ小説家の話だし、若島さんの個人的な趣味、嗜好が窺えるような気がしますけれど（笑）。

若島　そうそう、これはポルノ小説ではなくてポルノ小説家の話で、下積みのころに偽名でポルノ小説を書いていたこともあるウェストレイクの半自伝的な作品なんです。若い頃に読んで、ウェストレイクお得意の艶笑譚としてゲラゲラ笑える傑作なんですが、造りが凝っているんですよ。ポルノ小説家が主人公で締め切りを過ぎてもなかなか書けなくて、一章十五ページずつありきたりのポルノを書こうとしてもすぐに、自分の生活のあれこれ、夫婦の問題を書き込んでしまって挫折する。で、この本はそのポルノ小説の一章がえんえん書きなおされて繰り返されるんです（笑）。だからページ数が上と下に二つ付いていて、上はずっと1―15の繰り返し。これは前代未聞の造りでしょうね。ウェストレイクは有名な〈ドートマンダー〉シリー

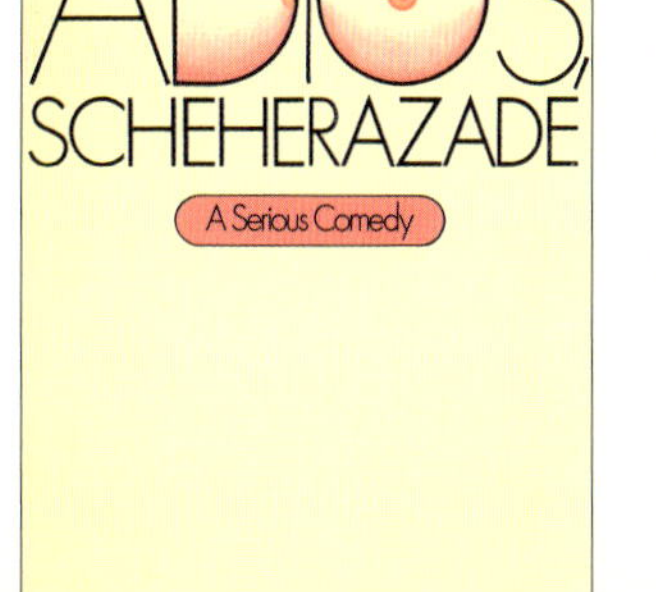

『さらば、シェヘラザード』
原書カバー

リンピア・プレスの版そのまま、表紙だけ付け替えてVACATION BOOKSというところから出たという体裁になっている。実はこれは日本の海賊版で、そういう本があるのは知っていたんですね。それでハリエット・ダイムラーを初めて読んで、それが無茶苦茶面白かった。サドをテーマにしたアンチ・ポルノなんです。相当な才女だなと思いまして、彼女の作品をいろいろ読んで『アフター・クロード』にたどり着いてビックリたまげたわけ、面白すぎるので。女性の一人称小説で、昔でいうとレニー・ブルースみたいな悪口が速射砲のように連発されるんですね。威勢はいいんですが、実はそれが空威張りで、そこから悲惨な現実が透けて見えるという物語。この本の破天荒な語りを日本語に置き換えることが出来るのは、渡辺佐智江さんしかいない、と思って彼女にオーウェンズを薦めたらすぐに「面白い！」と言ってくれまして、二人でオーウェンズ・ファンクラブを結成しました（笑）。あと、スーザン・ソンタグの日記を読んでいたら、アイリス・オーウェンズが出てきてね。ソンタグもパリにいたころがあって、アイリスに会ったことがあると。そのパリのサークルでは女王様のような存在だったと。

横山　スーザン・ソンタグとアイリス・オーウェンズは同世代なの？

若島　ほぼ同世代ですね。スーザン・ソンタグは誰でも知

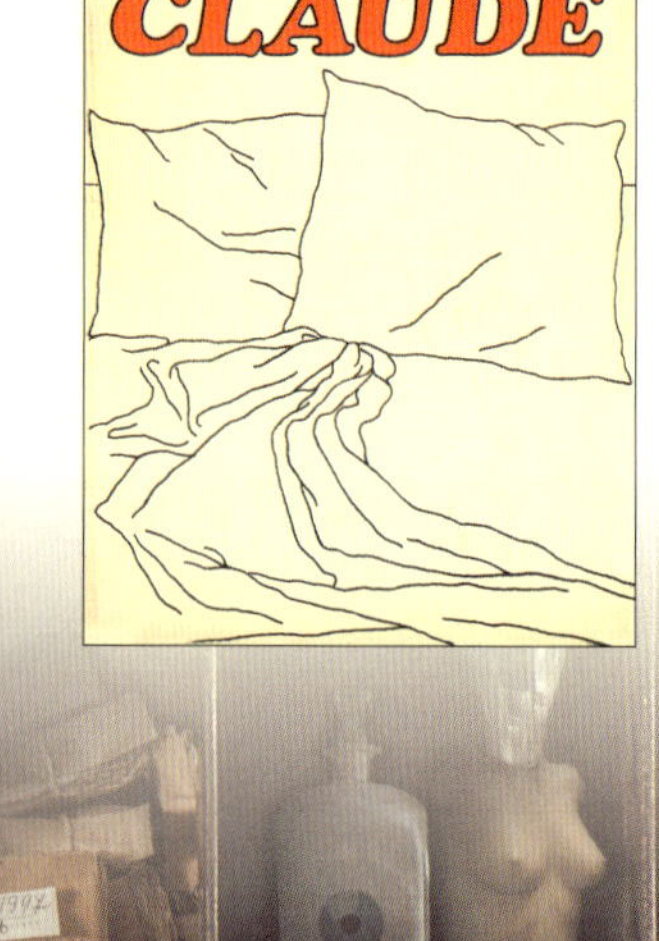

『アフター・クロード』
原書カバー

若島　アイリス・オーウェンズは私も最近〝発見〟した作家なんです。彼女はアメリカ人で、パリでぶらぶらしてたときに、あの悪名高いオリンピア・プレスのモーリス・ジロディアスに会って、ポルノを書けと言われて実際デビューしたんですね、ハリエット・ダイムラーという「美人ポルノ作家」という触れ込みで。オリンピア・プレスの看板娘という感じで五冊ぐらいポルノ小説を書いているんです。

横山　ああ、なるほど。アメリカの作家、芸術家でよくあるパターンですね、パリに行って活動を始めて……という。

若島　そうですね。で彼女はアメリカに帰ったあとはポルノではなく普通の小説を書き始める。『アフター・クロード』もその中の一冊ですね。そもそも彼女のポルノ小説を知ったきっかけというのが、小鷹信光さんのおかげなんです。数年前小鷹さんのお宅に伺った時に、小鷹さんがポルノ小説のペーパーバックをどーんと積んで、好きなやつをお土産に持って行って良いですよ、と。それでハリエット・ダイムラーを一冊抜いた。

アイリス・オーウェンズ

横山　それはまったくの偶然なんですか。

若島　たまたまではあるんですが、理由はありまして、その本（*The New Organization*）は中身がオ

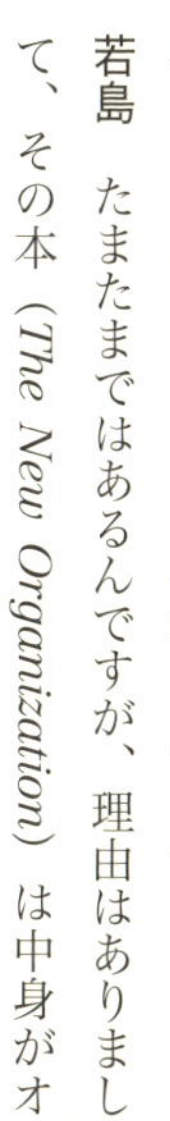

〈ドーキー・アーカイヴ〉刊行記念対談

若島正×横山茂雄

若島　今回、私と横山茂雄さんの責任編集で新しい海外文学シリーズを始めることになりました。国書刊行会からの依頼としては、誰も知らない作家の傑作、とびきり変な小説をわれわれが五冊ずつ選んで全十巻にする、というものです。その結果、幻想怪奇・ホラー・ミステリ・SF・自伝……とあらゆるジャンルの、何でもありの、言ってみれば無茶苦茶なラインナップになりました。その十冊についてこれから紹介していこう、という趣向です。

横山　お互いに五冊選んで全十巻なんて、ずいぶん乱暴で安易な企画ともいえますが（笑）、いっぽうで、予想通りというべきか、まあ大変な十冊になりましたね。大半の人は名前すら聞いたことがない作家も多い。たとえば、若島さんが選んだ作品である**アイリス・オーウェンズ**の**『アフター・クロード』**（一九七三）は、私も全然知らなかった。

創刊にあたって

小社では創立まもない一九七五年に紀田順一郎・荒俣宏両氏の責任編集で〈世界幻想文学大系〉（全三期・四十五巻）を刊行、以来つねに異端・綺想・前衛の文学を世に送り出してきました。そして、二〇一六年、原点に戻るべく「国書刊行会にしか出せない（出さない）海外文学叢書」を刊行するために責任編集を若島正、横山茂雄のお二人にお願いし、知名度や受賞歴云々一切関係なく、時代やジャンルを超えた傑作・問題作・異色作を十巻選出していただきました（全巻内容は本冊子巻末に掲載）。

全世界で生まれる厖大な数の文学作品群から翻訳紹介されたのはごく一部にすぎず（その選出精度も怪しいものが多い）、必ずや知られざる傑作、未知の優れた作家が存在すると確信していましたが、「なぜこれほど凄いものが眠っていたのか」と驚く作品がずらりと並んだ鮮烈なラインナップとなりました。ジャンルを逸脱・超越した作品、なにやら得体の知れないものとして今まで見過ごされた作品がようやく純粋に楽しめるようになるのです。

〈ドーキー・アーカイヴ〉には、未来の読者、つまり我々のために熟成された美酒が揃っています。味わったことのない奇妙な味、毒かと思うような刺激の強いもの……ともあれ、口当たりのいい清涼飲料水で満足している読書人は本シリーズで〝酩酊する快楽〟を知ることになるでしょう。

願わくは、読者諸賢の絶大なる御支援を賜らんことを。

国書刊行会

Dalkey Archive

ドーキー・アーカイヴ

全10巻

責任編集
若島正＋横山茂雄

国書刊行会

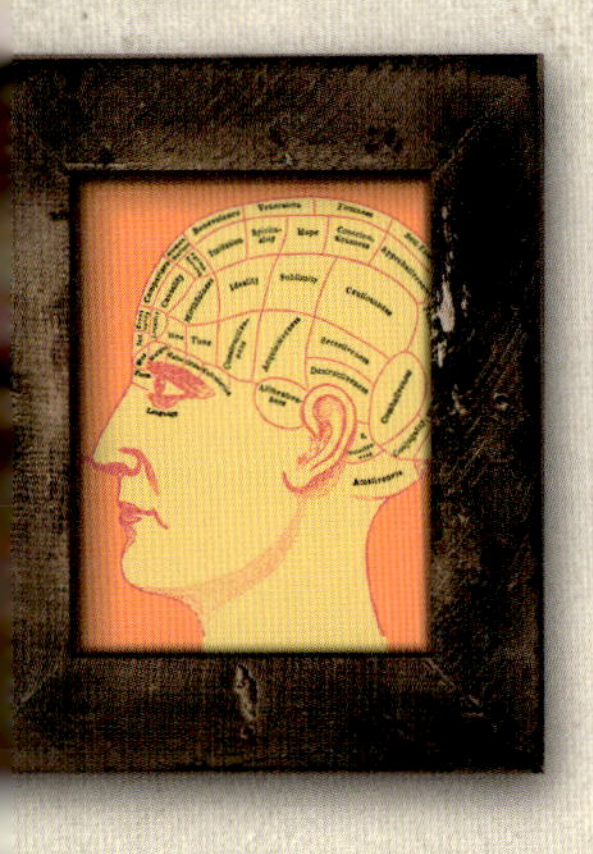